Future Fiction

Collana diretta da

Francesco Verso

# Arabilioso

Antologia di futurismo arabo

A cura di Cristina Jurado e Francesco Verso

Traduzione dall'arabo e dall'inglese di Roberta Loi

Associazione culturale Future Fiction
Via Valentiniano 40 – 00145 Roma
P. IVA 15586791004

I diritti d'autore per i singoli racconti sono di proprietà dei rispettivi autori.

Copyright © 2024 Future Fiction
Sito web: futurefiction.org



Titolo: *Arabilioso– Antologia di futurismo arabo*
© 2024 Future Fiction, Roma
I edizione maggio 2024
info@futurefiction.org
ISBN: 9788832077872

# Arabilioso: un'introduzione

> *Storicamente, la narrazione è una parte fondamentale della tradizione araba, tuttavia adesso bisogna chiedersi dove sia finita. [...] L'innovazione passa innanzitutto attraverso l'immaginazione. La fantascienza è un ponte meraviglioso che può unire queste due cose: immaginazione e innovazione.*
>
> *Yasmine Khan*

Potrebbe non essere giusto né appropriato considerare "fantascienza" la narrativa di autori e autrici provenienti dai paesi arabi che guardano al futuro ed esplorano l'influenza della tecnologia e dei progressi scientifici sulla società. Questa espressione, coniata dall'Occidente, potrebbe non rappresentare la complessità delle riflessioni e della ricchezza culturale che lə accompagnano e che animano le loro storie. Se essə ritengono appropriata questa etichetta o se sentono che le loro narrazioni trascendono la tassonomia occidentale dei generi per situarsi in un proprio, rinnovato territorio all'interno delle rispettive tradizioni letterarie, è qualcosa che soltanto loro possono decidere. In ogni caso, ciò che tutti noi possiamo fare è fornire loro uno spazio in cui esprimere la propria creatività per affrontare gli argomenti di loro interesse entro quelle coordinate futuristiche.

Dal momento che la fantascienza araba è in gran parte sconosciuta a livello internazionale, questo è il motivo per cui *Arabilioso* include un articolo dell'autore e divulgatore egiziano Emad El-Din Aysha che fornisce una rassegna storica di alcuni dei titoli più rilevanti della storia del genere, sottolineando soprattutto i contributi egiziani. Di certo esistono poche opere che, attualmente, avvicinano qualche lettore alle sue sponde, anche se ci sono alcune iniziative degne di nota, le quali segnano una svolta che ha aperto la porta a molti autori arabi, permettendo loro di entrare nell'ecosistema letterario mondiale.

Nel 2016 è uscita *Iraq+100*, un'antologia curata dallo scrittore e regista iracheno Hassan Blasim per la casa editrice Comma Press, che offre ad altri autori iracheni la possibilità di immaginare il loro paese nella fantascienza e nel fantasy un secolo dopo l'invasione militare del 2003. Lo stesso editore ha pubblicato nel 2019 *Palestine+100*, a cura della traduttrice palestinese Basma Ghalayini, una raccolta di racconti costruita sulle stesse premesse dell'opera precedente. Nel libro, gli autori palestinesi hanno esplorato le visioni future del loro paese e del loro popolo un secolo dopo l'espulsione di massa dei cittadini dalle loro case nel 1948. Va notato che la stessa casa editrice ha previsto un'altra antologia con le stesse caratteristiche per il 2024 e che, con il titolo di *Egitto+100*, scaverà nel futuro del paese cento anni dopo il fallimento della rivoluzione di piazza Tahrir. Proprio nel 2021 Basma Ghalayini, insieme alla scrittrice Rasha Abdulhadi, ha curato l'edizione speciale della rivista di genere *Strange Horizons* dedicata alla Palestina.

Nel 2018 Ian Campbell ha pubblicato il volume di saggi *Arabic Science Fiction* basandosi sui suoi articoli relativi a vari romanzi di fantascienza marocchini ed egiziani, e affidandosi al lavoro di ricerca di studiosi come Reuven Snir e al suo testo *The Emergence of Science Fiction in Arabic Literature*, apparso nel 2000.

Dato il crescente interesse per la fantascienza araba, non sorprende che importanti istituzioni culturali ed educative vi abbiano prestato attenzione. Nel 2013 il Nour Festival di Londra ha organizzato *Sindbad Sci-Fi,* un incontro insieme ad alcuni autori e una mostra sulla fantascienza araba curata dalla scrittrice Yasmin Khan, e nel 2019 la School of Oriental and African Studies (SOAS) dell'Università di Londra ha dedicato loro un simposio. Questa iniziativa, dal titolo *Science Fiction Beyond the West: Futurity in African and Asian Contexts,* ha ospitato interventi che hanno analizzato come i futuri immaginati nei contesti africani e asiatici influenzino le questioni sociali, esplorino le ansie culturali e sperimentino realtà e possibilità alternative.

A poco a poco, la letteratura di fantascienza comincia a ottenere riconoscimenti da parte della critica e del pubblico nel mercato arabo grazie non solo a iniziative del genere ma anche alla visibilità di importanti premi. In questo senso va menzionata la figura di Noura al-Noman, autrice, traduttrice ed editrice degli Emirati Arabi Uniti che nel 2013 è riuscita a vincere l'Etisalat Children's Books Award per il suo romanzo *Ajwan*, a cui sono seguiti altri due titoli, *Mandan* e *Saydonia*. In questa trilogia per ragazzi, inquadrata nel genere della *space opera*, vengono discussi argomenti come gli effetti devastanti della colonizzazione, il trasferimento della popolazione e le conseguenze della diaspora forzata.

Nel 2014, l'iracheno Ahmed Saadawi ha vinto il premio internazionale per la narrativa araba (assegnato dalla Booker Prize Foundation di Londra con il sostegno della Emirates Foundation di Abu Dhabi) per *Frankenstein a Baghdad*. È la prima volta che questo prestigioso premio letterario in arabo viene assegnato a un'opera di fantascienza che racconta una storia ambientata nella capitale irachena, dove un essere creato dai frammenti delle persone uccise dalla guerra cerca vendetta.

Nel 2018, Ibrahim Nasrallah, scrittore giordano-palestinese, ha vinto l'Arab Booker Prize per *La seconda guerra del cane*, una storia in cui fantasy e fantascienza si uniscono per mostrare il futuro distopico di un paese immaginario senza valori morali, dove tutto è permesso, inclusa la compravendita di anime umane.

All'interno della nuova ondata di narrativa distopica e surrealista di scrittori che cercano di affrontare le conseguenze caotiche e la delusione della Primavera Araba, è necessario menzionare Basma Abdel Aziz. Questa scrittrice, psichiatra e artista visiva egiziana, ha pubblicato *La fila*[1] nel 2016, che il New York Times ha paragonato a *1984* di George Orwell o a *Il processo* di Franz Kafka, e che nel 2017 ha vinto l'English PEN Translation Award. La storia ci porta in una città senza nome del Medio Oriente, dove l'autorità centrale monopolizza il potere e i cittadini devono chiedere l'autorizzazione per svolgere qualsiasi mansione quotidiana, rivelando una sorta di sinistro autoritarismo, manipolazione dell'informazione e mancanza di responsabilità nella difesa dei diritti dei cittadini.

Un'altra voce attuale nella scena fantascientifica araba è la scrittrice e giornalista palestinese Ibtisam Azem il cui romanzo del 2014, *Il libro della scomparsa*, ha ottenuto grande attenzione internazionale proponendo uno scenario in cui, all'improvviso, tutti i cittadini palestinesi svaniscono. Nello stesso anno, Mohamed Rabie ha pubblicato il romanzo *Otared* su un futuro caotico che si svolge nella capitale egiziana a causa dei conflitti politici e di una nuova droga. Come sottolinea Darío Marimón García, tra la fine del XX e l'inizio del XXI secolo, inizia a comparire una nuova generazione di scrittori di fantascienza che proviene da settori scientifici, come il libico Abdul Hakim Amil al-Tawwil, ingegnere nucleare che da anni scrive racconti di fantascienza su riviste

1 Basma Abdel Aziz, الطابور (*Al-Tabuur*), Dar al-Tanweer, 2013, Tr. it.: *La fila,* traduzione di Fernanda Fichione, NERO, 2018.

scientifiche kuwaitiane, e che nel 2006 ha pubblicato un'antologia contenente la sua produzione letteraria fino a oggi. Probabilmente uno degli autori più conosciuti al di fuori del mondo arabo è Ahmed Khaled Tawfik, medico e scrittore egiziano. Con più di duecento opere al suo attivo, ha coltivato non solo la fantascienza e l'horror in arabo, ma anche il thriller medico. Il suo libro più noto è *Utopia*, un romanzo distopico pubblicato in Italia da Atmosphere Libri, che si concentra sulla vita di eccessi in una colonia costiera in un Cairo del futuro prossimo.

Formatasi in biologia, l'autrice di origine siriane Leila Kelani ha pubblicato diversi romanzi, tra cui *Viaggio nel mondo sconosciuto* nel 1975 e *Le piante che vennero a parlare* nel 2001. In Egitto dobbiamo citare un altro ingegnere, Mohamed al-Ashri, autore di vari romanzi, uno dei quali del 2003, *Alone di luce*, rientra nella fantascienza poiché affronta un nuovo modo di vivere basato sul silicio. Provengono dal campo dell'ingegneria anche i sauditi Ishraf Ihsan Faqih, con diverse antologie di racconti di hard SF all'attivo, e Yasser Bahjatt, che ha pubblicato il romanzo *Yaqteenya*, in cui i musulmani spagnoli fondano una colonia in America, oltre a diventare ambasciatori della fantascienza e divulgatori di tale genere per il progresso della società.

Non possiamo tralasciare di parlare di un interessante movimento collegato all'idea di futuro nella cultura araba: il "futurismo del Golfo". Questo termine, coniato dall'artista e autrice multidisciplinare americano-qatariana Sophia Al-Maria, approfondisce gli effetti della rapida ipermodernizzazione e della crescita dilagante del consumismo e della cultura del lusso nella regione del Golfo Persico. Un esempio applicato alla letteratura è *The Girl Who Fell To Earth* (*La ragazza che cadde sulla terra*), un romanzo dai toni autobiografici che Al-Maria ha pubblicato nel 2012 e in cui esplora lo scontro tra culture causato dalla sua situazione familiare.

Quelli appena citati sono solo alcuni dei nomi più importanti, anche se non gli unici. Tuttavia, una sezione che includa tutti gli autori e le loro opere necessiterebbe di un intero saggio, il che non è lo scopo di questo progetto.

L'antologia che avete tra le mani si propone di mettere un piccolo ma importante (e necessario) granello di sabbia al servizio dei lettori di ogni parte del mondo che vogliono avvicinarsi alla fertile creatività degli autori arabi. È stato pazientemente pianificato dall'autunno 2019, durante il quale Francesco Verso, editore di Future Fiction, e io, abbiamo cercato in cielo, terra, mare e aria storie sul futuro (o sui futuri) che interpellassero direttamente tali autrici e autori. È stato un compito arduo ma molto gratificante che ci ha portato a scoprire voci contemporanee, alcune direttamente nei paesi del Medio Oriente e del Nord Africa, e altre dalla diaspora, ma tutte potenti, originali e con una singolare prospettiva su ciò che è accaduto, sul presente e, soprattutto, su ciò che verrà.

Siamo convinti che i nove racconti di *Arabilioso* costituiscano un buon esempio del nuovo gruppo di autori arabi contemporanei: appartengono a cinque autrici e quattro autori provenienti da Bahrain, Egitto, Iraq, Giordania, Libano, Palestina e Siria. Due racconti sono stati scritti in arabo, *Una jaha nel Metaverso* del giordano Fadi Zaghmout e *Gomma da masticare alla cannella* della siriana Maria Dadouch, e sono stati tradotti per questo volume. Le altre storie sono state concepite direttamente in inglese e un'autrice del Bahrain, Nadia Afifi, partecipa con due testi: *Esposizione K* e *Il bazar sotterraneo del Bahrain*. È necessario sottolineare le particolarità di *Panumanesimo: speranza e pragmatismo*, perché è l'unico romanzo breve della raccolta e perché è una storia scritta a quattro mani dalla libanese Sarah Saab insieme a Jess Barber. Dobbiamo infine ringraziare Emad El-Din Aysha per aver contribuito, oltre che con il suo magnifico articolo, anche con un racconto: *Il signore del Mediterraneo*.

Tra i temi ricorrenti delle storie ci sono gli effetti delle nuove tecnologie sulla società araba, profondamente radicata nella vita comunitaria e lontana dall'individualismo occidentale. Così, in *Una proposta nel Metaverso* del giordano Fadi Zaghmout, una tradizionale proposta di matrimonio viene compiuta nel metaverso, mentre *Esposizione K* di Nadia Afifi si occupa della rianimazione di persone crionizzate per scopi culturali. L'autrice approfondisce questo tema in *Il bazar sotterraneo del Bahrain*, in cui le cabine di realtà virtuale consentono ai clienti di sperimentare vite prese a nolo. Infine, *Un giorno nella vita di Anmar 20X1* del palestinese Abdulla Moaswes propone un'architettura intelligente che cerca di sopperire alle conseguenze psicologiche di frontiere imposte.

L'interesse per l'ambiente e le devastazioni del riscaldamento globale appaiono chiaramente nello scenario alluvionato di *Alla Nuova Gerusalemme* dell'americano-palestinese Farah Kader, nella Beirut riconfigurata di *Panumanesimo: speranza e pragmatismo* di Sara Saab e Jess Barber, e sul territorio afflitto da siccità perenne e alte temperature in *Lo stendardo di Ur* dell'iracheno Hassan Abdulrazzak. Proprio in *Il signore del Mediterraneo* di Emad El-Din Aysha, i temi sopra citati si mescolano presentando una città araba futura in cui viene riciclato qualcosa di insolito dei suoi cittadini.

La morte, l'assenza e la perdita sono fortemente presenti in molte narrazioni. Così, se in *Gomma da masticare alla cannella* della siriana Maria Dadouch viene offerta la possibilità di allungare la vita dei discendenti attraverso il suicidio assistito tramite una gomma "speciale", nei già citati racconti di Nadia Afifi, i protagonisti si trovano ad affrontare una terribile malattia o a cercare di adattarsi a un'esistenza rinata.

Un altro dei fili comuni di quasi tutte le narrazioni è la nostalgia per un passato che, seppure difficile e pieno di conflitti, àncora i personaggi alle loro radici culturali e alla loro identità, qualcosa che si può sentire nella descrizione del bazar sotterraneo di Nadia Afifi o nei ricordi d'infanzia dei narratori de *Lo stendardo di Ur* e *Alla Nuova Gerusalemme*.

La città può essere considerata un altro personaggio in alcune storie, dalla Beirut di *Pan-Umanesimo: Speranza & Pragmatismo*, alla New York parzialmente allagata di *Alla Nuova Gerusalemme* oppure all'ipermoderno Bahrain de *Il bazar sotterraneo del Bahrain*.

Tutti i temi sopra menzionati si mescolano con la ricca tradizione letteraria dei popoli arabi e del loro passato di comunità colonizzate per proporre nuove alternative futuristiche alla realtà esistente. Le storie incluse in *Arabilioso* sono cariche di malinconia, di tensioni sociali derivate da conflitti politici e dalla necessità di prendere le distanze dalle categorie e dai luoghi comuni formulati dall'Occidente.

Vogliamo ringraziare la grande disponibilità e la generosità di Abdulla, Emad, Fadi, Farah, Hassan, Jess, Nadia, María e Sarah che hanno partecipato con entusiasmo a questo progetto, e riconoscere il lavoro di molti autori che nel corso degli anni hanno difeso la fantascienza con il loro impegno.

Come ha sottolineato Yasmine Khan nella citazione all'inizio di questa introduzione, la fantascienza può diventare un ponte che unisce immaginazione e innovazione nel mondo arabo e può aiutare anche il resto del mondo a comprenderne e accettarne la bellezza e la specificità. Ecco perché vi diamo il benvenuto in questa antologia e vi invitiamo a godervela.

Cristina Jurado, Dubai, 2023

# Pan-Umanesimo: Speranza e Pragmatismo

di Jess Barber e Sara Saab

*Jess Barber si divide tra Boston e Los Angeles, dove trascorre i giorni (e a volte le notti) a costruire dispositivi elettronici open-source. Ha frequentato il Clarion Writing Workshop nel 2015, e i suoi lavori sono apparsi su Strange Horizons, Lightspeed e The Year's Best Science Fiction.*

*Sara Saab è nata a Beirut, in Libano, e ora vive a nord di Londra. La sua narrativa è apparsa su Clarkesworld, Shimmer, The White Review e altrove.*

## 1. Il più sacro dei nostri spazi

Amir Tarabi si sta lavando nelle stanze nebulizzate la prima volta in cui incontra Mani Rizk.

Il nebulizzatore di Beirut-4 è in ristrutturazione, e i residenti della zona stanno usando a turno le stanze nebulizzate di Beirut-3, per cui quel giorno il luogo è particolarmente affollato. Con rigorosa educazione, Amir evita il contatto visivo con coloro che stanno facendo il bagno nelle postazioni adiacenti. A sedici anni, ha già passato un centinaio di ore di crescita personale a pensare al decoro civico, apprezza il ruolo dei rituali privati senza interruzioni al fine di accrescere la coesione sociale...

...poi qualcuno esce dalla nebbia ed entra dritto nel suo campo visivo, *per sbaglio*, pensa Amir. *Prova* a tenere gli occhi fissi su quello che sta facendo. I rivoli sparsi di acqua insaponata che partono da gomiti e ascelle di solito sono un piacere semplice su cui meditare, il modo in cui tracciano la sua pelle e raggiungono i peletti, accumulandovisi. L'acqua che si forma dalla nebbia non è abbastanza corposa da gocciolare a terra. Amir la sente evaporare all'altezza dei fianchi, delle cosce, delle caviglie.

"Scusa?" dice la disturbatrice sconosciuta-che-si-rivela-essere-Mani, e la testa di Amir si alza prima che i suoi principi possano riorganizzarsi. Le battono i denti, ma sorride comunque coraggiosamente. "La mia postazione è freddissima. È mai successo?"

"Non che io ricordi," dice lui. "Puoi farmi vedere?"

"Certo," scalpita lei. "Grazie. Da questa parte."

Non rammenta di essere mai stato avvicinato da un'altra persona che fa il bagno nella nebbia prima. È nuda, così come lui, come tutti. La nudità non è strana nella Beirut povera di risorse idriche in piena estate. Meno vestiti significa meno sudore. Sono i suoi capelli ancora insaponati a colpirlo: così spessi da averne cinque centimetri zuppi incollati alla testa, una chiara indicazione che il tempo a sua disposizione è quasi finito. La nebbia ci mette parecchio a permeare una chioma.

È *così* affollato. Si fanno strada attraverso uno specchio infinito di corpi bagnati che si dissolvono nella media distanza in un muro di nebbia. Amir si chiede cosa abbia portato la sua nuova amica fino alla sua postazione, quando le persone circostanti sarebbero stati ben felici di aiutarla.

"Sei di Beirut-4?" chiede lui.

"La migliore delle costruzioni urbanistiche arbitrarie," grida alle sue spalle.

A sedici anni, Amir non crede nelle battute competitive sulle zone della città, così come non crede in identità costruite per opposizione. Non dice niente. Non gli sembra il momento adatto.

Mani trova le quattro bacchette accese che delimitano la postazione 49.

"Fredda, non è vero?"

Amir entra con solennità al centro della postazione per alcuni secondi. La nube concentrata di nebbia lo avvolge.

"A me sembra che vada bene."

Mani gli lancia un'occhiata attonita, infilandosi nella sua postazione mentre Amir esce. Emette un sospiro sofferente. "Perché stanno ristrutturando il *nostro* nebulizzatore? Beirut-3 ne ha più bisogno."

"Sei sicura che la tua non sia una reazione psicologica a un nuovo ambiente?" controbatte Amir. "Tutti i nebulizzatori hanno le stesse impostazioni di temperatura."

"Davvero?" dice Mani.

"Ne sono abbastanza sicuro."

Lei si prepara a ribattere, poi lascia perdere. "Grazie comunque," dice, massaggiandosi i capelli. "Ti ho allontanato mentre la tua nebbia continua a scorrere." Dell'acqua insaponata le goccia sulle spalle.

"Non fa niente. Buona doccia," dice Amir, e si congeda. *Buona doccia.* È vagamente deluso dall'intera conversazione, per una qualche ragione che non riesce a determinare.

Nella stanza di areazione, i getti d'aria bollente gli irradiano calore in tutto il petto. Il che lo riempie di una sensazione simile alla gratitudine. Si chiede se prima non avesse avuto freddo.

"Due gradi in meno," dice una voce conosciuta.

"Davvero?" replica lui un attimo dopo. Adesso si sente vagamente felice per ragioni che non riesce a individuare.

"Ho chiesto al supervisore. In base a un accordo comunitario, in seguito all'approvazione di una mozione cinque anni fa, la stanza nebulizzata di Beirut-3 ha due gradi in meno rispetto alla temperatura predefinita in estate."

"Ah," risponde Amir. "Hai fatto bene a correggere una convinzione errata."

"Il mio programma pan-umanista è abbastanza sul pezzo," afferma lei. La nota pungente nella sua voce non lo irrita. "Sono Mani. Vivo vicino ad al-Raouché. Ti va di fare un'ora di crescita personale insieme?"

Amir non ricorda cosa aveva balbettato allora, ma doveva trattarsi di una risposta affermativa, perché il resto dei suoi anni adolescenziali passano in compagnia di Mani, mentre la situazione idrica peggiora, poi migliora un po', poi migliora, poi si stabilizza.

Sono un sacco di giorni da poter passare con qualcuno. Innumerevoli sguardi diretti verso il cielo senza nuvole su una coperta dal fondale marino asciutto di al-Raouché, parecchi shawarma di proteine sintetiche a Hamra, tanti momenti di meditazione silenziosa rannicchiati nel letto di Mani perché parlare fa troppo male a causa della sete e delle bocche asciutte.

Ma è anche vero che la totalità dei giorni di una vita umana possono sembrare insufficienti.

La prima volta in cui la situazione idrica mostra segni di miglioramento è un lunedì. Amir lo sa perché è il giorno degli annunci municipali da Beirut-1 a -5. Lui e Mani sono seduti in una caffetteria sul fondale marino all'ombra di al-Raouché. Il pilastro di roccia è diventato una sorta di Champs-Élysées geologico e, sebbene la baia abbia iniziato a riprendersi dai decenni di surriscaldamento che l'hanno prosciugata, la Beirut Grid ha installato una diga per proteggere i negozi e i locali sorti mentre l'acqua scarseggiava considerevolmente.

"È stranamente bella," dice Amir a Mani. La diga è tappezzata di raffigurazioni di imbarcazioni per la protezione delle acque, il faro, la vecchia ruota panoramica sgangherata sul lungomare. Al di là di essa, il mare si agita con veemenza. Il sole si insinua dietro le nuvole e, poiché Amir e

Mani hanno attraversato una cortina di nebbia, se ne stanno sdraiati in mutandine da bagno.

Amir fa ruotare la tazza e osserva i pezzetti di foglie di tè ondeggiare sul fondo. "Pensi che sia immorale celebrare un luogo artificiale che è il risultato diretto della siccità?" chiede.

Mani alza lo sguardo dal suo libro: *Il Pan-umanesimo in Medio Oriente*. È appena uscito e non vede l'ora di leggerlo perché mette in discussione alcune delle argomentazioni principali di *Panumanesimo: speranza e pragmatismo* di Stella Kadri, un libro di portata eccezionale perché ha dato vita a un effetto farfalla nella sociopolitica del mondo moderno.

"Non è immorale provare gioia se nessuno soffre," dice.

"I pesci che cercano disperatamente di nuotare a otto intorno ad al-Raouché magari stanno soffrendo."

"Devi mettere un paletto all'assurdità delle argomentazioni." Fa un sorriso e spegne il libro.

"Ma non c'è nulla di assurdo in un ecosistema marino sano," dice Amir. Il pragmatismo della ragazza lo mette a disagio. Come strategia di vita, quella di lei si contrappone in modo drastico alla completa dedizione di Amir per gli assoluti: il Vero, il Bene. Ma è affascinante. La rende incline alla risata e aperta – se non addirittura elettrizzata – verso la possibilità di cambiare idea.

Mani tracanna il tè. "È ancora bollente. Adesso mi sono bruciata la lingua preoccupandomi dei pesci." Guarda giù. "Ma non l'avevo spento?" Il suo libro si è illuminato per una notifica. Così come il suo orologio. E gli occhiali da sole.

Amir soffia sul tè prima di prenderne un sorso. "In priorità? Deve essere importante."

Leggono il messaggio, con le teste che si sfiorano. Arriva dal comune. *Progetto pilota di Beirut Water. Primi settori, scelta casuale: Beirut-4, Beirut-9. Acqua riallacciata alla rete per 24 ore a partire dalle 14. OK: rubinetti, docce, tubi. Usare con giudizio: apparecchiatura elettronica industriale.*

Ci vuole un attimo perché lo assimilino.

"Aspetta. È uno scherzo?"

"Non avevo idea che fossero pronti a provare," dice Mani.

Raccolgono le loro cose, chiudono la notifica, e si alzano. "Varsavia è riuscita a far scorrere l'acqua per una settimana tramite un sistema di condensazione," dice Amir. "Ma questa è Beirut."

"E quindi?" dice Mani. "Beirut è stupenda! Beirut ha l'acqua!"

Saltellano su per le scale diretti alla passerella. Un mormorio più forte di quello del mare si alza dalla caffetteria del fondale: il messaggio del comune si sta diffondendo.

Raggiungono la casa di Mani in tempo record. È una giornata calda e Amir sente prurito a causa del sudore e dei residui della barriera con un'intensità mai provata prima.

"Mamma? C'è l'acqua!" urla Mani nella casa buia.

"Nessuno," dice Amir.

"Ah, ha un'ora di abilità trasversali questo pomeriggio."

"Ci laviamo le mani?" ansima Amir, inseguendo Mani su per le scale.

"Non essere ridicolo. Dobbiamo andare fino in fondo." Apre una porta del corridoio. "Qui dentro."

Amir la segue. Si è piantata di fronte a un box doccia asciuttissimo. Il soffione della doccia è incredibilmente lucido. Ci sono dei residui dell'involucro di plastica. È vecchio, ma ancora nuovo di zecca.

"Sono quasi le due."

"Riusciranno a farlo?"

"Abbi fede, Amir. Abbi fede."

"Pensi che sarà anche calda?"

Mani, mentre si toglie le mutandine da bagno, alza le sopracciglia nella sua direzione fino a quando lui non fa altrettanto. "Scommetto di sì." Si avvicina al box doccia e gira una manopola. Stride a causa del mancato utilizzo.

Aspettano.

Alle due in punto, le loro orecchie si riempiono di un rumore simile a quello di un acquazzone. Poi delle loro stesse grida. Mani ci balza dentro senza controllare la temperatura, emettendo un suono stridulo. "Si sta scaldando!" Allunga la mano e prende Amir per il braccio. La sua stretta gli fa venire la pelle d'oca. "Dai, vieni!"

Lo fa. È la cosa più sublime che abbia mai provato. Appoggia le mani sulle piastrelle bagnate e chiude gli occhi sotto lo scroscio dell'acqua.

"Quanto possiamo stare qui dentro?" Riesce a non soffocare. Un'enorme quantità di acqua gli scorre sul viso e sulla lingua.

"Stiamo facendo i bravi condividendo. Rimaniamo qui per un po'," dice Mani. "Stai piangendo?"

"Sì!" Apre gli occhi per guardarla ma il suo volto è sfocato e bagnato. "E tu?"

"È una cosa privata," dice Mani. Ma avvolge le braccia attorno alla sua vita, il ventre contro il suo fianco, e poggia la fronte sulla sua guancia. I loro corpi sono scivolosi e caldi. Amir sente se stesso fare le fusa. "Oh. Wow."

"Sì."

"Non è come la nebbia," dice lui.

"No. Completamente diverso."

La condivisione di una postazione è incoraggiata nelle stanze nebulizzate. L'hanno fatto parecchie volte. Si lavano la schiena a vicenda e discutono di come potrebbe essere il vero pan-umanesimo. È gradevole. Ma questo – privato, caldo, senza cronometro, tutta quell'acqua che scende – è un tipo di esperienza totalmente diverso.

"Penso di doverti dire," dice Mani, "che sto pensando al sesso."

Amir apre un occhio per guardarla, ma riesce a vedere solo la sommità della testa di lei contro la sua guancia. "Anche io," dice, in maniera quasi superflua, ma non completamente. Mani ha una buona visuale.

L'hanno *quasi* fatto così tante volte, ma mai del tutto. Questo sembra il momento giusto, così profondamente loro. Ma è anche il momento sbagliato.

"Però, l'acqua, Mani! Consapevolezza. Presenza. Questo."

"Certo," risponde lei.

"Potremmo non avere più la possibilità di averlo."

"Potremmo non avere più niente di niente," replica Mani, la più pedante, tanto per cambiare.

"Ma tutta quest'acqua," dice lui.

"No, hai ragione," ammette Mani, attutita dal flusso ipnotico della doccia. "Tutta quest'acqua."

Il progetto pilota di Beirut Water viene considerato un successo solo parziale; non viene ripetuto per almeno due anni. Nel frattempo, Mani se n'è andata. Ad Amir torneranno in mente diapositive di volta in volta diverse di quel giorno, a seconda di quanto siano caldi o freddi i suoi pensieri, ma il ricordo si concluderà così, ogni singola volta: il modo affettuoso in cui Mani fa scorrere la mano sulle sue costole bagnate sotto il getto d'acqua calda prima di lasciarlo andare del tutto.

Amir dorme male il giorno prima che escano i risultati dei test di ammissione per l'università. Sa, anche se non per certo, che entrerà alla Beirut e Dintorni, la sua prima scelta. I suoi voti sono eccellenti. Ha fatto il venti per cento di ore di crescita personale in più del dovuto – gli piace farle – e il suo punteggio per l'impegno civico è il più alto di sempre dell'Accademia di Beirut-3. Ma è comunque nervoso. Quando il suo orologio suona alle quattro del mattino, si sveglia di soprassalto: COLLEGE FUTURISTA BEIRUT E DINTORNI, CORSO DI FILOSOFIA UTOPICA.

Inoltra la notifica a Mani con una sfilza di punti esclamativi, il suo entusiasmo-barra-sollievo annebbiato viene smorzato solo un poco quando lei non risponde subito. I voti di Mani sono stellari, ma il suo punteggio per l'impegno civico non è ottimo. Lei avrebbe voluto il Politecnico Panumanista ma Amir ha il brutto presentimento che sia stata assegnata al College del Vicino Oriente.

Mentre si prepara, elabora nella sua mente un discorso di incoraggiamento, con tanto di riferimenti ai più famosi pensatori pan-umanisti che hanno frequentato il Vicino Oriente e ai loro contributi alla società. Il Vicino Oriente è un'ottima scuola, ed è a mezz'ora di viaggio in treno superveloce più vicina a Beirut e Dintorni rispetto al Politecnico Panumanista. Mani farà cose straordinarie ovunque vada.

Amir è in anticipo di quindici minuti per la sessione di crescita personale del mattino. Hanno appena aperto le porte del Centro di Riflessione, c'è un gruppetto di mattinieri che affluiscono sotto gli archi caleidoscopici e conversano sommessamente mentre sistemano tappetini e coperte sul pavimento di pietra secolare. Ma Mani è già lì ad aspettarlo, seduta a gambe incrociate sul suo tappetino, stringendosi le mani così forte che le dita sono bianche fino alle nocche. Amir si blocca all'istante.

"Mani?" Chiede, insicuro.

Senza dire una parola, lei alza il polso per mostrargli la notifica che ancora appare sullo schermo dell'orologio: INTL UNIVERSITY FOR HUMANISM, MOGADISCIO, PROGRESSO GLOBALE.

Amir sente il cuore sprofondare. Progresso Globale alla IUH è... Lui aveva pensato di fare domanda, più per gioco che altro, ma accettano solo tre studenti all'anno, da tutto il mondo, e non avrebbe mai pensato...

"Wow," dice, lasciandosi cadere accanto a lei, la voce bassa per non creare alcun eco. "Wow, Mani, è – non pensavo neanche che *facessi domanda*, è – fantastico. È proprio fantastico. Sono davvero, davvero fiero di te," dice, e lo pensa davvero.

Il viso di Mani è un misto di emozioni, che si susseguono troppo velocemente perché Amir possa catalogarle a dovere: felice-triste-eccitata-nervosa. "È parecchio lontano," dice lei.

"È *eccitante*," la corregge lui. "Mogadiscio, te l'immagini! Magari potrei venire a trovarti, una volta." È molto improbabile, e lo sanno entrambi. Mogadiscio non è ancora su una linea di trasporto aereo pulita con Beirut. Dovrebbe fare due mesi di impegno civico e uno di crescita personale per bilanciare il fatto di prendere un volo inquinante per il suo piacere. Mani sfodera comunque un sorriso.

"Mi piacerebbe molto," risponde. Al centro della sala, la guida alla meditazione di oggi si sta sistemando sul podio. I riscaldatori a soffitto sono stati accesi e diffondono il profumo delle travi di cedro in tutto l'ambiente. Mani urta la spalla di Amir con la propria. Il suo sorriso si trasforma in qualcosa di più sincero. "Dai, però. Sappiamo entrambi che sarai troppo preoccupato a cambiare il mondo per pensare minimamente a me."


## 2: Il meccanismo, uno scambio proficuo

Non è che Mani abbia ragione, perché è ovvio che Amir pensi a lei. Pensa a lei ogni giorno, almeno all'inizio. Ma poi l'acqua comincia a tornare a Beirut, e Amir viene travolto dallo spirito civico, dalla nuova ondata di speranza. Abbandona il corso di Filosofia Utopica il giorno dopo aver aiutato un gruppo di volontari a installare una passerella a energia cinetica nel parco principale dell'università – contano di riuscire ad alimentare le lampade del campus per due ore ogni notte – e si iscrive a Urban Design. L'idea di rigenerare e pianificare la città si radica in lui.

Dopo la laurea supera un concorso per un apprendistato presso la Beirut Grid, dove incontra Rafa, che sta lavorando sulla microcittà della poesia di Bekaa Valley e sulla capitale per migliorare le proprie competenze, ed Ester, una beritense di terza generazione la cui nonna ha guidato il movimento per i diritti dei lavoratori domestici all'inizio del secolo. Si innamorano tutti a vicenda quasi contemporaneamente.

Amir Tarabi ha ventidue anni. Ha un appartamento ad al-Manara. Dalla finestra della cucina, il faro illumina la risacca del Mediterraneo, e ogni volta che la vede pronuncia una frase tacita di speranza per il mare, affinché prenda corpo e si gonfi di muscoli per sempre. Ricorda la conversazione con Mani sui pesci, immagina un giorno futuro in cui sguazzeranno in superficie e vedranno con i loro occhi banchi interi, argentati e bronzei e fuggevoli.

Amir è al lavoro a tarda sera quando il suo orologio suona. Rafa ed Ester. *Facci entrare, siamo alla porta di Ricerca-4.*

Barcolla verso il corridoio sulle spine. Il ricordo di aver programmato un appuntamento a cena per stasera, un'ora fa, lo colpisce subito prima di aprire la porta.

Rafa ed Ester di solito non si coalizzano contro Amir, ma eccoli qui, fianco a fianco, con la stessa identica espressione, e non è *siamo così felici di vederti.*

Ester solleva un pacchetto e Amir sente odore di cibo.

"Non ricordo di aver *mai* mandato all'aria un appuntamento con Amir quando lavoravo alla Grid," dice Ester esplicitamente a Rafa.

"Mmmh, Ester," risponde Rafa teatrale. "Forse perché avevi rispetto per il suo tempo e le sue attenzioni? Perché capivi che le relazioni interpersonali hanno bisogno di essere coltivate accuratamente?"

"Mi dispiace *così* tanto," squittisce Amir, facendoli entrare e allungando una mano per prendere i loro cappotti. "Posso spiegarvi cos'è successo? Non sono delle scuse, solo una contestualizzazione."

Ester guarda Rafa. Rafa guarda Ester. Entrambi guardano Amir scettici.

"Ragazzi, mi dispiace. Vi ricordate la questione Crowdgrow?"

"Quella in cui volevi promuovere l'ecosviluppo di fiori in giro per il quartiere?" chiede Rafa. "Ce ne hai parlato il mese scorso."

"Giusto," dice Amir. "Oggi abbiamo scoperto che il gruppo dei biologi è riuscito a ottenere alcune dosi sintetizzando gli inquinanti atmosferici in laboratorio. Mesilla mi ha chiesto di preparare una richiesta di finanziamento per il progetto. Se dovesse essere finanziato, vorrebbe che sia io a guidare il gruppo di ricerca."

Amir è fortunato che entrambi i suoi partner sappiano cosa significa per lui. I loro volti si addolciscono.

"Bene. Sapevo che Mesilla avrebbe cambiato idea," dice Ester. "Ma non sei comunque autorizzato a dare buca agli appuntamenti."

In un cucinino deserto della Beirut Grid, Amir prende dei piatti e Rafa ci mette sopra uno stufato di melanzane alle erbe. Mentre mangiano, Amir proietta su una parete delle foto colorate di alberi sezionati, e Rafa ed Ester si limitano a fare brevi versi di assenso durante la sua spiegazione per alcuni minuti, fino a quando Rafa dice: "Amir, amore, sono le nove di sera e continui a usare espressioni come *carico floreale*."

"Ottima osservazione, Rafa," dice Ester. "Amir, clicca sul tasto del proiettore."

La proiezione passa allo sfondo del suo gioco di strategia di immersione preferito.

"Ho portato il dolce," dice Rafa. Estrae un enorme sacchetto di caramelle e una bottiglia di whisky. Fanno un po' di spazio.

"Ooh," esclama Ester, confermando un'impostazione di spostamento sguardo-pausa. "Dobbiamo poter mangiucchiare."

"Oh, *no*," dice Amir. "Non finisce mai bene. È un gioco di *immersione*."

"Sssh," controbatte Rafa. "È destinato a essere un gioco di immersione ubriaco."

Il loro amore è così, accogliente e indulgente di fronte ai difetti di Amir. Poi, all'inizio dell'estate, Ester chiude con Rafa e Amir: nessun rancore, solo esigenze diverse, visioni diverse della vita. Non che la cosa non faccia male. Amir e Rafa passano diversi giorni a struggersi l'uno tra le braccia dell'altro, scambiandosi coccole di solidarietà. Ma Amir ha sempre creduto a ciò che dice la teoria panumanista: che l'amore è rispetto e collaborazione tenuti insieme da un'accettazione radicale, acquisita e persa liberamente.

Amir si dice di trarre conforto da questo, e fa del suo meglio per mantenere un cuore aperto.

Il convegno Future Good di Hanoi è il più grande del settore, con dodici indirizzi accademici e l'esenzione totale del viaggio aereo. Amir e Rafa si candidano ogni anno e non ottengono mai un posto, ma alla fine ci riescono. Sono emozionati durante il volo: nessuno dei due riesce a lasciare Beirut spesso e di certo non hanno mai avuto alcun motivo per viaggiare in aereo insieme.

Partecipano al discorso di benvenuto e trascorrono le ore culturali previste nel Quartiere Vecchio, seduti su sgabelli bassi con le ginocchia che urtano tra loro, imboccandosi a vicenda con bánh bao di uova di quaglia. Il vecchio supervisore di Rafa sta presiedendo una sessione di domande e risposte sulle microcittà delle arti, ma Rafa e Amir perdono la cognizione del tempo passeggiando mano nella mano sulle rive del Fiume Rosso. Una volta persa questa occasione, non c'è motivo di tornare in albergo, così restano fuori fino alle tre del mattino a degustare il vino di riso appicciccoso, mentre tutti cercano di avvertirli che è più forte di quanto sembri dal gusto.

Il convegno sulle tecnologie di bonifica del mattino successivo è una specie di casualità.

Stanno cercando... Oh, Amir è quasi troppo imbarazzato per ammetterlo. Stanno *cercando* qualcosa con cui fare colazione, e Rafa nota un grazioso essere umano di genere indeterminato con capelli multicolori e un elegante abito a tre pezzi che sgattaiola fuori da una delle sale delle conferenze, con le braccia piene di tazze di caffè e muffin. Amir e Rafa sono affamati, quindi si intrufolano nel retro, gli occhi puntati sul tavolo del buffet che si trova sulla parete posteriore, ed ecco Mani Rizk dirigersi verso il palco principale.

Il corpo di Amir si riempie di adrenalina. Afferra Rafa per il polsino della manica e lo conduce verso una delle sedie. Cerca di essere discreto, ma Rafa borbotta proteste confuse per un bastoncino da caffè e Mani li vede, ovviamente. La sua faccia passa dallo stupore alla felicità. E poi finge in maniera esemplare di non aver visto Amir, perché, dopo tutto, ha un intervento da portare avanti.

Rafa fissa Amir con aria confusa per circa un minuto prima che le sue sopracciglia si alzino in modo piuttosto consapevole. Passa il resto della conferenza a dare gomitate ad

Amir ogni volta che Mani dice qualcosa di brillante, cioè ogni trenta secondi.

"*Quindi*?" Chiede Rafa divertito, quando la conferenza è finita e stanno aspettando dietro una calca fittissima. "Chi è, eh? Una rivale politica? Una cotta accademica? Un'amante perduta da tempo?"

"*No*," protesta Amir, a voce un po' troppo alta per quello spazio ristretto. "È solo... un'amica. Eravamo amici, da piccoli. Questo è quanto."

Se non altro, Mani sembra desiderosa di vedere lui almeno quanto lo è lui di vedere lei: la sua attenzione continua a distogliersi dalla persona con cui sta parlando, spostandosi ripetutamente su Amir. Lui sorride, incrociando il suo sguardo, e allarga le mani in un gesto goffo che spera trasmetta allo stesso tempo *ciao* e *ti aspetto*. Non appena la folla si dirada abbastanza da permetterle di allontanarsi, lo fa, avvicinandosi ad Amir e a Rafa con una sfilza di scuse e di giustificazioni.

"Amir," dice, e lo stringe in un mezzo abbraccio.

È tonda, solida e piccola – è strano, Amir si è sviluppato in altezza solo dopo i diciotto anni, e nei suoi ricordi sono ancora così, con lui che guarda verso l'alto. Ora Mani gli arriva a malapena alla clavicola. Lui le cinge le spalle con braccia stranamente lunghe e allampanate, stringendola forte.

Quando finalmente la lascia andare, i suoi occhi sembrano sospettosamente lucidi, ma potrebbe essere solo un effetto della luce del soffitto. "Non sapevo che saresti venuto alla mia conferenza," dice lei.

"È stato una sorta di incidente," ammette Amir.

Accanto a lui, Rafa geme. "Non *dirglielo*!" Si gira verso Mani. "Vuol dire che voleva farti una sorpresa. E il tuo intervento è stato fenomenale."

"Non ho intenzione di *mentirle*," dice Amir, indignato. "Riguardo alla sorpresa, intendo. Il tuo intervento *è stato* fenomenale. Non sapevo che stessi studiando i materiali idrofobi."

"Faccio parte di un consiglio sulla bonifica delle acque alla IUH," dice Mani, e poi, a Rafa, "e conosco Amir da troppo tempo per aspettarmi delle lusinghe. Sono Mani."

"Rafa Zarkesian. Sono un consulente per progetti architettonici di spazi artistici a Beirut."

"Rafa è il mio ragazzo," dice Amir. Sembra una cosa importante da accennare.

"Oh, mi sembrava di averti riconosciuto! Ho visto la tua foto sullo streaming di Amir. Da quanto..."

"Signorə Rizk?" interrompe una voce sopra la spalla di Mani. "Mi dispiace tanto intromettermi, ma..."

"No, no, ci mancherebbe," risponde Mani. "Scusate, dovrei davvero..."

"Sì, certo," taglia Amir. "È stato bello vederti, Mani, io..."

"Stanotte," interrompe lei, "dopo il discorso di chiusura. C'è quell'installazione nella galleria, la griglia interattiva della città? Non sono ancora riuscita a vederla. Se avete tempo, magari noi tre..."

Hanno un volo di ritorno a Beirut all'alba; avevano programmato di andare a letto presto e ipotizzato di saltare del tutto il discorso di chiusura.

"Sarebbe meraviglioso," dice Rafa. "Non mancheremmo per nulla al mondo."

Quella sera a Hanoi piove, solo una leggera nebbiolina simile a champagne, ma sufficiente a conferire un alone di festa all'intera città. Trovano Mani ad attenderli fuori dall'ingresso dell'installazione, con una corona di gocce d'acqua che si adagiano sui suoi capelli e riflettono un'esplosione di luci intermittenti e cangianti. Amir stringe un po' più forte la mano di Rafa.

"Siamo stati fortunati," dice Mani. Socchiude gli occhi mentre inclina il viso verso l'alto, tendendo un palmo a coppa come per raccogliere l'acqua. "Una bella nota di chiusura per il convegno."

"Fortunati," le fa eco Amir, sentendosi un po' intontito.

Rafa sbatte la sua spalla contro quella di Amir. "Avanti, voi due," dice, già affezionato. "Entriamo."

L'installazione è una città concettuale riprodotta in scala uno a cinquanta con ologrammi interattivi scintillanti e delicati reticoli di resina per stampa. Lo spazio non è coperto, e la pioggia di tanto in tanto crea delle interferenze con le proiezioni che fanno gemere Amir in segno di solidarietà con gli organizzatori dell'evento. Rafa e Mani, tuttavia, sono entrambi affascinati, e Amir non può fare a meno di essere entusiasta della loro felicità. Fa un video dei cavi di sostegno di un ponte sospeso proiettato che si attorcigliano intorno alle caviglie di Mani, insistenti e affettuosi come un gatto. A turno decorano Rafa con germogli di fiori a forma di stella nella sezione delle zone acquitrinose artificiali.

A un certo punto, Amir cammina schiacciato tra i due, con il viso all'insù per ammirare l'abbagliante arco fillotattico sotto il quale si trovano. Rafa tende la mano verso il basso per intrecciare le dita con quelle di Amir e, dopo un attimo che potrebbe sembrare di esitazione, dall'altra parte Mani tende la sua e fa lo stesso. Amir sente il proprio battito cardiaco nei palmi delle mani ed è sicuro che anche Mani e Rafa lo sentono, ma nessuno di loro dice nulla.

In seguito, si promettono di rimanere più in contatto. C'è una conferenza a Mogadiscio, a soli sei mesi di distanza; non è perfettamente in linea con la sua ricerca, ma Amir potrebbe riuscire a ottenere un invito. È davvero ridicolo che Amir non abbia ancora visto la nuova città di Mani, la sua nuova vita. Mani è così impegnata, sono tutti così impegnati, ma almeno potrebbero scriversi di più. Magari anche olochattare, a volte. Dopotutto, lavorano in campi affini; è loro responsabilità promuovere la comunicazione e la collaborazione internazionale. Inoltre, sentono la mancanza l'uno dell'altra. Non c'è motivo di perdere i contatti.

Dicono tutto questo, e lo pensano davvero. Ma, be'. La vita.

### 3: Ogni mattone posato migliaia di volte

Il laboratorio della Beirut Grid dimostra con successo l'ecosviluppo quantitativo in organismi campione due settimane prima che Amir compia ventotto anni, il che, per quanto lo riguarda, è un bel regalo di compleanno anticipato. Per festeggiare, Mesilla porta Amir all'orto botanico di Rmeil al fine di valutare le opzioni riguardanti il progetto pilota Crowdgrow; Hanne della New Projects si unisce a loro.

La curatrice stessa dell'orto offre loro una visita guidata. Li conduce lungo fitte passerelle verdi, esalta i modelli di crescita delle viti rampicanti e dei sempreverdi Chouf, entrambe specie eccezionalmente resistenti, sopravvissute alla peggiore delle carenze idriche. Mesilla sembra interessata – esamina un sempreverde in vaso che la curatrice le ha consegnato, infila un dito nel terreno – ma Hanne non presta alcuna attenzione, controllando le notifiche sull'Impulse o altro. Poi, all'improvviso, Hanne esclama: "Oh, Mesilla. Hanno appena annunciato i fondi per la realizzazione della prima Wet City al mondo."

Il cellophane stropicciato del sempreverde in vaso rimane immobile. La curatrice dice: "Posso mostrarvi qualcos'altro?" nel silenzio; Amir blatera di viti rampicanti d'alta quota. Si spostano in un'altra serra.

In fila per il pranzo, dopo, Amir aspetta che Mesilla gli chieda alcuni chiarimenti. Lui è già abbastanza deciso a voler provare l'ecosviluppo delle viti rampicanti, ma non gli dispiacerebbe parlarne più approfonditamente.

"Quindi," dice Mesilla subito dopo aver trovato una zona d'erba soleggiata nel parco di Achrafieh per un picnic, "C'è l'opportunità di ottenere dei fondi per una Wet City? Quando scadono i termini?"

"Tra un mese," dice Hanne. "Non c'è molto tempo per elaborare una proposta."

Amir sbuffa, cercando di riordinare i pensieri. "Qualcuno ha dimostrato che le pale per il recupero dell'acqua funzionerebbero in quella scala? Non era questo il punto critico del progetto di Colson e Smith?"

Hanne punta il pezzo di carota all'estremità della forchetta contro Amir. "Giusto. Ma i fondi All People sono stati stanziati sulla base di una confutazione tipo manuale di istruzioni di..." Hanne distoglie lo sguardo mentre cerca sull'Impulse "di Sameen Jaladi della IUH di Mogadiscio". Il nome della scuola di Mani riempie Amir di un misto di possessività e orgoglio.

Amir è in grado di trovare venti ragioni per essere cauti: la sfida tecnica della raccolta di umidità su larga scala, sì, ma anche il surriscaldamento dell'habitat costruito, le stagioni piovose incontrollabili, la muffa, le zanzare e le condizioni respiratorie. Per non parlare delle domande più immediate sull'alimentazione pulita delle pale e sullo spurgo dei canali di scarico. Ripone il panino nel cestino e si rivolge a Mesilla.

"Si tratta di un sacco di risorse destinate a un modello non ancora testato. Dovremmo dirottare denaro ed energie impiegabili in direzioni di comprovata utilità", afferma. *Come Crowdgrow*, pensa, ma non lo dice.

"Però, in teoria," dice Mesilla, "ogni metropoli è una piccola oasi verde. Pale di condensazione reticolate, acqua pulita dall'aria. In teoria, non dovrebbe più esserci insufficienza idrica".

Scarta un altro po' di panino in modo studiato: filetto di proteine di fagioli in salsa yogurt alla menta, il suo solito. "Qualcuno può farmi avere il progetto di Jaladi e le linee guida per la candidatura?"

Amir sta già consultando l'Impulse. Consegna i documenti a Mesilla con due intensi battiti di ciglia. "Eccoli."

Tornano agli uffici di Beirut Grid parlando dei progetti di Amir per il suo compleanno – Joud lo porterà a Damasco con un treno notturno ad alta velocità, il loro primo viaggio insieme come coppia – ma la conversazione del pranzo gli ronza ancora in testa.

Due giorni dopo, quando Mesilla prende da parte Amir e Hanne e chiede loro di mettere insieme un progetto per la Wet City, la cosa non lo sorprende.

È una giornata torrida con un indice di pulizia dell'aria davvero schifoso. A tutti è stato permesso di rimanere a casa, ma alcuni di loro sono in sede, compreso Amir, perché il suo appartamento era così rovente che temeva di sciogliersi nella poltrona. Il caldo gli ricorda di quando era seduto in un caffè sul mare con Mani, che ovviamente gli ricorda la conferenza Future Good con Mani, che porta i pensieri di Amir in una direzione del tutto inutile.

Il messaggio dell'Impulse di Mesilla arriva in due parti. La prima, breve, vibra al suo polso e lampeggia con urgenza sul suo display. È per Amir e Hanne, due parole: *Abbiamo vinto!*

Si aspetta di essere eccitato, ma sente solo una stanchezza mortale.

La seconda parte del messaggio di Mesilla è un itinerario di viaggio di più vasta diffusione. L'oggetto provoca nel corpo di Amir strane reazioni: *Accademici dell'IUH di Mogadiscio*. La apre con un colpetto sul polso, come se avesse bisogno di vederla in uno spazio fisico, e ovviamente:

*Jaladi, Sameen*

*Proctor, Trevor*

*Gupta, Jan-Helga*

*Rizk, Mani*

"Merda," gracchia. Il suo lato dell'ufficio è vuoto. Dalla finestra aperta sente lo xilofono discendente del treno muoversi lungo le traversine e, più vicino, il richiamo di un uccello vittima del calore che sembra più stanco di lui.

Sbattendo le palpebre, recupera la conversazione con Mani. Il loro ultimo scambio: *Buon anno!* da lei a lui, sei mesi fa; *Buon anno!!* da lui a lei un paio d'ore dopo, e da allora niente. Sussulta.

*Beirut????* scrive.

La risposta di Mani è quasi istantanea. *Parto tra una settimana.*

Amir invia *!!!*. La sua pancia è un unico grande nodo.

*Mi hai tolto la punteggiatura eloquente di bocca*, risponde lei.

Amir si fa assegnare il compito di accompagnatore dall'aeroporto per gli accademici della IUH. Al Future Good, l'incontro con Mani è stato uno shock improvviso; la settimana in cui aspetta l'arrivo dell'aereo i suoi nervi sono come un rubinetto che perde. Non riesce a mangiare come si deve, ma si ritrova a stipare la dispensa con tutto ciò di cui si ricorda che Mani era ghiotta: melassa di carruba, noci di Pili salate, un Merlot della Bekaa Valley, feta di anacardi. Joud prova a condire uno stufato con le ottime stecche di cannella che Amir ha preso al mercato di al-Raouché per il tè speziato, ma Amir non glielo lascia fare.

"Le sto tenendo da parte," dice Amir, archiviando colpevolmente che ci sarebbe stata una cena Joud-lui-Mani in cui saranno usate quelle stecche di cannella. Non sa cosa gli sia preso. L'aereo da Mogadiscio, incurante e probabilmente in volo sulla Groenlandia indipendente per altri affari, lo sta uccidendo.

Ma poi si ritrova all'aeroporto, e il suo Impulse gli dice che il volo da Mogadiscio è arrivato sano e salvo. Mani gli ha inviato la sua geolocalizzazione dell'Impulse, il che significa che potrà sapere esattamente quando lei attraverserà la dogana e si dirigerà verso l'area pubblica.

Si distrae cercando di calcolare quanto tempo è passato dall'ultima volta che si sono visti, sfruttando il calcolo mentale. Il suo aiutante dell'Impulse rileva le sue saccadi. *Sembra che tu stia calcolando qualcosa. Posso aiutarti?* Amir emette un gemito e sbatte le palpebre. Finisce il calcolo – 1.513 giorni – ma ora riesce a malapena a respirare. Poi la porta degli arrivi si spalanca, e dietro di essa c'è una colonna di passeggeri. Lui vede Mani in mezzo alla folla, e lei lo vede a sua volta.

Non è il momento che aveva immaginato. Mani è impegnata in una conversazione con i suoi colleghi. Li fa avvicinare ad Amir e lui vorrebbe abbracciarla, ma il fatto che sia in veste ufficiale – e che ci siano tre accademici pionieri del settore che non ha mai incontrato lì a studiarlo – lo blocca al suo posto.

"Ciao," dice Mani.

"Ciao," risponde Amir. Non *wow, io e te a Beirut, come quando avevamo diciassette anni.* Che è ciò che sta pensando.

"Sameen, Trevor, Helga, Amir," dice Mani, e all'improvviso sono tutti sul treno veloce nello scompartimento privato che Amir ha prenotato, tutti guardano dal finestrino questa città di cui hanno sentito la mancanza o che non hanno mai visto prima, e la conversazione si sposta su quanto Beirut funzionerà meravigliosamente come Wet City.

Cerca di non incrociare troppo lo sguardo di Mani, ma quando lo fa lei gli rivolge un sorriso complice che ricorda bene. Pensa al vino e al formaggio. Avranno un sacco di tempo da passare insieme in seguito.

Senonché, il giorno dopo Mesilla dà il via alle attività della Wet City. E Amir e Mani iniziano a litigare. Parecchio.

Per certi versi non è una novità. Da ragazzi avevano discusso le minuzie della teoria pan-umanista davanti a un tè nero caldo: se gli animali meritassero una protezione più incisiva rispetto alle piante, se il controllo della popolazione potesse mai essere giustificato, se il potere dovesse in ogni caso essere decentralizzato in direzione delle comunità locali.

Ma ora la posta in gioco è diversa. *Loro* sono diversi. Le discussioni peggiori avvengono durante le riunioni sul progetto, di fronte a Hanne, Caveg e al resto del team. Amir lascia una riunione dopo l'altra come se fosse stato malmenato. Il modo in cui Mani sembra avere a portata di mano uno studio rassicurante per confutare ogni sua preoccupazione gli fa serrare la mascella in modo poco civile. È talmente imbarazzato da questo continuo serrare la mascella che si fa crescere la barba per nasconderlo.

Per quasi due settimane evitano le conversazioni di circostanza. Amir inizia a detestare andare al lavoro, cosa che non era mai successa prima. Poi, un lunedì, Mani si ferma alla postazione di Amir, si avvicina per vedere se sta lavorando sull'Impulse, e lui sente il profumo di lei, minerale e salino e solo vagamente dolce.

"Mi aiuteresti a redigere un avviso? Se non hai da fare?" chiede. Solleva una tracolla. "Ho portato il tè dalla zietta del chiosco di sotto."

"Avviso?" Amir è subito nervoso. "Hai bisogno di un linguaggio di programmazione? Caveg può aiutarci?"

Le sopracciglia di Mani si abbassano. "Non ho bisogno di un linguaggio di programmazione. Mi manca solo fare le cose insieme. Pensavo che sarebbero state molte di più."

"Sì," dice Amir, e si alza per seguirla. Gli viene in mente quando l'aveva seguita la prima volta, nelle stanze nebulizzate. Non capisce se stesso. Ha aspettato di riavere Mani per un decennio – non con una vaga malinconia, ma con un'attesa attiva e totalizzante, a ben vedere. E ora lei è proprio qui, e lui non riesce a parlarle senza arrabbiarsi. La cosa buffa è che non è nemmeno arrabbiato con lei. È qualcosa di più simile a un abbaglio. Lei è un sole che fa esplodere la sua visione in immagini residue.

"Oppure," dice Amir nel corridoio, "potremmo andare al nostro vecchio caffè? Non dovrebbe essere troppo trafficato in questo momento".

Mani annuisce con decisione. "Andiamo. Sameen prenderà volentieri il tè della zietta del chiosco."

La corsa nel treno superveloce passa per lo più con Mani che indica le nuove installazioni artistiche e gli spazi verdi e Amir che le dice in che anno sono stati costruiti e perché. È bravo in queste cose. Li sa quasi tutti senza usare l'Impulse, ma confessa quando deve cercarne uno. Mani lo rimprovera perché non li conosce tutti a memoria.

"Tutti mi dicevano *oh, Amir, il prodigio di Beirut Grid*. Una sorta di genio della pianificazione urbana. Credo di essermi aspettata troppo," dice provocatoria.

"Non l'ha mai detto nessuno," risponde Amir. "E anche se l'avessero detto, la IUH ti ha dato aspettative impossibili."

"Il pan-umanesimo consiste nel realizzare un sistema di civiltà che la teoria dei giochi definirebbe impossibile, giusto?"

"Giusto," dice Amir. "Ma c'è l'impossibile della cara,

vecchia teoria pan-umanista e l'impossibile della IUH di Mogadiscio."

Il treno rallenta e si ferma accanto al loro vecchio caffè. Scendono lungo la passerella fino al loro solito tavolo, ordinano un tè con un click e si accomodano nelle rispettive sedie. "Wow," dice Amir.

"Sostituisci i vestiti da adulto con mutandine da bagno, raditi la barba, ed è come se fossimo tornati indietro di dieci anni."

Amir solleva il loro ordine di tè da un robot portavivande. "Eravamo così complici? Difficile da credere."

Mani si fa passare il bicchiere. "Oh, sì. Eravamo assurdi. Come una persona in due corpi, all'epoca."

Amir sussulta in un modo che lo fa ripiegare su se stesso, come se il petto gli stesse inghiottendo il resto del corpo, ingoiando le sue parole. Mani è sempre stata quella schietta, ma entrambi sanno che lui è più sentimentale, e teme che se dicesse qualcosa ora sarebbe troppo.

"Non ti piace la barba?" riesce a dire.

Mani si avvicina e gli accarezza la guancia contropelo. "Non mi dispiace," dice.

Amir scuote la testa. Lei ritira la mano. Aveva dimenticato quanto fossero trasparenti l'uno con l'altro. Quanto lo siano, l'uno con l'altro.

"Come sta Rafa?" chiede Mani, mescolando il tè.

"Ci siamo lasciati l'anno scorso." Lui non cerca di liquidare la questione. Mani sa che è stata una cosa importante.

Mani rimane un po' in silenzio, poi: "Ti ho appena ordinato un bicchiere di *arak*."

Amir ride e appoggia la testa sulle braccia. "Sono le due del pomeriggio, ma grazie." I gabbiani gracchiano dalle intelaiature degli ombrelloni gialli. "Questa cosa della Wet City, Mani," inizia. Non sa come finire.

"Non ci credi," interviene Mani.

Amir fa una smorfia. "È così evidente?"

"No." Dovrebbe essere rassicurante, ma Mani gira la tazza da tè formando lentamente dei cerchi, senza incontrare lo sguardo di Amir. "Amir-senza-metterci-il-cuore lavora con più passione della maggior parte degli umani nei loro giorni migliori. Ma io me ne accorgo."

Anche questo dovrebbe essere rassicurante. Invece Amir sente l'irritazione montare nel petto. "Negli ultimi sei giorni ho trascorso ogni momento della mia giornata lavorativa a cercare la documentazione necessaria a ottenere l'autorizzazione per un metallo espanso sperimentale che verrà utilizzato in meno del due per cento dei puntelli di sostegno della struttura delle pale," dice. "Non è esattamente il modo in cui avevo immaginato il mio percorso professionale. Ma lo sto facendo. Non è giusto criticarmi per mancanza di entusiasmo."

"Non ti stavo criticando," dice Mani. "Penso che tu stia facendo un buon lavoro."

"Sì," dice Amir. Arriva l'*arak*. Lo prende dal robot portavivande e lo mette accanto alla tazza di tè, allineandoli con cura l'uno accanto all'altro. È consapevole che Mani sta aspettando che lui dica qualcos'altro. Non dovrebbe. Dovrebbe cercare di indirizzare la conversazione verso qualcosa di innocuo. "Ti ricordi," dice, "il progetto Crowdgrow di cui ti avevo parlato durante il congresso Future Good?"

"Ne eri davvero entusiasta," dice Mani. "Sembrava promettente."

"Lo era. I test a camera chiusa avevano mostrato un miglioramento del quindici per cento della qualità dell'aria e quasi mille famiglie si erano iscritte come tester. Da allora, ogni volta in cui è stato pubblicato un bando, abbiamo richiesto un finanziamento per proseguire la ricerca. Non molto – una cifra appena sufficiente per uno studio pilota. Meno di quanto spendiamo ogni settimana per la gestione amministrativa del progetto Wet City."

"Ma senza successo?" chiede Mani.

"Ma senza successo," conferma Amir.

"Amir," dice Mani, ma c'è troppa compassione nel modo in cui pronuncia il suo nome.

"So cosa stai pensando," dice Amir. "Che sarebbe uno spreco. Che la Wet City è un impiego migliore di risorse."

"Sì," dice Mani. "In effetti lo penso." Il modo in cui lo dice avrebbe potuto essere gentile, ma non lo è.

"Sei sempre così sicura di te," dice Amir. Il modo in cui lo dice avrebbe potuto essere un complimento, ma non lo è. "È ego?"

"È gelosia?" ribatte Mani.

Amir sente quel familiare muscolo della mandibola contrarsi. Beve un sorso attento e misurato di *arak*, come se ciò potesse nasconderlo. "Se dovesse andare male..." esordisce, una volta sicuro che la voce risulterà ferma.

"Oh, per favore," lo interrompe Mani. "Vuoi dirmi che c'è da aver paura di provare qualcosa di veramente grande, di veramente innovativo, perché c'è il rischio di fare la figura degli sciocchi? *Questo* sì che è ego."

"Non si tratta di *reputazione personale*," dice Amir. "Si tratta dello spreco di denaro, del tempo, dell'investimento emotivo – sai quanto può essere demoralizzante per una comunità se un progetto come questo fallisse..."

"Non fallirà."

"Non puoi saperlo."

"Abbiamo fatto tutti i test, le simulazioni e i prototipi possibili, Amir. L'unico modo per essere più sicuri di così è lasciare che qualcun altro lo faccia per primo, e io non sono disposta a farlo."

"Ego," dice Amir.

"E allora?" sbotta Mani, che ora sembra sinceramente arrabbiata. "Faremmo tutti meglio a rimanere nel nostro giardino a piantare margherite mutanti? Cresci, Amir. Hai la possibilità di lavorare a qualcosa di veramente significativo, e hai troppa paura per sfruttarla."

Se si trattasse di Amir, si pentirebbe immediatamente di queste parole così dure, inizierebbe a fare i salti mortali per scusarsi prima che il pungiglione abbia la possibilità di colpire.

Ma si tratta di Mani. E Mani dice sempre quello che pensa.

Amir abbassa lo sguardo sul bicchiere ormai vuoto che tiene tra le dita. "Si sta facendo tardi," dice. "Sarà meglio rientrare."

Mani si alza, le gambe della sua sedia protestano rumorosamente contro il cemento. "Abbiamo questa possibilità…" si ferma. "Non riesco a capire perché lo rendi così difficile."

Dovrebbe controbattere. Invece ordina un altro *arak* e si costringe a non guardarla mentre si lei dirige verso la stazione dei treni.

### 4: Ognuno di noi investa il lavoro

Amir e Mani non sono rimasti arrabbiati per un intero anno e mezzo. Qualcosa di così grave avrebbe spronato Amir ad agire, lo avrebbe costretto a fare quella conversazione scomoda e difficile che avrebbe mostrato loro la strada per tornare a scambiarsi brani di saggi e discorsi contorti, e forse anche a sdraiarsi a terra dopo una mega cena cucinata insieme.

Non sono *arrabbiati*: sono troppo intelligenti per la rabbia, pensa Amir, o troppo orgogliosi. Sono solo insensibili l'uno nei confronti dell'altro. Le loro parole rimbalzano, troppo poche vengono assorbite. I loro pranzi insieme sono fatti di troppi silenzi che richiedono un nuovo argomento di conversazione, e quando arriva il momento di congratularsi – come quando la prima pala è stata posizionata con il drone a Piazza dei Martiri e le misurazioni mostrano un promettente trasferimento di vapore nelle celle di condensazione alla base – i loro abbracci sono prudenti e inconsistenti.

Il progetto della Wet City, incredibilmente, procede con pochi intoppi, ma una o due volte Amir si accorge di un difetto nella progettazione per cui Mani gli rivolge un'occhiata profonda, di riconoscimento.

"Sto facendo dei calcoli con l'Impulse," dice Amir. "La pala est di Beirut-3 potrebbe non riflettere verso l'interno come vorremmo, con la nuova bug-in-amber orientata in quel modo?" *Bug-in-amber* è il diminutivo con cui chiamano le opere d'arte che inseriranno in ogni pala traslucida, uno degli aspetti del progetto che Amir preferisce. Picchietta i suoi calcoli.

"Prodigio," si limita a dire Mani, e Amir è sul punto di chiederle se vuole cenare con lui dopo il lavoro. Non lo fa. Diventa più bravo a trovare i difetti, però. Ci sono momenti in cui vede solo difetti.

La Beirut post crisi idrica è incantevole, con i suoi animati mercatini di giorno e le raffinate feste di piazza di notte.

Amir e Joud si incontrano ogni due settimane per esplorare il quartiere degli artigiani di Nouveau Centre-Ville, Amir alla ricerca di modelli artistici sostenibili per i pezzi molto più grandi di bug-in-amber che seguiranno, Joud nella speranza di arricchire la sua collezione di abaya libanesi in seta e broccato. È particolarmente attrattə dai modelli androgini che abbinano le tuniche abaya ricamate con i pantaloni in shirwal. Accarezza i plichi di pergamena, indugiando con le dita sulla calligrafia a goccia del sigillo dell'artigiano.

Spesso, i due tornano all'appartamento di Amir con enormi coni gelato, Joud gli racconta quello che hanno imparato sull'artigiano della serata sull'Impulse e fanno quel sesso vorace e impetuoso che segue l'assenza.

"Come sta Mani?" chiede Joud stasera, accoccolatə contro l'incavo del petto di Amir. Joud chiede spesso di Mani. Lo sa, ma il suo affetto per Amir è così sicuro, così stabile, che la domanda può venire subito dopo un rapporto intimo senza portare con sé alcuna traccia di malizia o di invidia.

"Oggi ha proposto una passeggiata sul lato delle pale che si affacciano sul mare per vedere il tramonto," dice Amir, "e ieri ha fatto visitare il sito a una delegazione arrivata due giorni prima da Singapore".

Joud mormora in segno di apprezzamento. Lo fa sempre. Joud ama a dismisura, navigando in una moltitudine di relazioni con una grazia e un'integrità che fanno sentire Amir come se non avesse mai assorbito un momento di crescita personale.

"Non devi assecondarmi, sai," dice Amir. Preme tre polpastrelli sul punto in cui la tempia di Joud incontra i morbidi capelli castani e li accarezza teneramente. "Io e te facciamo parte oguno della vita degli altri da due anni e non sono mai stato – voglio dire, Mani è sempre stata..."

Joud gli tappa le labbra con la guancia. "Non mi infastidisce, tesoro. Quello che penso è che alcune persone stanno l'una accanto all'altra, e altre finiscono imbrigliate tra loro," Joud stringe le mani con forza, fino alle nocche, "e non credo che la seconda sia meglio."

"Hai ragione, amore," dice Amir a Joud, che profuma di rami verdi, argilla e sesso. In quel momento l'appellativo risulta magico e autentico sulla sua lingua. "Per molti versi è peggio."

Ci sono momenti in cui rispettare la data prevista per il lancio della Wet City sembra un sogno irrealizzabile, però, man mano che sempre più pezzi vanno al loro posto, inizia a diventare fattibile, e poi una realtà ineluttabile. Venti mesi iper-efficienti dopo la distrazione di Hanne nel giardino d'inverno, le prime pale vengono messe in funzione; gli ingegneri iniziano gli ultimi stress test; l'idea di un festival cittadino per il lancio inizia a prendere forma. E poi, a tre mesi e mezzo dalla data di lancio, Mesilla chiama Amir nel suo ufficio.

Due dei loro artisti non riusciranno a completare i loro bug-in-amber in tempo per il festival, e Amir è stato incaricato di garantire che i loro prototipi temporanei siano materialmente abbastanza simili da poter essere utilizzati dagli ingegneri; presume che sia questo ciò di cui Mesilla vuole parlare. Invece viene accolto da unə sconosciutə. "Amir," dice Mesilla, "vorrei presentarti unə miə vecchiə collega: Adah Bertonneau".

Ada Bertonneau è ancora più altə di Amir, con due zigomi notevoli e una stretta di mano a due mani. "È un piacere conoscerla, finalmente," dice Adah, e il suo accento ha un non so che di intenso, tonante, che Amir non riesce a definire.

Amir sorride, perplesso. "Finalmente?"

"Ho letto la sua domanda di finanziamento per il progetto Crowdgrow ormai cinque anni fa," risponde Adah. "Mi sono dettə che avrei fatto in modo che Mesilla ci presentasse se fossi mai riuscitə ad arrivare in questa parte del mondo. Ed eccomi qui."

"Oh." Amir resiste alla tentazione di cercare Adah sull'Impulse – non è ancora molto bravo a utilizzarlo con discrezione. "Be', sfortunatamente, non abbiamo avuto l'opportunità di dimostrare la ricerca, ma spero che un giorno..."

"Signorə Tarabi," lo interrompe Adah. "Questo è, ovviamente, l'esatto motivo per cui sono qui a parlare con lei."

A quanto pare, Adah Bertonneau lavora presso il Centro di Studi Naturalistici di Nantes. Il Centro non è né grande né prestigioso (Amir si arrende e lo cerca sull'Impulse), ma il suo lavoro sembra abbastanza autorevole e alcuni dei suoi articoli recenti sono apparsi su riviste per le quali Amir un tempo avrebbe sacrificato i denti pur di ottenere una pubblicazione. Il laboratorio di Adah è nuovo, avviato grazie a una sovvenzione *estremamente* generosa della France Centrale, e sembra, più o meno, che stiano cercando un modo per investirla.

"Bisogna far colpo fin da subito," dice Adah, scrutando seriamente Amir al di sopra della tazza da tè. "Stiamo investendo le risorse nella fase iniziale, in modo da far partire subito diversi programmi. Non tutti funzioneranno a lungo termine, naturalmente, ma garantirei il finanziamento per l'intero periodo di due anni che ha richiesto, indipendentemente dai risultati. Detto tra me e lei, però? Ho questa... chiamiamola premonizione, che la sua proposta funzionerà."

È un sogno che si avvera, ovvio. E naturalmente il tempismo non potrebbe essere peggiore.

"Vorrei poterle dire di prendersi il suo tempo per decidere," continua Adah, "ma la data di inizio prevista è tra un mese, e temo che non sia flessibile". Adah spiega che vogliono condurre lo studio con una particolare vite rampicante le cui talee sono più vitali in autunno. Una settimana, e avranno bisogno di un sì o di un no, "altrimenti non ci sarebbe abbastanza tempo per sistemare la documentazione, lo capirà". Amir capisce. Stretta di mano. Mesilla accompagna Amir fuori.

"Prenditi il resto del giorno libero," dice lei. "Io... be', non so se dire mi dispiace o congratulazioni. So che è parecchio in una volta sola."

Amir è sul punto di chiederle di dirgli cosa fare, ma lei sembra leggerglielo in faccia.

"Ne possiamo parlare domani, se dovessi averne bisogno. Ma dormici su. Prima di iniziare a raccogliere opinioni."

Amir annuisce. È una mossa intelligente. Mesilla è sempre intelligente. Va nel suo ufficio, raccoglie le sue cose e fa del suo meglio per sgattaiolare via inosservato.

Peccato che si imbatta in Mani in attesa dell'ascensore.

"Ehi," dice lei, sorridendo un po' goffamente, con quella cordialità forzata. Poi nota la ventiquattrore. "Stai andando via?"

Non sono nemmeno le dieci del mattino. Amir preme di nuovo il pulsante di discesa: gli ascensori della Grid sono vintage, un modo carino per dire insopportabilmente lenti. Le porte sono specchiate; Amir ha letto da qualche parte che specchiare le porte degli ascensori riduceva le lamentele sui tempi di attesa, perché la gente si distraeva ammirandosi. Si chiede se sia vero. Spera che non lo sia. Pensa che probabilmente lo è.

"Mani," dice, "Me ne vado".

Il riflesso di Mani lo fissa.

Le porte si aprono di scatto.

Amir entra nell'ascensore; Mani ci mette un secondo in più a fare lo stesso.

"*Spiegati*," dice Mani. "*Adesso*? Sei serio?"

Amir è serio. L'ha capito soltanto mentre lo diceva ad alta voce. "Che ne dici di saltare il lavoro oggi?" chiede a Mani, facendo finta di non sentire la nota di supplica nella propria voce. "Avrei proprio bisogno di bere qualcosa."

Finiscono per andare da lui. Prendono il treno veloce in silenzio – è praticamente vuoto in questo particolare momento del mattino, ma il vento che soffia in galleria rende difficile sostenere una conversazione. Il viaggio dura solo cinque minuti, ma è abbastanza lungo da rendere Amir nervoso. Si guarda le dita intrecciate, appoggiate sulle ginocchia. Tra lui e Mani c'è un sedile vuoto, perché c'era spazio per stare larghi, e perché non avrebbero dovuto? Dopotutto, di questi tempi, non è che siano... be'. Si può dire a malapena che siano amici.

Mani non è mai stata nell'appartamento di Amir. Lui se ne rende conto mentre apre la porta d'ingresso; ci hanno provato un paio di volte, con vaghi accordi per una cena che sono saltati all'ultimo momento, con riunioni che hanno finito per essere spostate in luoghi di lavoro con la scusa di un migliore collegamento con i treni. Questo dovrebbe renderlo nervoso, pensa. Dovrebbe preoccuparsi del fatto che nessuna delle sue tazze di caffè sia abbinata, o se ha lasciato macchie di dentifricio sullo specchio del bagno quella mattina. Ma non è nervoso. Mani conosce già tutte le sue parti peggiori.

Il Merlot di Bekaa Valley è ancora nella parte posteriore della dispensa, perché la vita di Amir è uno scherzo. Lo stappa, versa a entrambi un calice generoso e si accomoda accanto a lei sul piccolo tavolo della cucina. "C'è un istituto di ricerca a Nantes," esordisce. "Vogliono finanziare l'avvio di Crowdgrow."

Mani rimane attonita, solo per un attimo, poi alza il calice di vino. "Allora questo è un brindisi," afferma. "Al riconoscimento, a lungo atteso, del mio brillante amico Amir Tarabi."

Amir avvicina il suo bicchiere a quello di lei. "Il fatto è che dovrei iniziare praticamente subito," continua. "Entro qualche settimana. Non sarei qui per chiudere Wet City. Non potrei partecipare al festival di inaugurazione".

"...oh," dice Mani. Abbassa il calice. "Accidenti."

"Già." Anche Amir abbassa il calice. Non sa bene come guardare Mani, quindi si concentra sul calice di vino, facendolo ruotare con cautela, osservando la luce rifrangersi. "Voglio dire, non è la fine del mondo," riprende lui. "Dovrò trasferire alcune cose un po' frettolosamente, ma in tutta onestà, non sono più indispensabile. E non mi interessa del festival. È solo che..."

Amir si ferma, alza lo sguardo. Non sa come interpretare l'espressione di Mani. Intricata, triste. Un po' come quella che assume quando sta cercando di risolvere un problema spinoso. Si allunga in avanti, trova le dita di lui con le proprie e le slega con cura dallo stelo del calice. Gli tiene la mano nella culla calda dei suoi palmi, facendo scorrere il pollice, in una sorta di scoperta, sulla linea di demarcazione sotto le nocche, come se stesse per leggergli la fortuna.

"Sarebbe stato bello," dice Mani, "avere più tempo".

"Mani," dice Amir, disperatamente. Lei alza lo sguardo, lo osserva. Si sente esposto, come se lei stesse facendo l'inventario di lui, tutto ciò che è diverso, tutto ciò che è uguale. Deglutisce. "Voglio..." esordisce lui.

Mani si avvicina, passa la punta delle dita tra la barba di lui, appoggiando il pollice sullo zigomo. "Vieni qui," dice. Lui lo fa, lasciandosi guidare in avanti fino a quando lei non trova la bocca di lui con la sua, e lo bacia.

La sua mente si svuota. È di nuovo un adolescente, incerto su cosa fare con le mani. La ama così tanto che pensa di potersi disintegrare in un milione di frammenti.

Lei lo spoglia per prima, non gli permette di aiutarla, non gli permette di toccarla, mentre con crudele lentezza slaccia ogni bottone, ogni gancio. Passa la punta delle dita su tutti i piani e gli angoli di lui, preme i pollici stuzzicanti sugli incavi dei fianchi e lo bacia fino a farlo sentire ubriaco. Poi lascia che lui faccia lo stesso con lei, gli prende le mani e gli mostra dove toccare, e lui pensa che questa potrebbe essere la cosa più bella che abbia mai fatto.

Dopo, giacciono aggrovigliati insieme, esausti, pancia contro fianco, la guancia di Amir premuta contro la sommità del capo di Mani. La calda realtà di lei, il lento gonfiarsi e ritirarsi del suo corpo contro quello di lui, è quasi troppo da sopportare.

"Mi mancherai," dice Amir. "Mi mancherai tantissimo. Il tempo non è stato sufficiente."

La sente indugiare, poi si volta per guardarlo. "Non avrei dovuto dirlo, prima," dice, serissima. "Non possiamo pensarla in questo modo. Dobbiamo dire a noi stessi che è stato giusto così. È stato sufficiente."

Amir chiude gli occhi, chinala testa in avanti per appoggiarla alla sua, e cerca di crederci.

Tiene gli occhi chiusi finché non si addormentano entrambi.

### 5: IL FASCIO DI LUCE SI ACCENDE, ILLUMINANDO TUTTI NOI

Amir arriva in Francia poco dopo l'alba in una nebbiosa giornata autunnale. I suoi respiri arricchiscono la fitta cappa di nebbia di Nantes. Dopo l'atterraggio tiene spento l'Impulse. Tra i suoni ovattati e la pelle umida, la prima impressione che ha della sua nuova casa è quella di essere sott'acqua.

Esplora la città a piedi, fermandosi a mangiare croissant, brioches e tartine. Al tramonto, si siede sul prato dello Château des Ducs de Bretagne e lancia un sacchetto di patatine di soia a due germani reali e ai loro anatroccoli che sguazzano nel fossato del castello. L'Impulse lo aiuterebbe a formare una mappa mentale, ma sa che se lo accendesse cercherebbe un messaggio di Mani, e se non ci fosse gli si spezzerebbe il cuore. E se ci fosse, gli si spezzerebbe il cuore.

Tre cose passano per la mente di Amir: primo, come sfruttare al meglio questa opportunità; secondo, il disperato bisogno di riprendere la pratica della crescita personale; terzo, il problema che ha avuto per la maggior parte della sua vita, ovvero che non riesce a smettere di pensare a Mani.

La prima mattina nel suo appartamento di Nantes, Amir si sveglia con il sole e muove passi scricchiolanti che sollevano pulviscolo lungo le assi del pavimento in legno. Alla finestra accende l'Impulse e il suo cuore freme nella frazione di secondo che precede la comparsa dei messaggi non letti.

Niente da Mani.

Amir inizia a scrivere un messaggio. "Ciao! Nantes è bellissima. Nel fossato del castello c'è un anatroccolo che ha imparato a nuotare accanto..." poi chiude gli occhi, forte, e lo cancella. Quando li apre, la banderuola di fronte alla finestra si è voltata di 180 gradi e il sole è una chiazza di miele.

Il progetto pilota Crowdgrow viene condotto lungo due strade residenziali di Nantes-2, appena a nord della Gare de Nantes. Amir consegna a mano le talee di vite rampicante ecosviluppate a ciascuno dei partecipanti all'esperimento.

"Je vous attends toute la matinée," dice una ragazza quando Amir le mette in mano la piccola fioriera rossa. Le sue trecce strette sono state raccolte in uno chignon alto a forma di orchidea. Lo guida verso il giardino sul retro e gli mostra la buca protetta che ha scavato nel terreno. C'è così tanta cura nelle sue azioni che la fiducia – e la dedizione – di Amir nei confronti di Crowdgrow raddoppia in un istante.

"Mes mamans disent que le ciel sera plein d'oiseaux," dice lei.

"Sì," risponde Amir attraverso l'Impulse. "Tanti uccelli quanti ne può contenere il cielo."

Nantes è su un raggio di trasporto aereo pulito con Beirut, per cui Joud gli fa visita la settimana prima che Amir presenti i risultati del progetto pilota a una delegazione del comune di Nantes. Vanno all'isola dei cantieri navali di Nantes, vanno a un safari di mech-AI. Danno da mangiare agli elefanti idraulici giganti da un vassoio di noccioline di silicio, e gli elefanti rigurgitano caricature in silicio di Amir e Joud. Quella di Joud è fantastica: un cono di capelli incredibilmente verticale, piccole orecchie rappresentate come incavi. La caricatura di Amir, invece, gli fa sentire il peso di ognuno dei suoi trentadue anni, e anche di più.

Avvolge i loro ritratti e li infila nella borsa, stringe Joud a sé. A braccetto, esaminano i menù dei dintorni sull'Impulse finché Amir non ne trova uno che offre una bistecca di proteine sintetiche molto apprezzata con patatine fritte di manioca. Le innaffiano con un sidro bretone frizzante e dolce.

"Ai nuovi percorsi," dice Joud.

"Ai compagni che percorrono la vita insieme a noi," dice Amir. Le parole sono tratte da un brano che Mani un tempo aveva estratto da una poesia. Fa tintinnare il collo della sua bottiglia contro quello di Joud.

I primi risultati di Crowdgow ad arrivare sono quelli di Nantes-2. La qualità dell'aria in quel settore è migliorata di una discreta percentuale per miliardo, ma la cosa davvero incoraggiante è che tutte le viti rampicanti sono sopravvissute. Molte hanno raggiunto la lunghezza di un metro o più. Il progetto pilota si sta estendendo all'intera città, e il finanziamento di Adah è stato integrato da fondi governativi.

Una sera Amir torna a casa tardi dopo aver supervisionato una piantagione in una scuola elementare, un po' intontito da ore di sole e scolari eccitati, ma di buon umore. È sporco ovunque, la terra si è insinuata nei nuovi calli sui palmi delle mani e fuoriesce dagli orli dei pantaloni. Il terreno qui è ancora contaminato, e probabilmente dovrebbe lavarlo via prima di fare qualsiasi altra cosa, ma il suo balconcino in ferro battuto offre un'ottima vista del tramonto, e lui non può fare a meno di togliersi scarpe e calzini e sedersi al tavolo pieghevole in legno per guardarlo. L'ultimo sprazzo di sole si sta spegnendo sulle finestre della Cathédrale Saint-Pierre et Saint-Paul quando il suo Impulse emette un segnale di chiamata da parte di Mani.

Risponde senza pensarci – o meglio, risponde prima di concedersi di pensarci.

"Mani?" dice in tono interrogativo, come se potesse essere qualcun altro.

"Ciao," dice decisamente-Mani. "Sei..."

"Libero," afferma Amir, raddrizzandosi leggermente, anche se lei non ha ancora avviato la olo. "Voglio dire, sono appena tornato dal lavoro. Stavo giusto..." esita. *Guardando il tramonto* suona troppo smielato. "Riposando," conclude.

"Bene," dice Mani. "Ho visto sul portale di notizie di Beirut Grid che il tuo progetto ha vinto l'ampliamento del finanziamento da parte della città. Volevo congratularmi con te. Quindi, be'," ridacchia, "congratulazioni."

Amir sprofonda nuovamente nella sedia. "Grazie," dice. "Anche a te. Ho visto il tuo discorso alla cerimonia di inaugurazione. È stato bellissimo."

"Grazie," dice Mani. "Ho letto il tuo messaggio per il team."

L'aveva immaginato, anche se lei non aveva risposto. Non sa come replicare.

"Avresti dovuto esserci," afferma Mani.

La mattina del festival di inaugurazione della Wet City a Beirut, avevano ottenuto la prima fioritura completa su una vite rampicante a Nantes-2, un fiore blu pallido venato di verde, grande quasi quanto la testa di Amir. Lo stelo non era ancora robusto; la minima brezza faceva tremare il fiore, come se da un momento all'altro dovesse staccarsi e cadere a terra. Amir aveva trascorso la maggior parte della mattinata accovacciato nel giardino bagnato dalla rugiada, aspettando di vedere se avrebbe resistito. "È molto carino da parte tua," dice Amir, "ma ve la siete cavata bene senza di me".

La connessione si fa così silenziosa che Amir deve controllare l'Impulse per verificare il segnale di attività.

"È stato più difficile di quanto pensassi" dice Mani.

Amir chiude gli occhi. Vorrebbe dire: tornerei se me lo chiedessi. Vorrebbe dire: non me ne sarei mai andato. Invece, dice: "Mani."

"Ti amo," dice Mani. "Anche se non riusciamo mai a capire in cosa consista esattamente. Lo sai, vero?"

La brezza si intensifica con il calar della sera, portando con sé profumi di lievito e dolciumi dalla panetteria sulla strada. La grata del balcone metallico imprime la sua sagoma sulle piante dei piedi di Amir. Riesce a sentire il respiro sommesso di Mani, che entra ed esce.

"Sì," dice Amir. "Lo so."


Nei sette anni successivi, Nantes diventa una città giardino. Ogni spazio verde è rigoglioso di flora ecosviluppata grazie al programma di Amir; i parchi e i boschetti vengono rigenerati da lotti di cemento e da vicoli muschiati. I cieli, come aveva sperato tempo fa una ragazzina, sono pieni di uccelli.

Amir trascorre uno di questi anni lavorando con il suo team sulle modifiche alla flora di Crowdgrow per garantire che le specie potenziate siano tollerabili da quelle autoctone, e quell'estate ci sono piccole popolazioni di caprioli, cespugli di astri da giardino, rondini, e l'avvistamento di una coppia di pernici in via di estinzione sui gradini del Théâtre Graslin.

Mani rimane a Beirut dopo il lancio di Wet City e assume la nuova carica di Ministro dell'Arricchimento di Beirut. Grazie alle sue dichiarazioni e alle ricerche sull'Impulse, Amir deduce che supervisiona quasi tutti i programmi di

Beirut che influenzano la qualità della vita: gli standard per l'illuminazione naturale nelle case modulari, i programmi di allevamento per le tartarughe marine del Mediterraneo, il programma nazionale di poesia. È immensamente orgoglioso e commosso.

Amir pensa di fare una sorpresa a Mani a Beirut per il suo trentaseiesimo compleanno; è tornato a casa due volte mentre Mani era via per visite diplomatiche, per pura sfortuna. Fa domande prudenti per assicurarsi che lei sia in città e prende un biglietto. Il giorno prima del volo riceve una notizia terribile: una delle colonie di felci di Crowdgrow sta crescendo in modo invasivo e ha ucciso un giardino autoctono. Amir sale su un treno superveloce diretto a Nantes-11 ed è così nervoso per l'operazione di bonifica che non rientra al suo appartamento per tre giorni.

Riprendono il controllo della felce; lui perde l'occasione di andare a trovare Mani.

Il tempo passa così velocemente in quegli anni. Ma trascorre più serate seduto sul suo balcone a guardare il tramonto che altro.

È Adah a comunicare personalmente ad Amir la notizia: hanno ricevuto una domanda per avviare un programma Crowdgrow a Beirut.

Sarà il diciassettesimo spin-off del progetto pilota originale di Nantes: Amir ha supervisionato personalmente i primi tre, trascorrendo mesi a Bruges, Liverpool e Alessandria. In seguito, hanno sviluppato una formula facile da seguire per le nuove città e che richiede solo poche settimane di supervisione da parte dello staff di Amir.

"È al di sotto del tuo standard di retribuzione," dice Adah. "Ma ho pensato che volessi prenderti questo impegno in prima persona. Un'occasione per ritrovare vecchi amici. Ma manderemo qualcun altro se sei troppo occupato."

Amir è decisamente troppo occupato. "Non mandare nessun altro," dice. "Mi piacerebbe andare."

Amir chiama Mani quel pomeriggio mentre torna a casa dal lavoro, con la sensazione che qualcosa dentro di lui si stia dischiudendo sotto il sole dell'autunno inoltrato. "Ho sentito che qualcuno a Beirut ha ordinato delle margherite mutanti," dice non appena lei risponde.

"Compiaciuto," dice Mani. "Ero così contenta quando è arrivata la proposta."

"Anche io. E, uhm. Adah mi ha chiesto se volessi venire a dare il via ai lavori di persona."

C'è una pausa. "Cos'hai risposto?"

Amir sbuffa. "Ho detto di sì, ovviamente! Che ne pensi?" Strofina le nocche sulla barbetta della mascella, cercando di mantenere un tono di voce disinvolto.

"Svuoto l'agenda," dice Mani.


L'Impulse di Amir lampeggia con un messaggio non letto mentre il suo aereo inizia a scendere verso Beirut. È Joud. *Ci vediamo al molo di roccia di al-Raouché, portati un cappotto pesante.*

Sono le cinque del mattino e Amir non ha dormito. Sta diventando troppo vecchio per non dormire. Ma l'adrenalina nervosa dei voli notturni e del ritorno a casa è una scossa nel petto, e così si avvia, con i bagagli che lo seguono a debita distanza.

Il vento è insistente e salmastro. Amir si chiude il cappotto sul mento. C'è una grande folla al molo, chioschi di cibo e striscioni, un mucchio di loghi istituzionali che non riconosce, tranne uno: quello di Beirut Grid.

Joud lo trova fermo sulla ringhiera di una corniche, mentre cerca di capire il motivo del trambusto. Amir non la vede da due anni, da quando Joud si è trasferita in una fatiscente casa di montagna a Ehden con tre partner e i loro cinque bambini per iniziare a ristrutturare personalmente la casa secondo standard ecosostenibili.

Ha un aspetto magnifico. Induriti dal sole, i suoi capelli sono un nido ispido di sale e pepe, tagliati un po' più corti di quanto Amir ricordi.

"C'è un team di Beirut Grid qui," dice Joud quando si abbracciano. "E alcuni dei miei figli. Voglio che tu li conosca. Lascia i bagagli, vieni."

Joud conduce Amir nel molo e sugli scogli, dove adulti e bambini attendono in fila di poter usare quelle che sembrano canne da pesca. C'è un brusio emozionato e un occasionale grido di trionfo.

Amir è sbalordito. "Stanno *pescando*?"

Joud ride, proprio mentre tre piccoli umani corrono tra le sue braccia urlando: "Abbiamo dato da mangiare a uno!"

"Fatelo vedere ad Amir," dice Joud, e unə bambinə con lo stesso sorriso timido del suo genitore tende una pallina lucida cullata nel palmo della mano.

"Somministrazione di vitamine per correggere uno squilibrio nell'ecosistema," spiega Joud. "È un impegno civico, un po' di pubblicità. C'è una versione idrosolubile che verrà introdotta in seguito."

"Joud?" Chiede lə più piccolə. "Verrà a vivere con noi?" Guarda Amir. "Abbiamo abbastanza acqua per poter far fare un'immersione nei minerali anche a ləi."

"È il benvenuto se vuole venire a vivere con noi," dice Joud, e Amir si sforza di non distogliere lo sguardo a causa della tenerezza sul viso di Joud.

"Amir Tarabi! Di tutte le feste nutri-pesci in tutte le città..." dice qualcuno dietro di lui. Si gira e vede Mesilla con in mano una canna, e dietro di lei ci sono Hanne e Caveg.

"Pazzesco," dice Amir, e li stringe in un abbraccio. "Sono appena atterrato in aereo dalla Francia. Come..."

"Forse non è proprio una coincidenza." Joud gli fa l'occhiolino. "Pensavo che ci sarebbe stata anche Mani. Ma lə suə assistente mi ha detto che oggi fa orario ridotto, aveva delle cose da sistemare al ministero."

Hanne fa una battuta su Amir che continua a scervellarsi su tutto, solo che ora lo fa in francese, ed è uno di quei momenti a cui Amir, da più giovane, non avrebbe mai creduto: come se l'universo avesse puntato i riflettori su di lui, per un fugace istante, e gli avesse ordinato di riposare.

Alla fine, la trama del futuro si presenta così: per alcuni anni, Amir è a Beirut, docente esterno al Politecnico Pan-Umanista, consulente per la nuova installazione eco-alimentata di Zahleh, si prende un anno sabbatico per lavorare a una raccolta di saggi sul crowdsourcing del cambiamento civico. Per alcuni di questi anni, anche Mani è stata a Beirut, ma in altri, Mani è nell'Artico, Mani di nuovo a Mogadiscio, Mani sulla costa del Golfo. Una volta, per diciotto mesi gloriosi, entrambi a Beirut, una routine di cene nel loft della fidanzata di Mani e l'osservazione delle stelle ogni terzo fine settimana durante le notti dei cieli bui di Beirut: coperte da picnic e vino, la testa di Amir sul grembo di Mani, le dita di Mani nei suoi capelli. Una volta, dieci lunghi anni in cui i misteri delle circostanze hanno fatto sì che non riuscissero a vedersi affatto.

Alla fine, tutti i giorni di una vita umana, che si ritengano o meno sufficienti.

Ma per il momento, tutte le speranze più dure e sofferte, tutto il pragmatismo e tutti i decenni inesorabili si fondono in questo modo: Amir esce da un hotel di Beirut a due strade dal suo vecchio appartamento di al-Manara con in mano una talea di Crowdgrow in vaso e si dirige verso piazza Stella Kadri.

Mani gli manda un messaggio proprio mentre scorge le pale della vetrina di Wet City che si aprono a ventaglio in lontananza, descrivendo il perimetro della piazza nuova di zecca. I loro bug-in-amber ne fanno un museo di arte pietrificata. Ha visto centinaia di pale dall'alto, e ha visto quelle sulla spiaggia da lontano durante le sue brevi visite a casa, ma solo ora lo *colpiscono*. È come camminare verso la base di una montagna, la stessa naturalezza di avvicinarsi e trovare il mondo che continua a salire e scendere sotto i suoi piedi.

Mani gli invia la geo di una panchina che ha trovato. Vorrebbe giocare al vecchio gioco del quanto tempo è passato, ma lui attinge a ogni minuto di crescita personale che ha fatto per concentrarsi su se stesso: nota il sentore pungente della pioggia imminente, il ticchettio prolungato del treno veloce che attraversa la città, il solletico all'esofago per il polline potenziato della talea di Crowdgrow. Il suo cuore, che gli batte in gola.

Amir individua la panchina da lontano. Mani è un puntino blu su un lato della panchina. Improvvisamente si sente timido, mentre arriva a un incontro informale con il Ministro dell'Arricchimento di Beirut, attraversando la maestosità di uno spazio pubblico che sa che lei ha concepito e supervisionato fino al completamento, un tributo al mondo per il quale Mani si è battuta e contro il quale ha lottato con tanta passione per tutta la vita. Poi Mani gli invia un'onda di biofeedback e Amir sente nel profondo la sua emozione fluirgli nel cervello, e non è più timido. Muore dalla voglia di esserle vicino al punto di poterla toccare. Quasi si mette a correre.

Ma non lo fa. Si avvicina abbastanza perché lei lo senta e grida "Mani!" Il suo cappotto è della tonalità dell'oceano, con il colletto tirato su. Il suo viso è aperto e felice. Amir non riesce a credere che lei possa avere un'espressione simile per lui.

"Sembra che tu stia passando una giornata piuttosto bella," ride lui.

Lei scuote la testa, si alza e colma la distanza, lo abbraccia, e la sua guancia è proprio sopra il martellare violento del suo cuore. Amir rimane immobile il più possibile, stringendo il vaso di Crowdgrow contro la schiena di Mani, aspettando il momento in cui lei interromperà l'abbraccio, sperando che non accada mai.

"Ti ho portato una talea," dice Amir.

"Bentornato a casa," mormora Mani. La sua voce vibra nel petto di lui.

"A entrambi," dice lui.

Gira il viso verso quello di lui, gli mette le dita sulla mascella e lo bacia, e non si ferma, e Amir deve essere davvero in un mondo più buono perché inizia a piovere, gocce di pioggia che schizzano ovunque, grandi e pulite e calde.

LO STENDARDO DI UR

di Hassan Abdulrazzak


*Hassan Abdulrazzak è di origine irachena, è nato a Praga e vive a Londra. Tra le sue opere teatrali figurano* The Special Relationship *(Soho Theatre, 2020),* And Here I Am *(Arcola Theatre, 2017, e tournée),* Love, Bombs and Apples *(Arcola Theatre, 2016, e tournée nel Regno Unito; Golden Thread, San Francisco, 2018, seguito da una seconda tournée nel Regno Unito; Kennedy Centre, Washington DC, 2019),* The Prophet *(Gate theatre, 2012) e* Baghdad Wedding *(Soho Theatre, Londra 2007; BBC Radio 3, 2008; Belvoir St Theatre, Sydney 2009; Akvarious productions, Delhi & Mumbai 2010). Hassan ha tradotto in inglese numerose opere arabe di drammaturghi come Jawad Al-Assadi, Hanane Hajjali e Wael Qadour. I suoi contributi alle antologie includono* A Country to Call Home *(Unbound, 2018),* Don't Panic, I'm Islamic *(Saqi Books, 2017),* Iraq+100: Stories from a century after the invasion *(Comma Press, 2016) e* A Country of Refuge *(Unbound, 2016).*

*È stato insignito dei premi teatrali George Devine, Meyer-Whitworth, e Pearson, e del premio Arab British Centre for Culture. La sceneggiatura del suo cortometraggio* A Night of Gharam *ha vinto l'Unsolicited Scripts Short Film Grant del 2022.*


**12.02.2103**


**18:37**
Mio nonno era solito dirmi che c'erano solo due cose di cui aveva paura: gli squali e ritrovarsi per qualche ragione in Iraq. Io mi sto dirigendo, tra tutti i posti, a Baghdad. Per

molto tempo l'Iraq è stato sinonimo di violenza e caos. Nonno non ha vissuto abbastanza da vedere il cambiamento.

È stato il British Museum, per cui lavoro, a inviarmi per questo progetto. Il viaggio è finanziato dal ministero dell'energia iracheno, il che è una buona cosa, considerando lo stato dell'economia britannica. Non posso rovinare tutto. Ho lottato così duro per avere questo impiego. Sono stato il primo in famiglia a ottenere un incarico a tempo pieno, o LTP, come è conosciuto comunemente. Mio padre ha detto – con un orgoglio strappalacrime – che l'aver ottenuto un LTP presso il British Museum calza a pennello, perché i LTP sono come un cimelio del passato.

Una parte di me ha paura di intraprendere il viaggio. Mi chiamo Adam. Vengo da Hounslow. Ho 28 anni. Ho i capelli biondi e conosco solo i rudimenti dell'arabo. In epoche precedenti sarei stato un bersaglio perfetto per un rapimento. Continuo a rassicurarmi dicendomi che adesso le cose sono diverse in Iraq, che starò bene, ma non posso evitare la leggera ansia che mi scorre come corrente elettrica lungo la spina dorsale.

**23:06**
Merda, guarda questo albergo! È super lussuoso. Sono stato in alcuni Paris Hilton prima, ma questo è straordinario. Immagino che il boom di energia solare abbia fatto bene all'Iraq. All'aeroporto sono stato accolto da due impiegati del ministero della cultura. Un ragazzo di nome Othman, sui trentacinque, tarchiato, baffi folti, come quelli del famoso dittatore iracheno. Si occuperà lui della mia sicurezza. Lo accompagnava una donna, Ishtar. Sulla ventina, capelli corti e ricci, grandi occhi ovali, naso sottile e a punta, nell'insieme molto carina. Sembrava gentile, pragmatica e duttile. Ishtar ha un dottorato in Studi del Vicino Oriente e sarà la mia mediatrice durante la mia permanenza.

Un appunto sulle mie capacità linguistiche. All'università ho imparato il sumero e l'accadico. Ecco come ho ottenuto il lavoro al museo. Il mio arabo è stentato.

L'ufficio stranieri mi ha suggerito di non rischiare l'esposizione diretta agli agenti atmosferici, neanche la notte quando la temperatura è più sopportabile. Qui la siccità è un problema ancora maggiore del caldo. I miei superiori mi hanno assicurato che mi sarebbe stata fornita acqua a sufficienza durante il viaggio.

Othman e Ishtar mi hanno portato ai parcheggi interni dell'aeroporto. Con la macchina, abbiamo attraversato un cancello, che si è chiuso subito. Se ne è aperto un secondo, consentendoci di lasciare l'edificio. Questo sistema a due cancelli è stato progettato per minimizzare l'esposizione.

Durante il tragitto dall'aeroporto all'albergo, Ishtar ha trasferito un itinerario sul mio tablet. Si trattava per lo più di riunioni con vari ufficiali dei ministeri della cultura e dell'energia, oltre a una visita al nuovo museo di Ur. I suoi occhi ovali si sono spalancati quando le ho detto che non sarebbe stato abbastanza. Non ero venuto fin qui per stringere mani e fare foto. Avevo bisogno di vederla.

"Vedere cosa?"

"La prima città."

"Non faceva parte dell'accordo."

"Devo vederlo. Il tempio."

"Non è aperto ai visitatori."

"Se non mi portate lì, il trasferimento non verrà nemmeno preso in considerazione."

Ishtar sembrava molto irritata mentre faceva alcune telefonate. In albergo, mi ha detto che mi avrebbe fatto sapere in mattinata se la mia richiesta potesse essere accolta. Le ho augurato la buonanotte e mi sono diretto verso la mia camera.

Sul letto, invece dei soliti cioccolatini che danno altrove nelle camere d'albergo, c'era una bottiglietta di acqua minerale.

## 13.02.2103

**09:36**

Ishtar si è fatta viva a colazione, dicendomi che Othman ci sarebbe venuto a prendere un'ora dopo e ci saremmo diretti verso la prima città, come desideravo. Ero sorpreso, perché avevo pensato che avrebbe dovuto lottare contro una quantità esorbitante di burocrazia per riuscirci.

"Ho passato tutta la notte scorsa a cercare di organizzare questa gita. La maggior parte delle persone con cui ho parlato al ministero erano contrarie."

"Perché?"

"Nella prima città accadono cose brutte."

"Cose brutte tipo?"

"Cose brutte."

"Dimmi quali cose brutte," insistetti.

"Da quando i tedeschi hanno completato la fase tre degli scavi del tempio. Le persone hanno iniziato a sentirsi un po' strane."

"Hanno liberato un virus?"

"No, non penso che sia nulla di così brutto. Limitati a seguire le mie istruzioni e andrà tutto bene."

Si è alzata.

"Dove stai andando?"

"Ci vediamo all'ingresso tra un'ora."

L'ho guardata allontanarsi. Spero di poter invitare Ishtar a una sessione di Q&A alla mostra che voglio organizzare. La presenza di una persona irachena conferirà un'aria di autenticità all'iniziativa.

Sono andato in camera mia e ho videochiamato mio padre. Abbiamo discusso per diversi minuti. Era preoccupato per me.

"Starò bene, papà."

"Tuo nonno sarebbe stato fermamente contrario a questo viaggio."

"Nonno ha vissuto in un'epoca diversa."

"L'Iraq, fino a pochissimo tempo fa, era un luogo pericoloso."

"Dodici anni non sono certo pochi."

"La trovo strana, tu no?"

"Cos'è strana?"

"La loro soluzione alla violenza. Non è giusta."

"Funziona. L'importante è questo," ho detto mentre aggiornavo il mio stato sui social, vantandomi della gita che stavo per intraprendere.

"Guardati le spalle, figliolo."

È stata la conversazione più lunga che si è svolta tra noi da diverso tempo.


**13:30**

Siamo in viaggio verso sud da due ore, sulla navetta dell'hotel con Ishtar e Othman. L'autista è un uomo di nome Abu Jaafar, vicino ai 50 anni. Ha un atteggiamento gioviale e il suo viso abbronzato si illumina quando parla.

"Salve, signor Adam. Benvenuto... benvenuto. Questo è il mio furgone Kasir. Come si dice Kasir in inglese?"

Prima che Ishtar potesse parlare, mi sono intromesso.

"Palazzo."

"Sì. È palazzo. Ha tutto. Acqua, freddo, cibo. È come Zona verde. Conosci Zona verde?"

La Zona verde è il vecchio nome dato alla Città del Governo. Mi affascina che la gente del posto usi ancora questo nome secolare per il sito degli edifici governativi piuttosto che il suo nome ufficiale. Un vecchio professore di antichità una volta mi disse che in Iraq tutte le epoche storiche, compresa la profonda antichità, scorrono nelle vene degli iracheni moderni. Guardando il volto aperto e abbronzato di Abu Jaafar, ho immaginato un vecchio costruttore sumero costruire un muro di cinta, all'aperto, con le gocce di sudore che gli si accumulano sulla fronte come perle.

"Fuma, signor Adam?"

"No, grazie."

"Nessun problema, è in Iraq. Può fumare. Lei non più in Occidente."

"Davvero, è molto generoso da parte sua, ma no grazie."

Abu Jaafar ha preso una piccola shisha elettrica, ha fatto un respiro profondo ed ha emesso una boccata di vapore. Il furgone si è riempito di odore di mele. Si è messo a ridere di cuore.

"Fumo rende me felice. Fumo, amo tutte le persone. Est, Ovest, Shimal, Janoub. Tutti. Abbiamo furgone palazzo, abbiamo shisha, abbiamo musica, abbiamo acqua, abbiamo la bellissima Ishtar che è sempre con computer."

Ishtar ha alzato brevemente lo sguardo su Abu Jaafar. Non credo che stesse sorridendo. È tornata al suo tablet e ha continuato a digitare quello che sembrava un'e-mail lunga quanto un saggio. Stava facendo rapporto ai suoi superiori su di me?

"Tieni gli occhi sulla strada," ha ordinato Othman, strofinandosi i baffi folti.

"Come dice lei, capo," ha risposto Abu Jaafar.

Avevo colto un leggero astio tra Othman e Abu Jaafar? Forse era tutto nella mia testa. Dai loro nomi e dalla mia conoscenza rudimentale dell'Iraq, direi che Othman è un sunnita e Abu Jaafar uno sciita. Ma l'ostilità tra sunniti e sciiti è ormai un ricordo del passato grazie alla Soluzione.

"Oggi sarà una bella giornata," dichiarò Abu Jaafar mentre premeva l'acceleratore.

Ho visto diversi vecchi edifici con negozi chiusi. È affascinante pensare che appena trent'anni fa c'erano negozi affacciati sulla strada e la gente camminava sul marciapiede durante il giorno. Si vedevano persone camminare in tuta termica, dirette al centro commerciale più vicino.

"Perciò, perché sei interessato a Uruk?" ha chiesto Ishtar.

"Mi piacerebbe organizzare una mostra sulla prima città."

"Sei sicuro che sia la 'prima' città? Abbiamo scoperto nuove città a sud, alcuni pensano che siano più grandi e antiche di Uruk."

"Non ho visto alcuna pubblicazione che lo confermi," ho replicato.

"Ho amici che ci stanno lavorando. I Sumeri erano una civiltà molto più grande di quanto credi."

La sua voce si stava alzando. Non mi aspettavo che Ishtar avesse questo lato passionale.

"Se è così, i tuoi amici devono fare una pubblicazione."

Prima che potesse rispondere, la macchina si è fermata all'improvviso, con uno scatto.

"Ibn el Khara [figlio di una merda]," ha imprecato Abu Jaafar, perdendo per un momento la sua natura gioviale. Un uomo gli era passato davanti. Tutti fissavamol'uomo attraverso i finestrini spessi. Era nudo, con le braccia alzate verso il cielo. Correva in mezzo alla strada e fissava il sole.

"Ya Allah!" ha esclamato Ishtar.

"Non durerà neanche un minuto!" ha urlato Othman.

Abu Jaafar suonava il clacson, avvertendo le altre auto della presenza dell'uomo.

Stavo cercando la mia telecamera, maledicendo la mia sorte. Si era impigliata nel gancio della mia borsa di pelle. Le braccia dell'uomo nudo sembravano alzarsi sempre di più. All'improvviso due poliziotti in tuta termica sono corsi verso l'uomo con una coperta riflettente. Quando l'hanno avvolta attorno all'uomo, piccoli rivoli di fumo si sono sollevati nell'aria.

Le automobili dietro di noi suonavano il clacson.

"Aspetta, non muoverti!" ho urlato verso Abu Jaafar mentre continuavo a tirare la videocamera impigliata. Ulteriori auto si sono unite all'orchestra di clacson, e alla fine Abu Jaafar mi ha ignorato e ha ripreso a guidare. La videocamera finalmente si è disincagliata. L'ho accesa e ho cercato di filmare, ma era troppo tardi.

"Merda!"

"Perché volevi riprenderlo?"

"Sembrava Gesù. È stato magnifico."

Ishtar ha scosso la testa in segno di disapprovazione e si è chinata sul tablet. Mi sono reso conto che il mio febbrile desiderio di immortalare con la videocamera l'uomo che bruciava al sole poteva risultare un po' insensibile, così ho chiesto: "Quell'uomo si stava suicidando?"

Othman sembrava allarmato. Forse aveva paura che l'accaduto potesse influenzare negativamente la mia valutazione. "Non è niente, signor Adam. Niente." Poi si è chinato in avanti e mi ha chiesto se ero riuscito a filmare qualcosa.

"Censura, davvero? Che strano," ho detto.

"Non è proprio censura, signor Adam. È solo... Si tratta di un periodo delicato per l'Iraq," ha affermato Othman, strofinandosi i baffi con le dita. "Stiamo raggiungendo la piena stabilità."

"Quell'uomo non sembrava stabile."

"Succede," ha detto Ishtar. "Alcune persone hanno la smania di respirare l'aria vera."

"Era questo che stava facendo?" ho chiesto.

Lei ha scrollato le spalle. "C'è un movimento in atto.

Persone che chiedono una riforma del clima. Chiedono il diritto di stare di nuovo all'aria aperta."

"Tu hai mai assaporato l'aria aperta?"

Ha scosso il capo. In quel momento avrei voluto circondarla con le mie braccia. Per abbracciarla e consolarla. In Inghilterra è ancora possibile respirare aria vera. Sono un privilegiato.

"Mi dispiace che tu..."

"Non dispiacerti," ha tagliato corto per poi seppellire di nuovo la testa nel suo tablet, scrivendo furiosamente. Non è il tipo che si lascia avvicinare facilmente, questo è certo. Di sicuro non è così malleabile come pensavo all'inizio. È passato un po' di tempo, ora tutti dormono. Anch'io ho sonno. Smetto di scrivere.

### 15:45

C'è voluta un'altra ora dall'ultima annotazione del diario per raggiungere Uruk, la prima città. Non mi interessa se Ishtar ha ragione e Uruk non è la prima città umana. La chiamerò la prima città nella mia mostra. A volte in ambito storico c'è bisogno di un semi-mito per accendere l'immaginazione del pubblico. In un momento di crisi per le città di tutto il mondo, con sovrappopolazione, inquinamento, caldo, inondazioni, siccità, vecchi virus che risorgono dalle lastre di ghiaccio sciolte, in un momento del genere, la curiosità porterà a proiettare le nostre menti collettive verso la prima città, anche se tale luogo non è mai esistito veramente. Di Uruk si sa che qui è apparsa per la prima volta la scrittura intorno al 3000 a.C., millennio più millennio meno a seconda di chi si legge. La città ospitava 10.000 persone, alcuni dicono addirittura 50.000. Qui si sviluppò il primo sistema di scrittura, ma, cosa forse più importante per i nostri tempi, qui fu inventato il primo prodotto di consumo: la ciotola monouso dai bordi smussati, una sorta di alluminio dell'epoca, probabilmente usato per distribuire il cibo ai lavoratori. Ed eccomi finalmente in piedi sul territorio su cui avevo letto e riflettuto tanto.

Nel furgone ci siamo affrettati a indossare le tute termiche. Ishtar si è infilata nella sua tuta in fretta, con scioltezza, come un bambino lungo uno scivolo d'acqua; Othman, che è un uomo orso, si è infilato nella sua a fatica; Abu Jaafar indossava già la parte inferiore della tuta. Non avrebbe dovuto lasciare il furgone, ma la curiosità ha prevalso.

"Sono venuto a Uruk bambino. Cinque, sei. Con padre. Allah yerhamah [che Dio abbia pietà della sua anima]. Allora si poteva stare fuori all'aria vera."

"Rimani nel furgone, Abu Jaafar," ha ordinato Othman.

"Ostath Othman, bes khames dagaek [Signor Othman, solo cinque minuti]." Poi lo ha pregato ancora un po', sono riuscito a carpire solo frammenti di arabo, ma credo che stesse dicendo di voler dare un'occhiata al tempio per poi tornare al furgone.

"È pericoloso?" ho chiesto a Othman.

"No, no, non pericoloso. È solo che lui è l'autista. Non ha il diritto di scendere dal furgone."

"Lascialo stare," si è intromessa Ishtar. "Se vuole vedere il tempio, può farlo. È un suo diritto in quanto iracheno."

Questo ha messo Othman al suo posto. Il volto di Abu Jaafar era di nuovo raggiante e ha finito in fretta di indossare il resto della tuta termica.

Quando siamo usciti dal furgone, ho avuto un attimo di panico pensando di non aver sigillato bene la tuta e che la mia pelle si sarebbe bruciata come quella del suicida nudo che avevamo visto prima. Ma non appena abbiamo visto i resti del tempio, ho dimenticato subito qualsiasi preoccupazione.

Era magnifico. Questo tempio in particolare è stato scoperto solo una cinquantina di anni fa da un'équipe tedesca. Gli scavi avrebbero dovuto essere effettuati dalla Gran Bretagna, ma non si riuscirono a reperire i fondi necessari e i tedeschi subentrarono come salvatori trionfanti.

Sopra la porta del tempio c'era un'enorme statua della dea Inanna, che reggeva il bastone e l'anello della giustizia, entrambi simboli mesopotamici della divinità. Mi sono avvicinato al portone principale del tempio, ma quando l'ho raggiunto mi sono reso conto che era stato sbarrato con una porta di legno. Sul chiavistello c'era una serratura a combinazione.

"Possiamo entrare?"

"No," ha detto Ishtar fermamente.

"Perché no? Voglio vedere cosa c'è dentro."

"La struttura... non è stabile." Percepivo che stava mentendo. Ho notato le gocce di sudore sulla sua fronte attraverso la visiera del casco termico che stava indossando.

"Stai bene, Ishtar?"

"Sto benissimo," ha mentito di nuovo. "Hai visto abbastanza? Andiamo?"

"Siamo appena arrivati," ho risposto, tirando fuori la mia videocamera 3D.

Ho fatto un passo indietro e ho guardato ancora una volta la statua di Inanna. I suoi seni abbondanti, il suo ventre esposto, i suoi fianchi rotondi esprimevano femminilità e fertilità.

"È per te, questo tempio," ho scherzato. Non penso che Ishtar abbia potuto vedere che stavo sorridendo.

"Scusa?"

"È per la dea Ishtar, tua omonima. Ecco perché l'hanno costruito."

"Veramente, è per la dea Inanna."

"Be', Inanna era precursore di Ishtar, che è precursore di Afrodite, che è precursore di Venere."

"Oh, per favore."

"Cosa? È vero."

"Afrodite e Venere rappresentano la bellezza e il potere sessuale."

"Inanna e Ishtar avevano parecchio potere sessuale."

"Inanna era una dea della guerra. Voi europei avere preso i nostri dei e li avete trasformati in fantasticherie da sogni erotici."

"Lo dici come se io ne fossi responsabile personalmente."

"Che ci fai qui, Adam?" Adesso stava sudando copiosamente.

"Voglio documentare il sito."

Ho iniziato a filmare il sito con la videocamera 3D. Il video sarebbe fantastico per la mostra.

"Dovresti essere qui per valutare se possiamo riavere lo Stendardo di Ur."

"Lo so. Ma sono anche affascinato da Uruk."

"Questo non è il motivo per cui il British Museum ti ha mandato. Non dovresti nemmeno essere qui. Dovresti essere a Ur, a ispezionare il nuovo museo che abbiamo costruito."

"Uruk è a quanto, cinquanta chilometri da Ur. Tutto questo non sarà altro che un percorso turistico quando il museo aprirà."

"Si tratta di un progetto personale, no? Un modo per avere una posizione di rilievo nel mondo. Tipico europeo, che si arrampica sulle spalle degli orientali."

Riuscivo a vedere che ora il sudore le colava sul viso.

"Non è così. Senti, stavo pensando che potresti essere una relatrice ospite alla mia mostra."

"Non voglio giocare il ruolo dell'informatrice indigena, grazie. E poi, ho visto Londra in VR."

"La realtà virtuale non le rende giustizia."

"Non è niente, una città in declino."

"Non è vero."

È diventata più prepotente. "E il tuo British Museum non è un museo, è un covo di ladri in stile Disney."

"Penso che io e te abbiamo iniziato con…"

"Fa' il tuo lavoro, signor Adam. Valuta. E valuta con equità. Lo Stendardo di Ur appartiene a noi, e tu lo sai."

Si è diretta verso il furgone, lasciandomi colpevolmente aggrappato alla mia videocamera 3D. Ho mappato il sito come meglio potevo. Poi, ho notato Abu Jaafar in piedi davanti alla statua di Inanna, ipnotizzato. Anche lui sudava copiosamente. Strano che io stessi bene dentro la mia tuta termica. Abu Jaafar sembrava ammaliato dalla statua, come se stesse comunicando telepaticamente con Inanna.

"Abu Jaafar!" ho urlato, in modo da farlo girare verso di me e poterlo riprendere. Ma non si è mosso. Quindi, qualche momento dopo, è tornato di colpo alla realtà. "È una bellezza, no?" ha detto. Ho annuito. Il sorriso allegro è riapparso sul suo volto. Si è avviato con passo lento verso il furgone, lanciando di tanto in tanto un'occhiata a Inanna da sopra le spalle.

Mentre continuavo a mappare, pensavo allo Stendardo di Ur. Si tratta di un oggetto che ha occupato un posto d'onore nel museo negli ultimi quattro secoli. Non è fisicamente imponente come il leone alato dalla testa umana degli Assiri, essendo nient'altro che una scatola vuota larga una ventina di centimetri e lunga una cinquantina, eppure è una straordinaria finestra su un altro mondo. La scatola è intarsiata con un mosaico di conchiglie, calcare rosso e lapislazzuli, e decorata con scene di guerra e di pace. Sul lato della pace, in un riquadro si vede il re bere con i suoi compagni, assistito dai servitori e intrattenuto da un cantante maschio dai capelli lunghi accompagnato da un musicista che suona la lira. I dettagli sono così chiari che si viene trasportati in quella scena regale, quasi sentendone la musica. Sul lato della guerra, nel pannello inferiore si vedono i carri del re che corrono da sinistra a destra sempre più velocemente, come i fotogrammi di un film d'epoca. Sotto i carri in rapido movimento ci sono i nemici del re calpestati e nudi, che giacciono sanguinanti. E proprio su quella piccola e apparentemente insignificante scatola, risalente al 2500 a.C. circa, è racchiusa l'intera gamma della civiltà umana.

Lo Stendardo fu scoperto da Sir Leonard Woolley alla fine degli anni Venti nell'angolo di una camera tombale, adagiato vicino alla spalla di un uomo che forse lo teneva su un'asta, motivo per cui Woolley lo chiamò 'Stendardo'. Tuttavia, le indagini successive non confermarono questa ipotesi, per cui la scatola ha conservato un alone di mistero per tutti questi secoli. A cosa serviva esattamente? Possiamo solo fare delle ipotesi.

Posso capire il desiderio di Ishtar di vedere lo Stendardo conservato in un museo iracheno. Tuttavia, devo assicurarmi che questo oggetto unico sia custodito in modo adeguato. Il museo sta attraversando un periodo difficile e il prezzo che il Ministero dell'Energia iracheno è disposto a pagare per lo Stendardo potrebbe alleviare i nostri oneri finanziari. Mostre come quella che sto progettando potrebbero essere finanziate maggiormente e il museo potrebbe tornare a essere rilevante come lo è stato nei secoli scorsi. Ma possiamo davvero separarci da un oggetto così inestimabile? È la cosa giusta da fare?

Una volta finito, sono tornato al furgone. "Non toglietevi le tute termiche," ha dichiarato Othman. "Tra poco arriveremo a Ur".

## 14.02.2103

### 03:15

Sono successe così tante cose! Non so se avrò il tempo di scrivere tutto.

Mentre ci dirigevamo verso Ur, tutti percepivamo che Abu Jaafar aveva qualcosa che non andava. Imprecava contro le auto che lo sorpassavano. Ha cominciato a guidare in maniera piuttosto spedita senza badare alle buche come aveva fatto in precedenza. Ogni volta che il furgone passava su una buca, sbattevamo tutti la testa sul tetto del furgone.

"Che diavolo ti prende, Abu Jaafar?" ha chiesto Othman in arabo (o una cosa del genere).

Ma Abu Jaafar continuava a guidare sempre più forte e a imprecare sottovoce.

Ishtar lo pregava di rallentare, ma senza successo. Venivamo sballottati mentre Abu Jaafar passava da una corsia all'altra.

"Rallenta, idiota, o ti farò licenziare!" ha esclamato Othman in arabo. Potrebbe aver usato 'animale' invece di 'idiota'.

All'improvviso Abu Jaafar ha iniziato a urlare in inglese a Othman: "Zitto, bastardo! Stai zitto. Tu sporco sunnita. Sei una merda. Stai zitto quando parlo. Stai zitto."

A questo punto si è girato e ha cominciato a fare a Othman un gesto con la mano (agitando il dito medio).

"Vaffanculo, sporco sunnita. Vaffanculo."

A quel punto eravamo contromano. Un grosso camion si dirigeva verso di noi. Othman si è buttato verso il volante e lo ha girato: il furgone è finito fuori strada, schiantandosi contro una barriera metallica e precipitando su una collina sabbiosa.

Non riuscivo a capire dove mi trovassi o da che parte fossimo. Ci siamo capovolti diverse volte per un tempo che sembrava infinito. Alla fine, il furgone si è fermato su un fianco. Credo di essere svenuto per una decina di minuti. Quando mi sono svegliato ero completamente disorientato. Mi sono accorto che ero da solo nel furgone. Mi sono slacciato la cintura di sicurezza e sono atterrato con un tonfo sul lato opposto del furgone. Poi ho strisciato attraverso il parabrezza in frantumi. Quando sono uscito dal furgone, c'erano piume ovunque. E un suono orribile che sembrava un urlo. Ho visto che il camion si era fermato sulla banchina dell'autostrada e il portellone era spalancato. E ora c'erano polli dappertutto. I polli camminavano, cuocendo lentamente al sole, starnazzando come pazzi. Ho guardato verso il deserto, lontano dall'autostrada, e ho visto i miei compagni camminare come zombie verso l'orizzonte. In mezzo allo starnazzare delle galline, riuscivo a sentire un altro suono. Urla umane. Istintivamente ho tirato fuori dal furgone una coperta termica e sono corso verso i miei compagni. *Ti prego, Dio, fa' che lei stia bene.* Perché ero così preoccupato per una donna che chiaramente mi detestava?

Correvo su gambe malferme. Davanti a me riuscivo a scorgere Ishtar camminare come un soldato colpito da una granata su un campo di battaglia.

"Ishtar, aspetta!"

L'ho afferrata per una spalla e l'ho girata verso di me. La sua tuta termica si era strappata sul petto, lasciando scoperto il seno sinistro. Il cuore mi martellava nel petto. Sicuramente stava bruciando. Ma poi ho guardato di nuovo il suo seno e sembrava illeso. Come era possibile? Non sapevo cosa fare. Esitavo a toccarla. Ma sapevo che dovevo agire in fretta, così le ho preso il seno e l'ho ricacciato dentro la tuta strappata, poi l'ho riparatacon la coperta termica.

"Ishtar!" Ho cercato di catturare il suo sguardo. All'inizio i suoi occhi non riuscivano a mettere a fuoco, ma poi all'improvviso mi ha guardato: avevo l'impressione di fissare gli occhi di un estraneo. Poi ho sentito un urlo orribile provenire da più avanti. Dopo essermi assicurato che la coperta fosse ben stretta sul corpo di Ishtar sono corso verso Othman e Abu Jaafar. Quando sono arrivato ho visto che Othman era addosso ad Abu Jaafar, supino, e gli stava colpendo ripetutamente il cranio con una pietra.

"Othman, fermati!"

Othman ha sollevato la pietra e l'ha calata, facendo volare pezzi di cranio e cervello dappertutto, come una macchina tritatutto in panne.

"Smettila, Othman!!"

Questa volta si è fermato. Ha trovato quel che stava cercando nella testa schiacciata di Abu Jaafar e lo ha messo in controluce. Era un chip per computer.

Si è alzato, ha intascato il chip e si è diretto verso l'autostrada. Ishtar e io lo abbiamo seguito. L'autista del camion era sulla banchina, indossava una tuta termica da quattro soldi e sembrava in preda al panico. Othman gli ha detto che era del Ministero della Cultura, al che l'uomo lo ha guardato con sospetto. Non c'era nulla di colto nel nostro aspetto. Othman ha preso in prestito il suo tablet e ha fatto una telefonata.

Abbiamo alloggiato in un piccolo hotel a Ur. Era decente, ma non era certo il Paris Hilton. Hanno mandato un medico a visitarci. Non c'era nulla di rotto. Non avevamo bisogno di andare in ospedale, ma solo di un po' di alcol per pulire i pochi graffi sul corpo e di un cerotto o due. Ci ha messo un po' di tempo per visitarci.

Ho chiesto a Ishtar se stesse bene, se si sentisse in grado di stare da sola.

"Ho solo bisogno di una doccia calda," ha mormorato. L'impiegato ci ha spiegato che c'era abbastanza acqua nella cisterna per farci tutti la doccia, ma che l'hotel aveva finito l'acqua potabile in bottiglia. "Ci saranno dei negozi nei dintorni che vendono acqua," ho detto. Ha scosso la testa. "Non c'è acqua in tutta la città."

Sono crollato sul letto della mia stanza. Ero così esausto. Volevo solo addormentarmi. Poi ho sentito bussare alla porta. Era Othman.

È entrato, si è seduto su una sedia accanto al tavolino della colazione, e si è acceso una sigaretta.

"Mi dispiace molto per Abu Jaafar," ha esordito.

"Cos'è successo? Perché è andato fuori di testa?"

"Non lo so. Farò analizzare il chip che aveva nel cervello."

"Mi stai dicendo che la Soluzione non funziona?"

"Funziona. Funziona benissimo. Devi credermi, ma..."

"Cosa?"

"Ho sentito dire che alcune persone che visitano il tempio di Inanna, be', provoca qualcosa in loro."

"Se è così, perché hai accettato che ci andassimo?"

"Non era mai successo niente di così grave. La gente si lamentava di mal di testa e cose del genere. Forse c'è qualcosa nel terreno del tempio che interferisce con i chip. I tedeschi hanno interrotto gli scavi. Ecco perché la porta del tempio è stata sbarrata. Forse più si scava, più le cose peggiorano. Non lo so, sto facendo delle supposizioni."

"Dovevi proprio ucciderlo?"

"Non possiamo rischiare. Non possiamo tornare a com'era prima. La violenza." Othman ha estratto una bottiglia bruna dalla tasca.

"Ti ho preso questo."

Ho preso la bottiglia, l'ho aperta e ho odorato.

"Whisky?"

"Sì, prodotto localmente. Non preoccuparti. È buono. È la cosa più vicina all'acqua che sono riuscito a procurarti."

"Ne vuoi un po'?"

Othman ha scosso il capo. "Io non bevo. L'ho preso per te." Si è alzato.

"C'è un modo per convincerti a non menzionare quello che è successo oggi nella tua relazione al British Museum?"

Ho alzato la mano, a indicare che non volevo affrontare l'argomento.

"Ti lascio con questo," ha detto, posando un coltello a serramanico sul tavolo. Sul manico del coltello c'era una mappa dell'Iraq.

"A che cosa serve questo?"

"È solo per precauzione, nel caso in cui ad altre persone succeda quel che è capitato ad Abu Jaafar. Dubito che ne avrai bisogno."

Ho chiuso la porta alle spalle di Othman e sono tornato al letto. Mi sono sdraiato sopra senza togliermi i vestiti. Ho cominciato a pensare a La Soluzione.

Dopo l'invasione dell'Iraq nel 2003 da parte degli Stati Uniti, della Gran Bretagna e dei loro alleati, un secolo fa, il Paese era precipitato nel caos. La guerra tra fazioni, il terrorismo e la corruzione cronica erano endemici. Non sono un esperto del periodo. Il mio campo è la profonda antichità. Tuttavia, so che tra gli storici impegnati nello studio del periodo successivo all'invasione c'è un intenso dibattito riguardante il caos scatenato in Iraq: se sia stato una strategia premeditata degli invasori o una serie di conseguenze accidentali.

Il caos si protrasse, in una forma o nell'altra, per buona parte del secolo scorso. Ci furono periodi di stabilità, certo, ma non una stabilità duratura. La violenza era sempre dietro l'angolo. Bisognava provare un metodo audace.

Un gruppo di informatici e neurobiologi iracheni condusse un esperimento su piccola scala a Mosul. Impiantarono dei chip per computer nel cervello degli abitanti di quartieri segregati. Il chip attenuò i dissapori tra i vicini di casa. L'esperimento fu un successo clamoroso e in parlamento si discusse se fosse il caso di diffondere il chip a livello nazionale. Tutto ciò avvenne durante un periodo di estrema violenza, e, di conseguenza, la mozione venne approvata.

I detrattori della Soluzione sostenevano che gli antagonismi settari non erano una caratteristica naturale o inevitabile della società irachena. Prima dell'invasione del 2003, l'antagonismo comunitario era minimo, dicevano. Le fiamme della violenza settaria furono alimentate dagli Stati Uniti e dai loro alleati del Golfo, da un lato, e dall'Iran e dalla sua compagine, dall'altro. I sostenitori della Soluzione affermavano che questa spiegazione, seppur vera, non risolveva il problema nel concreto. Bisognava tentare qualcosa di drastico per ottenere una stabilità duratura, e la Soluzione era l'opzione migliore. Fu indetto un referendum e i sostenitori della Soluzione vinsero con una maggioranza risicata.

Il chip veniva inserito nel naso del soggetto, e la sua parte robotica perforava la barriera emato-encefalica. In tal modo, esso prendeva il controllo delle sinapsi deputate a manifestare l'odio. Bisognava raggiungere un equilibrio preciso. Il soggetto non poteva essere trasformato in una massa spumeggiante incapace di conservare un minimo di discrezione nei confronti degli altri. Era necessario rimuovere le ostilità verso il resto del gruppo, in modo tale da creare una società funzionante. L'effetto della Soluzione non risultò subito in una diminuzione degli atti terroristici (era comunque difficile raggiungere i terroristi, per cui la maggior parte di loro non venne chippata), ma in un cambiamento complessivo dei valori della società. Le persone iniziarono ad assumerne altre per lavorare in base al merito piuttosto che all'identità settaria, le malelingue nei confronti di membri di una setta o di un'etnia diversa a porte chiuse diminuirono considerevolmente, e prevalse un'atmosfera generale di buona volontà. Tutto questo portò, infine, a una forte riduzione delle violenze e degli atti illeciti. La Soluzione aveva funzionato. Fino a oggi.

Ho intuito che Othman non moriva dalla voglia di riferire ai suoi superiori che il chip sembrava non funzionare correttamente per ragioni sconosciute. La stabilità dell'Iraq negli ultimi dodici anni si stava già traducendo in un'economia fiorente e in un aumento del turismo. Adesso tutto questo rischiava di essere messo a repentaglio.

Comunque, avevo del lavoro da fare. Ho scritto una prima bozza del rapporto sul mio tablet.

Quando ho finito, ero esausto. Mi sono sdraiato sul letto e presto un sogno ha preso il sopravvento. Ho sognato che un medico mi infilava una pinzetta nelle orecchie e tirava fuori dal mio cervello un chip della Soluzione. Nel sogno ero sorpreso di avere un chip del genere nella mia testa. Come ci era arrivato? In seguito alla sua rimozione ero entusiasta, avvertivo un'enorme ondata di potere e di libertà. Non ero più Adam, ma Dumuzid, il marito della dea Inanna. Volavo alla ricerca della dea. Attraverso la nuvola riuscivo a scorgerla davanti a me, con le ali dispiegate che battevano. Volavo più velocemente. Volevo stare con lei, ma non riuscivo a raggiungerla. All'improvviso si fermava, si voltava. Era Ishtar. Emetteva il più straziante degli strilli.

Lo strillo si è trasformato in un ronzio. Qualcuno stava suonando il cicalino fuori dalla mia stanza. Ho aperto la porta. Era Ishtar.

"Ti ho svegliato?"

"Non stavo dormendo," ho mentito.

"Neanche io riuscivo a dormire."

"Entra."

Si è seduta sulla stessa sedia su cui si prima si era seduto prima Othman. Ha tirato fuori una sigaretta.

"Ti dispiace?"

Ho scosso la testa. Lei l'ha accesa e ha inspirato a fondo. Batteva nervosamente i piedi contro il tavolo.

"Non c'è acqua in albergo. Non posso lavarmi."

"Ma l'uomo di sotto ha detto..."

"Ha mentito."

"Hai sete?"

"Un po'. Perché? Hai dell'acqua?"

"Non esattamente."

Ho messo il whisky fatto in casa sul tavolo. Ho trovato due bicchieri e l'ho versato, poi gliene ho offerto uno. Lo ha preso con aria diffidente. Ho dato un colpetto al suo bicchiere con il mio. Lei ha bevuto tutto d'un fiato.

"Wow, vacci piano."

"Ancora."

Le ho versato altro whisky. Questa volta lo ha bevuto più lentamente.

"Che bella sensazione," ha detto, chiudendo gli occhi, assaporandone il gusto. Poi ha aperto gli occhi e ha chiesto: "Hai scritto il rapporto?"

"Ho scritto una prima bozza."

"L'hai inviata?"

"No."

"Non far menzione di oggi. Oggi non è mai successo."

"Non posso. Sono stato inviato qui per decidere se lo Stendardo di Ur sarà al sicuro, e come posso fare una valutazione del genere dopo quello che è successo?"

"Quello che è successo è un'anomalia. Non ho mai visto nulla di simile. Anche quando gli iracheni di una setta odiano qualcuno di un'altra setta, non lo esprimono mai apertamente come ha fatto Abu Jaafar. Non riesco a capire."

"Ha perso qualsiasi tipo di inibizione."

"Devi ometterlo dal rapporto."

"Sai che non posso farlo, Ishtar."

"Ero una bambina quando la violenza era ancora dilagante in Iraq. Prima della Soluzione. Mi ricordo com'era. Quello che è successo oggi, un autista impazzito, non è niente. Hai capito? Non è niente."

"Non staresti tremando se non fosse niente. Lo vedo che ti ha toccata."

"Non puoi metterlo nel rapporto."

"L'Iraq non è pronto per lo Stendardo di Ur."

"E chi sei tu per decidere?"

"Tenere lo Stendardo di Ur al British Museum permette ai ricercatori di tutto il mondo di esaminarlo in un ambiente sicuro e stabile, inclusi i ricercatori iracheni."

"Dacci un taglio."

"La smetti per un attimo con il tuo spirito anti-britannico, Ishtar, e rifletti su quello che sto dicendo?"

"Ho una parola per te. Lady Layard."

"Sono due parole."

"Austen Henry Layard fa degli scavi a Nimrud e Ninive. Trova alcuni sigilli cilindrici unici nel loro genere. Invece di trattarli con il rispetto che meritano, li trasforma in una collana per la sua sposa, Enid, che la sfoggia davanti alla Regina Vittoria. E voi, al museo, esponete quella collana con estremo orgoglio. Sai cosa significa? È come se io andassi in Gran Bretagna, a smontare Stonehenge per decorare il patio dei miei genitori."

"Cosa dimostra questa storia? Sai quanti reperti sono in nostro possesso, quanti ne abbiamo restaurati, catalogati, messi a disposizione dei ricercatori? Non puoi basare il tuo giudizio su una sola vicenda."

"Lo Stendardo appartiene all'Iraq."

"Lo Stendardo appartiene al mondo. Supponiamo che venga portato al museo di Ur e che un tizio impazzisca come Abu Jaafar e spari a tutti i turisti che vengono a vederlo. E già che c'è, spara anche allo Stendardo stesso. Nel secolo scorso in Iraq è successo tutto questo e molto di peggio. Il mondo ha perso reperti di incredibile valore. È questo che vuoi?"

"Ci state trattando da bambini, decidendo cosa è meglio per noi. Sai quanto è offensivo?"

"Mi dispiace che la pensi così."

"Quindi hai preso una decisione?"

"Ishtar, se fossi nei miei panni, se ti venisse chiesto di fare rapporto al tuo datore di lavoro, cosa faresti? Mentiresti?"

Ci siamo fissati per un po'. Alla fine, ha scosso il capo.

"Allora, rimane solo una cosa da fare," ha detto. "Bere."

Abbiamo finito la bottiglia con una certa velocità. Più bevevamo, più ci rilassavamo. Parlavamo di ciò che ci attraeva dell'antichità, dell'evoluzione della scrittura cuneiforme, citandoci a vicenda passi dell'epopea del Gilgamesh. Lei ha messo della musica sul suo tablet e mi ha mostrato una danza locale. Occorreva battere molto i piedi. Rideva ogni volta che sbagliavo un passo. Mentre le tenevo la mano, ha perso l'equilibrio ed è caduta su di me. Era una cosa voluta? Ormai eravamo molto affiatati.

"Me lo ricordo," ha sussurrato.

"Cosa ricordi?"

"Tu che mi tocchi nel deserto."

Mi ha preso la mano e l'ha appoggiata sul suo seno. Poi mi ha afferrato la testa e mi ha baciato con foga. Ero sorpreso di come la situazione si era evoluta. In pratica, un minuto prima ci stavamo urlando contro, quello dopo ci stavamo baciando appassionatamente. Certo, mi ero reso conto che tra noi era scattata una scintilla fin dal primo momento in cui ci eravamo incontrati, nascosta sotto strati di ostilità.

Mi ha spinto sul letto e si è messa a cavalcioni su di me. Non sono abituato a perdere il controllo. Ho cercato di girarla in modo da stare sopra di lei, ma mi ha bloccato. Era incredibilmente forte, con un corpo snello e muscoloso. Le ho messo di nuovo la mano sul seno. Mi ricordavo quanto era smarrita e vulnerabile nel deserto. Ora sembrava potente e sicura di sé. I suoi occhi sumeri mi guardavano nel profondo dell'anima.

Mi ha accolto dentro di sé senza interrompere il contatto visivo. Abbiamo iniziato a muoverci: mi stavo impegnando per non venire troppo in fretta. Mi cavalcava selvaggiamente. Mi sentivo come un cavallo che veniva domato dal suo padrone. *Chi è questa donna? Cosa vuole da me?*

Abbiamo fatto l'amore per tre volte consecutive. Aveva l'energia di un demone donna. Quando finalmente è rotolata di fianco a me e si è addormentata, ho provato un immenso sollievo misto a rimpianto. Volevo che il gioco amoroso durasse per sempre e volevo che finisse. La temevo e la desideravo allo stesso tempo.

Sono contento di essere arrivato alla fine di questo paragrafo prima che Ishtar si svegli.

Suggerirò di non restituire lo Stendardo. Tuttavia, procederò con l'organizzazione della mostra sulla prima città. Convincerò i miei capi a invitare Ishtar a parlare di essa e del tempio di Inanna. Forse a Ishtar piacerà abbastanza Londra da rimanere più a lungo. Mi attira l'idea di diventare amanti occasionali.

Ora vado a schiacciare un pisolino.


**23:59**

Adam si svegliò con il profumo del caffè che Ishtar aveva portato a letto. Ad Adam doveva sembrare una donna trasformata. Pensava forse che il suo cazzo avesse un effetto magico su di lei? Probabilmente no. Disponeva di sufficiente auto-consapevolezza da sapere che forse non era così. Eppure, era chiaramente soddisfatto di come erano andate le cose.

"Non sei costretta a farlo," disse con un sorriso mentre le prendeva il caffè dalle mani.

"È tornata l'acqua. Puoi farti una doccia, se vuoi."

"Okay."

C'era qualcosa di quasi affettuoso nel modo in cui disse "okay", come se fossero una coppia da molto tempo. Lei lo guardò andare in bagno, lo sentì cantare mentre si faceva la doccia. Lui era in piedi davanti a lei, intento ad asciugarsi. Sembrava a suo agio come se l'avesse fatto migliaia di volte.

"Mi serve il tuo aiuto," disse lei con l'espressione di una donna impotente.

"Ishtar, senti, non posso cambiare il rapporto."

"Non si tratta di quello. Ho bisogno di aiuto con qualcos'altro. Verresti con me al tempio di Inanna?"

"Vuoi tornare là?"

"C'è qualcosa che voglio mostrarti."

Noleggiò un'auto e percorse con Adam la stessa autostrada dove avevano avuto l'incidente. Guidò ad una velocità moderata. Parlarono della possibilità che lei andasse a Londra, che intervenisse come relatrice al museo. Si scambiarono aneddoti sul fatto di essere stati secchioni a scuola. Parlarono del loro primo amore.

"Oggi è San Valentino," disse Adam.

"Lo so," rispose Ishtar, senza distogliere lo sguardo dalla strada. Si godette il silenzio che calò tra loro.

Quando arrivarono al tempio, Ishtar fece strada.

"Dove stiamo andando?"

"Dentro."

"Pensavo avessi detto che non potevamo entrare."

"Ciò che voglio mostrarti è dentro."

Ishtar aprì la serratura del portone di legno. Il tempio era buio. I suoi occhi ci misero un po' ad abituarsi all'oscurità. Ishtar trovò una lampada, e l'accese. Una serie di scale scendeva sotto il tempio. Ishtar fece strada giù per le scale, tenendo la lampada. Le scale erano interminabili, ormai si trovavano nelle profondità del sottosuolo. Finalmente raggiunsero una sala spaziosa. Ishtar accese le lampade e la sala venne presto inondata da una tenue luce gialla. Adam sembrava ipnotizzato dalle pitture in rilievo che si trovavano tutt'intorno. Varie raffigurazioni della dea Inanna. Le sue magnifiche ali, i suoi artigli da gufo, stretti sul dorso di due leoni. Al centro dello spiazzo c'era una base in pietra.

"È ciò che penso che sia?"

"Pensiamo di sì. Non ne siamo sicuri."

"Per gli umani?"

"Animali, molto probabilmente."

"Perché ti serve il mio aiuto?"

"C'è un'iscrizione, molto antica, pre-cuneiforme. Non riusciamo a decifrarla."

"Ah, hai bisogno che il grosso britannico cattivo faccia il lavoro."

"Una cosa del genere."

"Stavo scherzando."

"Lo so."

Adam si chinò sopra la pietra.

"Dov'è l'iscrizione?"

"Se ti sdrai a pancia in giù sulla pietra, la vedi meglio. Ha un'angolazione molto strana."

Adam fece come gli era stato indicato. Ormai riponeva una fiducia incondizionata in Ishtar.

Ishtar guardò il suo corpo supino. Quello che, poche ore prima, le aveva dato un certo piacere. Pensò di fermarsi. Ci pensò davvero.

Ishtar conficcò il coltello di Othman nella schiena di Adam. Il gemito che Adam emise fu più di sorpresa che di dolore. Lei lo fece voltare. Voleva che lui vedesse il suo volto mentre affondava il coltello con la mappa dell'Iraq nel suo cuore.

"Hai fatto un giro nel deserto e non sei più tornato."

Coltellata.

"Ma prima hai inviato il rapporto. Va tutto bene. L'Iraq è pronto per lo Stendardo."

Coltellata.

Adam sputò sangue. Insanguinò il viso e il petto di Ishtar. Lei lo strofinò via.

"Ishtar!" gemette lui.

"Io non sono Ishtar."

Coltellata.

Ci fu un lampo di consapevolezza prima che la luce si spegnesse del tutto negli occhi di Adam.

Non è stato difficile entrare nel suo tablet all'hotel. Ho trovato il rapporto e ho cambiato il testo. Questo diario, che Adam doveva ritenere così sicuro, l'ho hackerato in sei minuti. L'ho copiato sul mio tablet e l'ho cancellato dal suo. Ho deciso di scrivere quest'ultima annotazione, perché sono sicura che un giorno, in un futuro molto lontano, vedrà la luce. Ma per ora non troveranno mai il corpo di Adam. È andato nel deserto, si è perso ed è morto. Succede. Stupidi inglesi.

Gliel'avevo detto. Non ha ascoltato. Gli avevo detto che Inanna non era Venere. È molto più di una fantasia sessuale.

Io sono Inanna. E vivo.

# Il bazar sotterraneo del Bahrain

## di Nadia Afifi

*Nadia Afifi è un'autrice di fantascienza. Il suo romanzo d'esordio,* The Sentient, *è stato definito da Publisher's Weekly "sbalorditivo e da leggere tutto d'un fiato". I romanzi successivi,* The Emergent *e* The Transcendent, *completano la* Trilogia Cosmica. *Alcuni suoi racconti sono apparsi su* The Magazine of Fantasy and Science Fiction, Clarkesworld *e* Abyss & Apex. *È cresciuta in Medio Oriente, con padre palestinese e madre americana, ma attualmente vive a Denver, in Colorado. Il suo background multiculturale ha ispirato la sua passione nell'esplorare, con la sua narrativa, complesse questioni sociali, politiche e culturali attraverso una lente futuristica. Quando non scrive, passa il tempo a esercitarsi con (e a staccarsi da) la lira, a fare escursioni, e a risolvere i puzzle più impegnativi che riesce a trovare. L'autrice racconta che questa storia di fantascienza è stata ispirata in parte dall'immaginare la patria della sua infanzia in un'ottica intrisa di speranza, con il suo passato complicato e un futuro florido.*

Il bazar centrale del Bahrain prende vita di notte. Le luci danzano sopra le strettoie, illuminando le bancarelle con le loro spezie, i sacchi di lenticchie, i tappeti ornamentali e i ciondoli. Altre bancarelle vendono prodotti più moderni, impianti NeuroLync e droni di dubbia legalità. Il profumo di cumino e di carne arrostita mi riempie le narici. Il mio stomaco si contorce in risposta. La chemio non è stata clemente con me.

Gli impiegati si riversano tra la folla dai grattacieli vicini. Alcuni lanciano sguardi nella mia direzione, lasciando trapelare confusione e simpatia dai loro volti. Vedono una donna anziana con i capelli grigi e radi e la schiena ingobbita, probabilmente smarrita e confusa. I giovani pensano sempre che gli anziani non riescano a stare al passo, che siano impotenti di fronte alla nuova tecnologia e allinguaggio mutevole. Non importa che io conosca i loro trucchetti meglio di loro e che abbia frequentato bazar più selvaggi di questa trappola per turisti. Una volta era il Vecchio Suq, un mercato tradizionale che commerciava soprattutto oro. Ma il Bahrain, che un tempo si vantava di essere il cugino minore di Dubai, responsabile e meno appariscente, ha deciso di mettersi al passo con i suoi vicini. Sontuosità e sfarzo. Modernità e illusione.

Svolto in un altro vicolo, più stretto del precedente. Un cartello mi invita a scendere: "Il bazar sotterraneo del Bahrain". Ha anche un simbolo della metropolitana di Londra intorno alle parole per fare scena, anche se siamo ben lontani dai suoi cieli grigi e dalla pioggia. Accelero il passo lungo i gradini bui.

Giù è ancora più buio, con lampade simili a torce a rivestire le pareti di pietra. Utilizzare superfici in pietra – qualsiasi cosa in pietra – nel deserto è una follia. Il costo per mantenere il locale fresco deve essere osceno. Il bazar sotterraneo, che sia benedetto, si sforza di essere sinistro e squallido, e in buona parte ci riesce. La clientela contribuisce all'impresa. Si tratta di bande di adolescenti o di uomini anziani soli dagli occhi inquietanti, che si muovono lungo corridoi umidi. Sopra di loro, i cartelli indicano le diverse aree del bazar per i diversi gusti: violenza, fobie, sesso e morte.

Io sono qui per la morte.

"Bentornata, nonna," mi saluta il tizio dietro il bancone d'ingresso. È un uomo giovane e simpatico, con la barba ben curata. Veste tutto di nero, con tatuaggi luminosi che gli attraversano gli avambracci, ma non mi frega. Quando non vende il lato macabro della vita agli squilibrati, va a casa a guardare commedie romantiche. Questo non è il tipico suq o bazar dove ogni venditore gestisce la propria bancarella. Il Bazar Sotterraneo è centralizzato. Si dice alla persona al bancone quale esperienza di immersione virtuale si sta cercando e questa ti indirizza verso la stanza giusta. O camera, come insistono che venga chiamata.

"Non sono ancora nonna," dico, mettendo i miei dinari sul bancone. "Dica a mio figlio e a sua moglie di passare meno tempo a inseguirmi qua e là e di darsi da fare per fare dei nipoti." A dir la verità, non m'importa minimamente che i miei figli si riproducano. Non sarò presente per occuparmi di alcun nipote.

"Cosa desidera oggi?"

Ho avuto il tempo di pensare durante il tragitto, ma indugio ugualmente. Nelle camere d'immersione virtuale del Bazar Sotterraneo, ho vissuto gli ultimi momenti di molte anime anonime. Attraverso loro, sono annegata, sono stata strangolata, mi hanno sparato in bocca, e ho sofferto un infarto. E con questo intendo proprio dire che ho sofferto: l'infarto è stato uno dei peggiori. Provo le morti come fossero magliette. Quelle violente e quelle pacifiche. Omicidi, suicidi e incidenti. Tutto allenamento per quella reale.

La stanza oscilla e la mia vista si offusca momentaneamente. Intontita, schiaccio le mani livide per le flebo di chemio contro il bancone per stabilizzarmi. Il tumore conficcato tra il cranio e il cervello ama farsi sentire nei momenti più disparati. Un'esplosione di problemi alla vista, spasmi di dolore o nausea. Immagino di rimpicciolirlo, ma anche questo non ha più importanza. È nel mio sangue e nelle ossa. L'unica cosa che mi ha lasciato finora, per ironia della sorte, è la mia mente. Sono ancora abbastanza lucida da prendere le mie decisioni. E ho deciso una cosa: morirò alle mie condizioni, prima che il cancro mi tolga l'ultimo briciolo di forza.

"Non penso di essere mai morta cadendo finora," dico, ricomponendomi. "Oggi mi piacerebbe cadere da un luogo alto."

"Certo. Incidente o suicidio?"

Cambia davvero qualcosa? Il salto, forse, ma tutti sicuramente provano lo stesso terrore mentre il suolo si avvicina.

"Facciamo un suicidio," dico. "Qualche anziano, se ce l'ha. Donna. Qualcuno come me," aggiungo inutilmente.

Il mio giovane assistente fa scorrere le dita tatuate sul suo computer di lusso, cercando. Gli ho lanciato una sfida. La maggior parte delle persone della mia età non ha mai installato il NeuroLync che conserva una traccia delle esperienze individuali, compresi gli ultimi momenti. Non che l'intento sia quello di documentare il proprio decesso, naturalmente. Le persone si fanno impiantare i dispositivi della dimensione di un'unghia nelle tempie per fare una serie di cose utili: pagare la spesa con un battito di ciglia, inviare messaggi neurali ad altri, regolare la temperatura di casa con un comando mentale. Pigrizia. Presto i giovani faranno camminare le macchine al posto loro.

Ma un effetto collaterale della popolarità del NeuroLync è stato che il suo produttore ha acquisito un patrimonio di dati dalle menti collegate alla sua rete Cloud. Riuscite a indovinare cosa è successo dopo? Persino una vecchia come me avrebbe potuto intuirlo. Tutti quei dati sono stati riorganizzati e venduti al miglior offerente. Le aziende si sono accaparrate ciò che potevano, desiderose di accedere letteralmente alle menti dei consumatori. Ma ci sono altri mercati, mossi dal desiderio di prendere in prestito le esperienze di un'altra persona. Sapere cosa si prova a praticare un particolare tipo di sesso. Sapere cosa si prova a torturare qualcuno

– o a essere torturati. Sapere cosa significa morire in un certo modo.

È da tale domanda che sono nati luoghi come il Bazar Sotterraneo del Bahrain.

"Ne ho uno interessante per lei," dice l'uomo, guardandomi con una certa circospezione. "Una donna beduina. Vuole sapere le specifiche?"

"Mi sorprenda," rispondo. "Non sono così vecchia da non apprezzare una certa dose di mistero."

Il mio assistente mi accompagna sempre nella camera sensoriale, come un usciere al cinema. È facile per me essere sbattuta qua e là tra la folla in fermento, e ammetto che alcuni degli altri clienti mi spaventano. Si riconoscono sempre quelli che sono qui per la violenza, per un brivido morboso tra un turno di lavoro e l'altro. I loro occhi hanno una lucentezza cupa, come se il mondo reale fosse qualcosa da sopportare fino alla prossima immersione.

"Questa è la sua stanza, nonna," dice l'uomo prima di girare sui tacchi e tornare al bancone d'ingresso. Entro.

La stanza è buia, come il resto di questo posto, con luci blu a costellarne le pareti. Sospetto che siano state messe più per l'atmosfera che per l'utilità. Al centro della stanza, c'è una poltrona reclinabile sotto un grande dispositivo che calerà sulla mia piccola testa malata di cancro. Sul dorso, spunterà una specie di ago che penetrerà nel mio midollo spinale, proprio nel punto in cui incontra il cranio. Fa male, ma solo per un secondo, e poi ti ritrovi nella testa di un'altra persona, vedendo, sentendo e percependo ciò che ha provato. Che cos'è una punturina in confronto a tutto questo?

Mi siedo e mi appoggio allo schienale mentre la solita registrazione risuona dal soffitto, promettendomi un'esperienza indimenticabile. L'apparecchio scende sopra la mia testa, escludendo l'ambiente circostante, e sento il familiare morso del vampiro sul collo.

Sono nel deserto. Un altro. A differenza del Bahrain, una piccola isola in cui ogni centimetro quadrato è rivestito di cemento, questo è uno spazio aperto con un cielo limpido e un orizzonte montuoso. Sto camminando lungo un pendio roccioso e serpeggiante. Le rupi rosate mi circondano e la terra fertile e marrone scricchiola sotto i miei piedi. Il sole luminoso mi scalda il viso e un primordiale odore animalesco mi riempie le narici. Sto trainando un asino lungo il sentiero. Emette uno sbuffo d'aria, il passo più sicuro di me.

Mi giro – con "mi" intendo la donna morta – al suono di una risata. Una bambina è seduta sull'asino, scalcia con le gambe. L'asino la prende con filosofia, abituato ai turisti entusiasti, ma io parlo comunque con voce roca e forestiera, intimandole di stare ferma. Ci sono altri dietro di lei, genitori o parenti. Osservano la bellezza immobile del paesaggio attraverso i loro cellulari.

Giriamo un angolo e il mio piede scivola vicino all'orlo del precipizio. Un salto dritto verso il terreno duro e la roccia. Guardo giù, il fondo del precipizio è allo stesso tempo distante e stranamente intimo. L'aria è immobile, mi fa trattenere il fiato. Un'adrenalina irrefrenabile mi attraversa il corpo, le gambe fremono. Per un attimo non riesco a ragionare con lucidità, i miei pensieri sono turbati da un terrore senza nome. Poi un pensiero squarcia il caos.

Salta. Salta. Salta.

Il terrore diventa un'entità dentro di me, un sapore metallico sulla lingua e un sudore appiccicoso sulla pelle. Il profilo del precipizio si fa più affilato, una lama invitante, mentre i suoni delle voci intorno a me si fanno più distanti, come se fossi sott'acqua.

Cerco di allontanarmi – io, Zahra, la donna del Bahrain che sceglie di trascorrere i suoi ultimi giorni di vita sperimentando cose terribili. In qualche angolo del mio cervello, ricordo a me stessa che non sono su un precipizio e che questo è successo molto tempo fa. Ma l'odore dell'aria calda del deserto invade di nuovo i miei sensi e mi fa tornare indietro con una scarica di paura. *Salta*.

Un impulso si impadronisce di me, e so di aver raggiunto la soglia scintillante di una decisione, un punto di non ritorno. Il mio piede scivola in avanti e supera il margine. Cado oltre il bordo.

Sto precipitando. Lo stomaco sprofonda e il cuore si stringe, rimbombando contro le costole. Le mani si agitano alla ricerca di qualcosa da afferrare, ma quando trovano solo aria, mi fermo. Precipito sempre più velocemente, il vento mi porta via la sciarpa. Non urlo. Ho superato la soglia della paura. Ci sono solo la terra sotto di me e lo spazio nel mezzo. Una roccia sporge dalla superficie e so, con pace improvvisa, che è lì che atterrerò.

E poi, il nulla. Il mondo è buio e silenzioso. Privo di dolore, o di qualsiasi tipo di sensazione.

E poi, voci.

L'oscurità è attenuata da una strana consapevolezza. Percepisco, più che vedere, ciò che mi circonda. Il mio corpo maciullato spalmato su una roccia. Piante secche e un sentiero di ghiaia nelle vicinanze. Urla sommesse dall'alto. So, in qualche modo, che i miei compagni stanno correndo lungo il sentiero, verso di me. *State attenti*, vorrei gridare. *Non cadete*. Vogliono aiutarmi. Non sanno che sono morta?

Ma se sono morta, perché sono ancora qui? Non sono nell'oblio più totale e non sto nemmeno andando verso la luce. Sto sprofondando all'indietro in qualcosa, un profondo pozzo di nulla, ma una sensazione di calore mi circonda, avvolgendomi come una coperta in una notte fredda. Non ho più un corpo adesso, sono una sfera di luce che fluttua verso una luce più grande dietro di me. So che è lì senza vederla. È beatitudine e bellezza, pace e gentilezza, e non resta che unirsi a essa.

Un urlo assordante.

La realtà sfarfalla intorno a me. Qualcosa si libera dietro la mia testa e una luce blu si insinua nella mia visuale. Il macchinario ronza sopra di me, ritirandosi al suo posto sul soffitto. Sbatto le palpebre, con una mano tremante sulla gola. L'urlo era mio. Respirando a fatica, tengo la mano davanti agli occhi finché non mi convinco che è reale ed è la mia. Uscire da un'immersione è sempre frastornante, ma quella non era un'immersione normale. Di solito, il momento della morte mi sveglia, riportandomi al mio corpo in disintegrazione. Che cosa è successo?

Esco dalla camera con le ginocchia che tremano. Un uomo alto con un trench appare al mio fianco, offrendomi il braccio, e io lo allontano. Sorrido, stranamente rassicurata dal breve scambio. Questo è il Bazar Sotterraneo, pieno degli stessi tipi strani e inquietanti. Sono ancora io. La morte che ho sperimentato nella camera comincia a svanire nei miei sensi immediati, ma continuo a non guardarmi indietro.

"Com'è stato?" ammicca l'uomo al bancone d'ingresso.

Riesco a emettere un rantolo.

"Piuttosto folle, eh?" Il suo ghigno si allarga. "Lo cataloghiamo tra i suicidi, ma non è proprio un suicidio. Non premeditato, in ogni caso. Era una guida turistica a Petra, con un marito, cinque figli, e chissà-quanti nipoti. È solo saltata d'impulso."

La mia mente è piena di domande, ma mi soffermo sul suo ultimo commento.

"Una volta ho attraversato il Golden Gate Bridge a piedi, durante un viaggio di famiglia," dico con voce tremante. "Ricordo un momento strano in cui ho sentito il bisogno di saltare oltre il bordo, nell'acqua, senza motivo. È passato, e ho sentito dire che non è insolito."

"La chiamano pulsione di morte," dice l'uomo annuendo. I suoi occhi brillano di eccitazione e finalmente capisco perché lavora in questo posto orribile. Il brivido del macabro. "I francesi hanno una parola ricercata per definirla, che significa 'il richiamo del vuoto'. È molto comune arrivare sul limitare di un luogo alto e sentire l'improvvisa voglia di saltare. Non si deve essere necessariamente suicidi o ansiosi. Può succedere a chiunque."

"Ma perché?" chiedo. Sospetto che l'uomo abbia studiato questo genere di cose, e ho ragione. Rimbalza sui talloni e si sporge in avanti, con un sorriso complice.

"Gli scienziati pensano che sia una reazione del cervello conscio alle nostre risposte istintive," dice. "Arrivi sull'orlo di un precipizio e di riflesso fai un passo indietro. Ma poi interviene il pensiero cosciente. Perché hai fatto un passo indietro? Forse non è per il pericolo palese, ma perché *volevi* saltare. Ora, una parte di te è convinta di voler saltare, anche se sai cosa significa, e ti spaventa. Pazzia," aggiunge con malcelata gioia.

"Ma alla maggior parte delle persone non capita," dico, ripensando al terrore di quei momenti sull'orlo del precipizio.

"A molti no," concorda lui. "Ecco la cosa interessante di questa vicenda. È andata davvero fino in fondo. È il motivo per cui ho pensato che le sarebbe piaciuta." Il suo petto si gonfia in un modo che mi ricorda quello di mio figlio, Firaz, quando tornava a casa da scuola desideroso di mostrarmi qualche nuovo progetto di arte. Ha smesso di disegnare quando ha iniziato l'università, mi rendo conto con improvvisa tristezza.

"Ma cosa mi dice di quello che è successo... dopo la caduta?" chiedo. La caduta è stata traumatica, come sapevo sarebbe stata, ma niente delle immersioni passate mi aveva preparata alla inusuale pace senziente successiva all'istante dell'impatto.

"Oh, quello," dice il giovanotto. "A volte capita. Forse nel circa dieci per cento delle nostre immersioni relative alla morte. Una sorta di esperienza-di-premorte. La coscienza che scivola via. Gli ultimi impulsi cerebrali che si innescano."

"Ma è successo dopo che io – dopo la caduta," protesto. "Doveva essere proprio morta. Succede mai?"

"Sono sicuro di sì, ma raramente," dice il giovanotto con tono di garbata chiusura. Sorride al cliente successivo.

"Petra," mormoro. "Ho sempre voluto vedere Petra." E ora l'ho fatto, in un certo senso.

Mentre salgo le scale, la stanchezza pervade il mio corpo. Alcuni giorni sono migliori di altri, ma conservo sempre queste visite per i quelli in cui sono più forte. Appoggiata al muro esterno, mi sento sul punto di crollare.

"Zahra? *Zahra*!"

Mia nuora si fa largo tra la folla. Penso di indietreggiare lungo le scale, ma i suoi occhi si fissano su di me con piglio rapace. Sono nel suo mirino. Agita rigidamente le braccia sotto la camicetta bianca inamidata.

"Eravamo preoccupatissimi," inizia Rima. I suoi occhi mi scannerizzano da capo a piedi, alla ricerca delle tracce nascoste di qualche malefatta. Per un attimo, mi sento di nuovo un'adolescente, che sgattaiola fuori la notte.

"Non dovreste, davvero," replico.

"Come sei filata via stavolta? Non ti abbiamo vista –"

"Nell'app di localizzazione che avete installato nel mio cellulare?" chiedo con un sorrisetto. "L'ho cancellata, insieme al backup che avete messo nel Cloud." Come ho detto prima, conosco più trucchetti di quanto possano immaginare. Grazie al cielo non ho un NeuroLync. Non sarei mai sola. Naturalmente, ogni volta che scappo dopo una visita medica per andare al bazar, combatto contro il tempo. Loro non sanno quando li ho seminati, ma quando tornano a casa dal loro lavoro noioso e trovano la casa vuota, sanno dove sono andata.

Rima sospira. "Devi smetterla di venire in questo posto terrificante, Zahra. Non fa bene né alla tua mente né al tuo spirito. Non hai bisogno di pensieri tetri – lo sconfiggerai rimanendo positiva."

Dopo avermi accompagnata ai primi appuntamenti, Rima ha imparato l'arte del discorso medico motivazionale. Le sue intenzioni sono buone. Sarebbe un luogo comune disprezzare mia nuora, ma in realtà la rispetto. Proviene da una generazione di donne arabe dalle quali ci si attende la perfezione in ogni aspetto della vita, per dimostrare di essersi guadagnate i propri diritti faticosamente conquistati, e lei è stata all'altezza del compito. Se solo mi lasciasse continuare a pianificare la mia morte e a togliermi di mezzo.

Sulla strada verso casa, Rima chiama mio figlio per riferire di avermi catturata. Invece di parlare ad alta voce, gli invia messaggi silenziosi attraverso il suo NeuroLync, lanciandomi di tanto in tanto uno sguardo ammonitore. Posso immaginare la conversazione con sufficiente esattezza.

*Di nuovo al bazar.*

*Ya Allah! La parte squallida?*

*Stava uscendo da lì nel momento esatto in cui l'ho trovata.*

*Sta bene?*

*Abbastanza soddisfatta di sé. Cosa dobbiamo fare con lei?*

Rima e Firaz lavorano in diversi grattacieli della zona commerciale costiera del Bahrain, al servizio di aziende che cambiano nome ogni tot mesi, quando si fondono in conglomerati più grandi. Per loro, io sono un altro progetto da gestire, con tanto di scaletta e mansioni. La mia deadline è sconosciuta, ma entro tre mesi probabilmente staranno organizzando il mio funerale. Non è che non mi vogliano bene, e per me vale lo stesso. Il mondo li ha solo abituati a esprimere questo amore attraverso preoccupazione e rigidità. Non ho bisogno di nessuna delle due cose.

Voglio il controllo. Voglio un obiettivo.

Firaz alza appena la testa per salutarmi quando io e Rima varchiamo la porta della cucina. Sta cucinando alle dieci di sera, prepara la cena dopo il lavoro. Rima si accascia su una sedia, scalciando via i tacchi prima di avventarsi sulla ciotola del pane.

"Non ho fame, ma sono stanca," dico a nessuno in particolare. "Vado a letto."

"Mama, quando finirà tutto questo?" chiede Firaz con voce tesa.

Ho una risposta rapida sulla punta della lingua. *A breve, quando sarò morta.* Ma nel momento in cui si gira verso di me, esito di fronte al suo sguardo triste e frustrato. I suoi occhi rossi sono pesanti per la stanchezza. Io, la donna che l'ha partorito e cresciuto, sono ormai uno sfacelo.

All'improvviso, crollo. Le mie ginocchia cedono.

"Mama!" Firaz abbandona la padella e si precipita verso di me.

"Sto bene," dico. Con un cenno della mano, mi congedo.

Nell'oscurità della mia camera da letto, le immagini del bazar indugiano nell'ombra. Echi di luci blu che danzano sulle pareti. Sprofondo nel letto, alla ricerca del calore che ho avvertito ore fa, attraverso la mente della donna morta, ma tremo soltanto. Che cosa è successo durante l'immersione? Il giovanotto non mi ha fregata. Avevo sperimentato abbastanza morti in quelle camere buie da riconoscere quelle straordinarie. Lei ha saltato sfidando l'istinto, ma i suoi ultimi istanti di esistenza sono stati pieni di calore e accettazione – una presenza che è rimasta anche dopo la morte. Che cosa l'ha resa diversa?

Il mattino seguente faccio un bagno lungo, lasciando che Firaz e Rima facciano la loro routine pre-lavoro: ellittica, mindfulness, vestirsi e fare colazione, mentre la casa obbedisce ai loro comandi silenziosi. Quando se ne vanno, prendo l'autobus che mi porta in centro alla clinica.

Sono seduta in una stanza di piante finte e sorrisi finti, con sostanze chimiche che mi scaldano le vene. Altre donne siedono intorno a me, formando un quadrato con al centro solo un tappeto blu da quattro soldi. Un'infermiera controlla le flebo endovenose e si assicura che gli aghi rimangano al loro posto. Le mie compagne sopravvissute al cancro – siamo tutte sopravvissute, insiste il personale – indossano sciarpe per nascondere le teste calve. Giovani, anziane – il cancro ci invecchia tutte. I loro sorrisi coraggiosi enfatizzano le rughe dovute alla preoccupazione e gli occhi stanchi.

Fuori dalla finestra, la città scorre con il suo solito ritmo frenetico. Treni sopraelevati, corsie vertiginose di automobili e droni da trasporto si contendono lo spazio nell'ora di punta del Bahrain. Al di là, il mare mi fa l'occhiolino, con la luce del sole scintillante sulle onde che si infrangono. Un mondo in costante movimento, pronto a lasciarmi indietro.

Il freddo mi punge la pelle. Riuscirei a saltare, come ha fatto quella donna?

Sarebbe facile – strappare la serie di aghi dal mio braccio e attraversare di corsa la stanza, forzando la finestra. Potrei dover rompere il vetro se hanno messo delle serrature di sicurezza (una buona strategia in un reparto oncologico). Quando il vetro andrà in frantumi e il vento urlante del grattacielo mi sferzerà i capelli, indietreggerò o salterò?

Eppure, non mi muovo. Incrocio i piedi sotto la gonna di seta e mi inumidisco le labbra. Forse ho troppa paura di creare scompiglio. Forse non sono il tipo che salta. Ma il dubbio mi attanaglia ogni secondo che passa. La morte è una nebbia incessante intorno a me, ma nonostante le mie numerose visite al bazar, non riesco ancora ad andarle incontro.

*Forse non sei pronta perché hai qualche affare in sospeso.*

Ma cosa potrebbe essere? Mio figlio non ha più bisogno di me – anzi, sono un peso. Il Bahrain si è trasformato in qualcosa che va al di là di ogni mia immaginazione. Mi ha lasciata indietro. Ho vissuto parecchio. Cosa rimane?

Una città rosa scavata nella roccia. Un antico sito nabateo in Giordania, immortalato nelle fotografie delle riviste patinate e nei racconti d'infanzia. Ho sempre voluto andare a Petra, ma avevo dimenticato quel sogno tanto tempo fa. E, tra tutti i luoghi, proprio nel Bazar Sotterraneo mi viene ricordato ciò che devo ancora fare.

Chiudo gli occhi. La donna dell'immersione di ieri si libra nell'aria, circondata da scogliere e cieli limpidi. È per questo che alla fine era calma? Una parte di lei si è resa conto di aver vissuto nel modo giusto e che stava morendo nel posto giusto?

La rivelazione mi colpisce con tale forza da non lasciare spazio all'incertezza. So cosa devo fare, ma devo essere intelligente nel decidere le mie prossime mosse. La sessione di chemio è quasi finita. Sorrido dolcemente all'infermiera quando mi toglie l'ultima flebo dalle vene. Mia nuora mi raggiungerà di sotto, la rassicuro. No, non ho bisogno di aiuto, grazie. Non è il mio primo rodeo. Ride. Alla gente piace che le donne anziane abbiano un po' di mordente – è accettabile una volta superata una certa età. Un piccolo premio di consolazione per aver vissuto così a lungo.

Nella sala della reception, faccio cadere il cellulare dietro una pianta – Firaz e Rima sono abbastanza intelligenti da trovare nuovi modi per localizzarmi, quindi mi disfo della loro arma preferita.

"Di nuovo qui, signora Mansour? Sembra che fosse qui appena ieri." Gli occhi dell'uomo brillano mentre esamina la mia scheda sullo schermo del computer.

"Dove viveva la donna?" chiedo. "Quella di ieri – la donna beduina. Qualcuno dei suoi parenti è ancora vivo?"

In verità, so dove viveva, ma mi serve di più. Un nome di famiglia, un indirizzo.

"Ne so quanto lei," risponde l'uomo. È un altro, non il mio solito preferito. Alto e secco come un ramo, con occhi minacciosi. Sono in anticipo rispetto al solito, quindi questo qui sicuramente fa il turno prima.

"Dovete pur avere qualcosa." Infondo un po' di tremolio nella voce. "Chiunque abbia il NeuroLync lascia un archivio di informazioni." *A differenza di me*, non lo aggiungo. Quando me ne andrò, lascerò solo ossa.

"Non teniamo quel tipo di registri qui perché non ne abbiamo bisogno," dice. "La gente vuole sapere come ci si sente ad affogare, non le interessa conoscere la vita intera della persona."

"Be', questa cliente vuole saperlo."

"Non posso aiutarla."

Tutto ciò è ridicolo. Quando avevo la sua età, se una donna più grande mi avesse fatto una domanda, avrei fatto del mio meglio per rispondere. Era un periodo di grandi sconvolgimenti sociali, ma rispettavamo ancora gli anziani.

Provo un'altra strada. "Ci sono altre esperienze di immersioni che costano di più legate a quel registro?" Si tratta di una donna, non di un registro, ma sto parlando la loro lingua.

Negli occhi dell'uomo è quasi possibile vedere brillare il simbolo del dollaro. "Abbiamo il reel con gli highlight della vita. Tutti ne hanno uno. Alle persone piace vederli prima di morire, a volte."

Alcuni minuti dopo sono di nuovo nella camera delle immersioni, mentre il casco cala minacciosamente sulla mia testa.

Li chiamano "reel con gli highlight", ma questi file sono in realtà il sottoprodotto di un elaboratore di dati che esamina tutte le memorie di una persona morta e ricrea l'effetto "vita che scorre davanti agli occhi". Momenti belli e brutti, eventi importanti e insignificanti, ricordi commoventi che si incollano alla mente per ragioni sconosciute. Ricordo un pomeriggio con Firaz in cucina, stavamo facendo dei dolcetti. Niente di speciale, ma riesco ancora a vedere il modo in cui la luce del sole batteva sul piano di lavoro e a sentire l'odore della pasta fillo una volta uscita dal forno.

Il reel con gli highlight della donna beduina non è nulla di diverso. Ci sono un matrimonio sotto le stelle, alcuni funerali, e abbastanza parti da farmi trasalire di compassione. Ma ci sono anche momenti ordinari come il mio. L'odore del bestiame la mattina presto prima che i turisti inizino a riversarsi nella valle. Carne che si cuoce a fuoco basso su un falò. Ricordi che danzano attraverso i sensi.

Lascio il bazar più inquieta di quando sono arrivata. La vita della donna è stata irrilevante. Bella e brutta in proporzioni tipiche. Una parte di me si aspettava una connessione mistica con l'ambiente circostante, magari una ferita alla testa che le avesse fatto vivere strane esperienze coscienti che spiegherebbero i suoi ultimi istanti. Invece, ho trovato una persona non dissimile a me, separata solo dai soldi e dalle circostanze.

Nonostante l'aria umida e le folle dense, l'unica stazione ferroviaria del Bahrain mi attira. Abbastanza ridicolo per un'isola, ma connette il paese all'Arabia Saudita e alla regione più grande tramite una strada rialzata. Cammino verso la stazione, l'inquietudine aumenta a ogni passo. Forse è questo il mio salto oltre il precipizio. Mi sto muovendo verso una grande decisione, la pressione cresce mentre raggiungo il punto di non ritorno.

All'ingresso, compro un biglietto di sola andata per Petra, in Giordania, lungo la ferrovia dell'Hejaz. Una volta salita in carrozza, tutti i miei dubbi e le mie paure si dissolvono. Questo è ciò che devo fare. Un'ultima avventura, un ultimo viaggio alla ricerca di risposte che nessun bazar può darmi.

Le colline del deserto scorrono parallele al finestrino del treno. È ipnotico e, nel giro di poco tempo, la mia mente rimescola vecchi sentimenti come un brodo denso. Il terreno esterno sembra allo stesso tempo estraneo e confortante, la sensazione di tornare a casa dopo un lungo viaggio. Un ritorno a qualcosa di primordiale e antico, un modo di vivere che si è perso tra aria condizionata e strade trafficate. Come può qualcosa sembrare strano e giusto allo stesso tempo?

L'apparato ferroviario dell'Hejaz è stato completato quando ero bambina, e rappresenta la rinascita e l'espansione di una vecchia linea ferroviaria abbandonata dopo la Prima Guerra Mondiale. La regione si sta riaffermando, mostrando il suo potere con un cenno al proprio passato. Ho sempre odiato gli aerei e non riuscirei mai a salire su quelle navicelle sospese, per cui un treno vecchio stile (anche se aggiornato a un Maglev) mi va benissimo.

Il terreno sfuma man mano che avanziamo verso nord, come se il mondo passasse dall'animazione al computer a un morbido dipinto a olio. Le montagne perdono i loro contorni e la vegetazione punteggia il terreno. I cartelli ci indicano luoghi antichi. Aqaba. Il Mar Morto. Petra.

Il sole tramonta e io mi appisolo cullata dal ronzio della locomotiva.

Il mattino seguente, il treno si ferma a Wadi Musa, la città che conduce a Petra. Mi unisco alla folla che si riversa nella stazione, l'aria è fresca e pungente se comparata al Bahrain. Metto la mano in tasca per controllare il telefono alla ricerca di messaggi concitati, solo per ricordarmi di averlo abbandonato. Firaz e Rima mi staranno già cercando. A questo punto è probabile che si siano rivolti alla polizia. Il senso di colpa mi attanaglia il cuore, ma non capiranno mai perché quel che sto facendo è importante. E presto sarò fuori dai piedi.

Ignorando la lunga fila di alberghi invitanti, seguo le indicazioni per Petra. Gli intraprendenti abitanti del luogo vendono di tutto, dalla crema solare alle gite in cammello. Con la mia schiena ingobbita e l'andatura lenta, si avvicinano a me come gatti attorno a una ciotola di latte fresco.

"*Teta*, un cappello per la testa!"

"Le serve un posto in cui stare, signora?"

"Una gita sull'asino, signora? È vicino al suolo."

Perché no? Non sono nelle condizioni di fare trekking sulle antiche rovine. Il conducente dell'asino, un ragazzo che non avrà più di diciotto anni, trattiene un sorriso quando tiro fuori le banconote.

"Come pagano la maggior parte dei tuoi clienti?" chiedo mentre mi aiuta a salire sulla bestia.

"NeuroLync, signora. Ci inviano dei versamenti unici."

"Avete tutti il NeuroLync?" chiedo, meravigliata. Molti di questi abitanti vivono ancora come beduini, in baracche semplici senza elettricità né acqua corrente.

"Sì, signora," dice, schioccando la lingua per spingere l'asino in avanti. "Siamo stati tra i primi in Giordania a venire collegati. Progetto governativo. Alcuni si sono rifiutati, ma la maggior parte hanno acconsentito."

Interessante. Quindi, i beduini e gli abitanti dell'area sono stati tra i primi ad aver adottato la tecnologia del NeuroLync, un esperimento per supportare il turismo del paese. Questo spiega perché una donna anziana della mia età avesse l'impianto da abbastanza tempo da poter registrare la maggior parte della sua vita adulta, adesso scaricabile da guardoni da quattro soldi. Il mio petto batte forte. *Persone come me.*

La mia guida conduce l'asino e me lungo la collina fino a una valle stretta. I turisti, per la maggior parte, camminano, ma alcuni prendono carri, cammelli, e asini. Un'anima avventurosa ci sorpassa spedita su un cavallo, sollevando la sabbia rossa.

Lungo le pareti rocciose e le colline circostanti, buchi scuri segnalano antiche abitazioni scavate nella roccia. Seguendo il mio sguardo, la mia guida li indica.

"Antiche dimore dei Nabatei," dice, riferendosi al popolo antico che ha fatto di Petra la propria casa.

"Ci vivono ancora delle persone?" chiedo. Il mio tono è leggero e curioso.

"Non lì," dice.

"E allora dove vivono tutte le guide e gli artigiani dei dintorni?" E aggiungo: "Ha senso stare vicini."

"Alcuni a Wadi Musa, ma la maggior parte in altri posti nei dintorni di Petra. Noi campeggiamo vicino al Monastero e alle colline sopra il Tesoro."

Annuisco e lascio che cali il silenzio tra noi, godendomi la bellezza attorno a me. Il suicidio è un tema delicato ovunque, ma soprattutto nel mondo rurale arabo. Non posso chiedere di una donna che è saltata da un precipizio. Ma mentre cerco indizi, assaporo l'energia di ciò che mi circonda. Il calore del sole sul viso, l'immobilità dell'aria. Il senso di eccitazione crescente intanto che scendiamo nella valle stretta, ombreggiata da montagne maestose. Ci stiamo avvicinando al Tesoro, la struttura più famosa di Petra. Me ne accorgo dal modo in cui i turisti accelerano il passo, tirando fuori le antiquate macchine fotografiche manuali, popolari tra i giovani. Sorrido con loro. Dopotutto, sono in vacanza.

Ho visto molte foto dell'iconico Tesoro, sapendo che nessuna immagine può rendergli giustizia. E in effetti avevo ragione. Davanti a noi, la valle forma una stretta fenditura dalla quale emerge uno stupefacente edificio scolpito. Il suo ingresso profondo e scuro è fiancheggiato da pilastri. Il livello superiore, scavato nella roccia, contiene altri pilastri sormontati da motivi intricati. Pur essendo antico, è decorato e ben conservato. La folla di turisti e di venditori di souvenir che lo circonda non riesce a sminuire la sua bellezza.

La mia guida mi aiuta a scendere dall'asino in modo da poter dare un'occhiata al suo interno. È ciò che ci si aspetterebbe da un edificio scavato nelle montagne – l'interno è scuro e vuoto, con più archi e ingressi dove i Nabatei conducevano le loro attività. Per un secondo, la mia mente va a Firaz e Rima, con il loro lavoro infinito. Abbasso lo sguardo, sopraffatta. Le persone un tempo affollavano questo edificio. quando era una vivace area commerciale... persone morte da tempo. Anche tutti coloro che stanno scattando fotografie attorno a me un giorno se ne andranno... tutti noi, gocce nel fiume sempre in piena dell'umanità.

"Dove andiamo adesso, signora?"

La strada tortuosa porta a un luogo elevato e per raggiungerlo è necessario un animale da soma. Un luogo da cui è facile cadere... o saltare.

"Mi piacerebbe vedere il Monastero."

Mentre procediamo lungo il sentiero, parlo con la mia guida: ho scoperto che si chiama Rami. Ha i soliti sogni degli adolescenti: diventare un calciatore, guadagnare milioni e vedere il mondo. Quando gli dico dove vivo, i suoi occhi si allargano e mi riempie di domande su edifici alti e luci delle città. Parla delle città come se fossero organismi viventi, e in un certo senso lo sono, suppongo. Il traffico, l'espansione e il degrado. Sono più della somma dei loro abitanti. Ma come fa a capire che anche lui è fortunato a vivere qui, a svegliarsi ogni mattina con un cielo rosso e limpido, a camminare attraverso il tempo con ogni passo che fa?

Giriamo un angolo lungo il precipizio ed emetto un piccolo grido.

"È così lontano," dico. "Meno male che l'asino sta facendo il lavoro per me."

Rami annuisce. "Hanno un passo più sicuro di noi. Sanno esattamente dove passare."

"Capita mai che qualcuno cada?"

Gli occhi di Rami sono rivolti in avanti, ma colgo il serrarsi della sua mascella. "È raro, signora. Non si preoccupi."

La mia pelle freme. La sua voce porta con sé una tensione familiare, il suono di una battaglia tra ciò che si vuole dire e ciò che si dovrebbe dire. Conosce la *mia* donna anziana? Ha sentito la sua storia?

Mentre elaboro la mia prossima domanda, l'asino gira un altro angolo e il mio stomaco ha un sussulto. Siamo nello stesso punto in cui è caduta. Riconosco la curva del sentiero, il piccolo cespuglio che sporge sul suo percorso. Mi chino in avanti, cercando di scrutare il precipizio.

"Possiamo fermarci un minuto?"

"Non è un buon posto per fermarsi, signora." La voce del ragazzo è ferma, stretta come un nodo, ma io scivolo giù dalla sella e cammino verso il bordo.

Il vento, tiepido sotto il sole di punta, attacca i miei capelli diradati. Mi avvicino al bordo.

"La prego, *sayida*!"

È passato all'arabo. Devo proprio aver messo sotto stress il ragazzo. Ma non posso tirarmi indietro ora.

Un altro passo, e guardo giù. Mi si stringe lo stomaco. È lì – il masso che ha attutito la sua caduta. È privo di sangue e di macchie, presumibilmente è stato pulito molto tempo fa, ma riesco a ricordare la scena come era un tempo, quando una donna è morta e ha lasciato il suo corpo, testimone della propria fine.

Ma quando mi sporgo di più, il mio corpo si irrigidisce. Sono io stessa una roccia, bloccata sul posto. Non salterò. Non posso. Lo so con una certezza fredda e brutale che mi toglie l'aria dai polmoni. Sono terrorizzata dalla caduta. Ogni secondo è come acqua fresca nella gola secca. Potrei restare qui per ore e non cambierebbe nulla.

"La prego." Una voce attraversa il sangue che mi rimbomba nelle orecchie, e mi giro per incontrare il volto spaventato e infantile di Rami. Mi porge la mano con il palmo in su e io la prendo, lasciandomi sollevare di nuovo sull'asino, che mastica con pigra indifferenza. Continuiamo a salire come se nulla fosse.

Il Monastero non è paragonabile al Tesoro ai piedi della città, ma è comunque impressionante. I dintorni compensano ampiamente la differenza, con l'orizzonte che sfavilla sotto il caldo di mezzogiorno. Rami e io ci sediamo a gambe incrociate all'ombra, mangiando le *manaqish* troppo care che ho comprato prima.

"Il formaggio è piuttosto buono," ammetto. "Non mangio molto di questi tempi, ma mi ci vedrei a diventare grassa mangiando queste."

Rami sorride. "Una sola famiglia produce tutto il cibo acquistabile qui. Una donna anziana e le sue figlie. Lo vendono in tutta la zona."

Reprimo i commenti sul fatto che gli uomini della famiglia

potrebbero aiutare. Non ho l'energia né la voglia di farlo; dopo aver affrontato il precipizio e aver vinto, sono esausta. Ho vinto? Una parte di me sperava che mi sarei gettata anch'io? Dopo non averlo fatto, non sapevo più cosa fare.

Dico l'unica cosa che riesco a pensare. "Questo posto è bellissimo. Non vorrei essere da nessun'altra parte."

Rami mi lancia uno sguardo fugace. "C'è il male qui. L'Alto Luogo dei Sacrifici, dove i Nabatei sgozzavano gli animali per placare le loro divinità pagane." Accarezza l'asino, come per rassicurarlo. "Battaglie e morte. Magari anche lei riesce a percepirlo. Il posto in cui si è fermata? Mia nonna è morta lì."

Mi ci vuole un secondo per recepire le parole del giovane, che mi entrano nelle orecchie come una melassa densa. Poi mi si gela il sangue. Rami è uno dei suoi tanti nipoti. Non dovrebbe sorprendermi, ma questa vicinanza ai parenti superstiti della donna mi fa accapponare la pelle, inondando i miei sensi di sgomento e vergogna in egual misura. Ho terrorizzato il ragazzo quando mi sono protesa dal bordo.

Mi schiarisco la gola, stringendo i lembi del vestito per nascondere le mie mani tremanti. "Come si chiamava?"

Sbatte le palpebre, sorpreso. "Aisha."

Un nome classico. "Mi dispiace molto, Rami," dico. "Che incidente terribile."

"Stava riaccompagnando una famiglia di ritorno dal Monastero," continua Rami. Non corregge la mia ipotesi, e mi chiedo se sappia cosa sia accaduto. "Quando era più giovane, odiava lavorare con i turisti. Amava cucinare e preferiva occuparsi degli animali alla fine della giornata. Ma mia madre mi ha detto che, quando è diventata più anziana, le piaceva molto. Le piaceva ascoltare le loro storie e raccontare le sue, sulla sua vita e sulla sua famiglia, su tutte le cose che aveva visto. Scommetto che avrebbe potuto scrivere un libro su tutte le persone che aveva incontrato provenienti da ogni parte del mondo, ma non aveva mai imparato a scrivere."

Serro le labbra, incredula. Una donna con un NeuroLync collegato alla tempia, incapace di leggere un libro. Sebbene potesse essere la tradizione ad averla costretta all'analfabetismo, era improbabile. Per molti versi, i beduini erano più progressisti della popolazione urbana. Forse non aveva mai imparato perché non ne aveva mai avuto bisogno.

"Sembra che abbia avuto una buona vita," riesco a dire.

Il viso di Rami si illumina, gli occhi scuri improvvisamente luccicanti di divertimento. "Faceva ridere tutti. Una volta ho letto una poesia a scuola. Diceva che non puoi dare gioia agli altri a meno che tu non ne abbia di riserva, in più rispetto a quella di cui hai bisogno. Quindi so che deve essere stata felice fino alla fine. Credo che qualcosa di malvagio l'abbia fatta cadere quel giorno. Ha percepito che era buona. Qualsiasi cosa fosse – un jinn, un fantasma – sapeva di doverla sconfiggere."

Benché esposto alla tecnologia moderna e a un'educazione laica gestita dal governo, il ragazzo aveva trovato una propria narrazione mistica per lenire il suo dolore, per razionalizzare l'irragionevole. Non diversamente da quanto sto facendo io, me ne rendo conto. Sono venuta qui alla ricerca di un segreto. Un modo speciale di morire, un modo per assicurarmi la vita dopo la morte. Qualcosa di unico in questo posto o in queste persone che possa distruggere le mie paure. Un pensiero magico.

Ho la bocca asciutta. Dovrei dire al ragazzo quello che so grazie al bazar? Sarebbe doloroso, ma forse anche confortante. Sua nonna, Aisha, è morta per una insolita stranezza psicologica, non a causa di uno spirito persuasivo. Era terrorizzata, ma aveva trovato pace in quelle ultime frazioni di secondo della caduta. Aveva indugiato in qualche modo dopo l'impatto con il suolo, sprofondando in una luce calda e accogliente. Il ragazzo vorrebbe saperlo? Si sentirebbe tradito nello scoprire che io sapevo di sua nonna, un'estranea che aveva vissuto i suoi momenti più intimi attraverso un bazar del mercato nero?

No. Non spetta a me raccontare la sua storia. Sono una ladra, una profanatrice di ricordi, guidata dalle mie stesse paure. Sono venuta qui per trovare risposte a una domanda inutile. Che importanza ha il motivo per cui si è buttata? Ha vissuto serenamente e ha lasciato alle sue spalle persone che la amavano. Le persone che amo sono lontane e disperate – eppure, ho pensato di lasciarle davanti alla vista del mio corpo spiaccicato su una roccia.

Per quanto riguarda la sua apparente esperienza cosciente dopo la morte, non saprò cosa fosse successo, che significato avesse, finché non sarà il mio turno. E il mio turno non è adesso, in questo luogo. Non ancora.

Il mio viso brucia e tiro un respiro tremante. Sopra di me, il Monastero incombe come un'ancora. Nonostante la vergogna, la mia bocca si contorce in un sorriso. È mozzafiato. Non mi pento di essere venuta qui. Ma ora devo tornare a casa.

"Rami, potresti mandare un messaggio da parte mia attraverso il tuo NeuroLync?" chiedo. La mia voce è rauca, ma ferma.

Sulla via del ritorno, chiudo gli occhi quando passiamo davanti a quel punto del sentiero. Non ho paura di saltare, ma ho paura del dolore che il salto lascerebbe dietro di sé.

Quando raggiungiamo la base delle rovine, nuovamente al Tesoro, Rami alza un dito verso la tempia.

"Suo figlio è già in Giordania," dice. "Arriverà qui tra qualche ora. Dice di incontrarvi nella hall del Mövenpick Hotel."

Il viso di Rami arrossisce quando gli bacio la fronte in segno di gratitudine, ma sorride alla generosa mancia che gli metto tra le mani.

Sorseggio un caffè mentre gli ospiti entrano ed escono dalla hall dell'albergo. Nelle vicinanze, una fontana fa scorrere un getto d'acqua costante e mosaici meravigliosi rivestono le pareti. Sono al terzo caffè turco quando Firaz irrompe dalla porta d'ingresso.

I nostri occhi si incontrano e le emozioni attraversano il suo volto a ondate – gioia, sollievo, furia, ed esasperazione. Mi alzo in piedi, lasciando che mi esamini il viso mentre si avvicina.

"Siediti, Firaz."

"Perché sei qui?" urla, la voce rimbomba attraverso la hall e attira occhiate allarmate nella nostra direzione. Prima che io possa rispondere, continua: "Pensavamo che ti fossi persa e stessi vagando per le strade," dice, riprendendo il controllo ma a voce ancora troppo alta per essere opportuna. "Ammazzata in un canale o morta a causa di un infarto. Perché non puoi limitarti a vivere, Mama? Da cosa stai cercando di scappare? Perché sei confusa? È il tumore?"

Il mio povero ragazzo, alla ricerca dell'ultima giustificazione per la sua folle madre.

"Non è il tumore, Firaz," dico in tono gentile. "E non mi definirei confusa. Persa, forse. Il tumore mi terrorizza, Firaz. Non è il modo in cui vorrei andarmene, quindi ho continuato a cercare per modi diversi, migliori, di porre fine a tutto. È stato ingiusto nei tuoi confronti e mi dispiace. Davvero."

Firaz geme, affondando in una delle poltrone imbottite. Massaggiandosi le tempie, chiude gli occhi. Gli lascio un po' di tempo. È tutto ciò che posso dargli ora.

Alla fine, sospira e il suo viso si addolcisce quando mi guarda nuovamente. La stessa espressione che aveva quando ha scoperto che ero malata – che sua madre era vulnerabile in forme che fuggivano dal suo controllo.

"Avrei dovuto ascoltarti di più," dice. "Chiederti come stessi. Non in maniera superficiale – riguardo la chemio e il tuo umore. Le domande più profonde. Non l'ho fatto perché spaventa anche me. Non voglio pensare che non ci sarai più."

Le lacrime mi pizzicano gli occhi. "Lo so. Neanche io voglio lasciarti. Per un po', ho pensato che, se fossi morta, ti avrei fatto un favore. Ma niente per me è più importante di te, Firaz. Questo non cambierà mai, anche se questo tumore dovesse iniziare a friggere ogni parte del mio cervello. Ti amerò fino all'ultimo respiro. Voglio passare i miei ultimi mesi con te e Rima, se me lo concederete."

Segue il silenzio. Rimaniamo seduti insieme per un'ora, lasciando che il mondo ronzi attorno a noi, prima che Firaz finalmente si alzi.

"Come sapevi di dover prendere un volo per la Giordania, prima ancora che la mia guida ti contattasse?" Chiedo quando raggiungiamo la stazione ferroviaria di Wadi Musa. Saliamo insieme sull'ultimo treno del giorno.

La bocca di Firaz forma una linea tetra e trionfante. "Rima ha fatto delle ricerche al Bazar Sotterraneo. Ha interrogato tutto il personale in merito a quello che guardavi e sulle domande che facevi. Ha dedotto che probabilmente eri scappata a Petra."

"È piena di risorse," dico col sorriso. "Sei stato intelligente a sposarla. Quando me ne andrò..."

"Mamma!"

"Quando me ne andrò," continuo, "voglio che entrambi viviate la vita che desiderate. Trasferitevi per quel lavoro perfetto. Viaggiate. Mangiate quel dolce pieno di zuccheri che c'è nel menù. Trovate piccoli momenti di gioia. Dico sul serio, Firaz. Non avere paura. Se ho imparato una cosa da tutto questo, è che a volte è necessario saltare. Qualunque cosa ci aspetti alla fine, sembra essere un posto caldo e sicuro. E anche se non è seguito da nulla, non abbiamo niente da temere dalla morte".

L'angoscia irrigidisce il volto di Firaz, ma subito dopo qualcosa dentro di lui sembra sciogliersi e i suoi occhi brillano di comprensione. Mi aiuta a sedermi in fondo alla carrozza del treno.

"Andiamo a casa."

Mentre il treno si allontana, scorgo un ultimo scorcio degli edifici bianchi di Wadi Musa, irregolari come denti aguzzi. Oltre la città, le colline di Petra si susseguono, punteggiate da abitazioni scure. È tetra ma bellissima, e chiudo gli occhi per imprimere la scena nella mia memoria. Voglio ricordare tutto.

# Un giorno nella vita di Anmar 20X1

di Abdulla Moaswes

*Abdulla è uno scrittore, educatore, ricercatore e traduttore palestinese. L'account Twitter di un prestigioso centro di ricerca lo ha definito il più importante studioso di karak chai al mondo, e nutre un forte interesse per la poesia araba e urdu moderna. Per un decennio, durante la sua infanzia, ha frequentato la scuola accanto al famoso stadio di cricket di Sharjah e rimane – tra un piccolo gruppo di persone che non si conoscono tra loro – profondamente impegnato nella rinascita del cricket palestinese. Lo si può trovare su Twitter come @KarakMufti.*

Erano le dieci del mattino quando Anmar batté le mani per far tacere la sveglia stridula che aveva impostato per sé. In realtà non ne aveva *bisogno*, visto che era già sveglio da dodici minuti prima che suonasse, ma ad Anmar piaceva usare la tecnologia ogni volta che poteva, anche se non gli serviva (il suo staff direbbe *soprattutto* quando non gli serviva). In effetti, si vantava di come la tecnologia avesse reso il suo importantissimo lavoro molto più semplice ed efficiente.

Anmar avrebbe potuto svegliarsi prima. Avrebbe potuto svegliarsi dopo. Aveva preso l'abitudine di svegliarsi tra la metà e la tarda mattinata durante i suoi giorni come imprenditore tecnologico. Si era abituato a orari molto irregolari, in cui svolgeva la maggior parte del lavoro durante la notte, o quando ne aveva voglia, in realtà. Certo, non concedeva quel lusso ai suoi diligenti impiegati. Anmar, ovviamente, aveva ricevuto dai poteri più alti doni unici che gli consentivano di operare in maniera efficiente *solo* in quel modo e – di conseguenza – soltanto *lui* poteva operare in quel modo.

Attualmente, Anmar serve con orgoglio il suo Paese come Presidente dell'Autorità Palestinese. È stato "eletto" alla guida dell'Autorità quando era piuttosto giovane (per essere un leader mondiale) e attualmente sta svolgendo l'undicesimo anno del suo mandato della durata costituzionalmente prevista di quattro anni, come è ormai tradizione per gli stimati Presidenti dell'Autorità Palestinese. Sotto la sua guida, l'obiettivo primario dell'amministrazione è stato quello di salvaguardare l'integrità territoriale dello Stato di Palestina. Finora, Anmar si è detto abbastanza soddisfatto dei progressi compiuti dalla sua amministrazione in questo senso, se può dirlo lui stesso! (E c'è da credere che lo dica spesso – lui stesso).

Dopo aver messo a tacere la sveglia stridula che aveva programmato affinché suonasse in tutta la casa, Anmar scese dal suo letto termoregolato e si recò nel bagno della sua stanza per liberare le viscere nella complessa rete di tubi e fili sotterranei che facevano funzionare la sua Tenuta con relativa autosufficienza. Anmar aveva molto a cuore la sostenibilità e la tutela dell'ambiente. Naturalmente, era necessario che se ne preoccupasse, poiché, dopo tutto, lo aiutava a ottenere l'approvazione dei poteri che gli avevano garantito il lavoro.

Molte persone di notevole importanza avevano ritenuto fondamentale che il prossimo presidente dell'Autorità Palestinese rappresentasse una svolta rispetto ai burocrati e ai rivoluzionari riformati di un tempo, dalla mentalità vecchia e arrugginita. Anmar, per il suo background professionale e per la sua visione politica del mondo, rappresentava sia il cambiamento che il realismo, e portava con sé un ottimismo pragmatico radicato nella sua preparazione sulle meraviglie della scienza – un miscuglio eterodosso ma potente quando si trattava di creare il tipo di persona che gli "elettori" ritenevano dovesse guidare l'Autorità Palestinese verso un futuro incerto. Inoltre, il fatto che Anmar si fosse formato nell'industria tecnologica voleva dire che le sue relazioni personali erano solide sia a Washington che a Pechino.

Dopo la sua tempestiva liberazione, Anmar si recò con disinvoltura in cucina, dove lo attendeva Radi, il suo chef personale. Radi era un pezzo di hardware e di intelligenza culinaria all'avanguardia – il preferito di Anmar, a dirla tutta, perché gli ricordava che, pur non potendo assemblare lui stesso un pasto intelligente, poteva assemblare l'intelligenza necessaria a farlo al posto suo!

Con un ampio sorriso sul volto, Anmar fece una richiesta cortese al suo chef: "Radi, prepara la colazione! E assicurati di usare l'olio d'oliva italiano e il labneh turco, per favore. Sono di ottimo umore stamattina!"

Anmar aveva stampato una citazione di un ex negoziatore palestinese di alto livello sulle grandi finestre della cucina, in cui amava mangiare in privato: "Negoziare con dolore e frustrazione per cinque anni costa meno che scambiarsi proiettili per cinque minuti."

Il suo staff non era sicuro se la citazione volesse essere un promemoria ottimistico dell'impegno di Anmar per la pace o un macabro rinnegamento del dolore collettivo che aveva continuato a colpire i palestinesi nei decenni trascorsi tra il presente e gli accordi di Oslo. Sebbene lo spirito e la logica della citazione rimanessero chiari ad Anmar, il suo staff era meno fiducioso circa il suo valore dopo decine di anni di negoziati rispetto ai cinque citati.

La casa di Anmar si trovava al centro di quella che molti considererebbero una vasta tenuta, anche se era un po' un regresso rispetto alla precedente residenza di Anmar nella Silicon Valley. Tuttavia, in quanto orgoglioso presidente dell'Autorità Palestinese, Anmar era pronto a fare sacrifici per la causa – soprattutto perché molte aree della Cisgiordania continuavano a essere delimitate come zone di sicurezza speciali. Infatti, la Tenuta Presidenziale in cui viveva e da cui usciva raramente – con la sua unità abitativa centrale ad alta tecnologia, l'ala di servizio adiacente e i terreni magnificamente estesi (entro i limiti della Palestina) – rappresentava gran parte di quello che era attualmente il territorio sovrano dello Stato di Palestina ed era servita da un numero straordinariamente elevato di "personale essenziale", come lo chiamava Anmar. Era la più grande parte contigua del territorio e Anmar aveva deciso di assicurarsi che non ci potessero essere sconfinamenti al suo interno – come servizio al suo popolo, naturalmente!

Anmar aveva insistito affinché la casa fosse circondata da grandi finestre che davano sul terreno della tenuta. Da dove sedeva, gustando ogni boccone della sua colazione davanti alle ampie finestre della cucina, si potevano vedere solo morbide colline verdi e pianure pittoresche, magari un villaggio o due in lontananza. Nelle vicinanze, forse, c'erano un paio di case che assomigliavano a quella del Presidente.

Anmar godeva di questa bellezza, perché era una delle sue creazioni più riuscite. Era una tela brillante di verdi e di colori naturali a definire ciò che rendeva i paesaggi palestinesi così brillanti e desiderabili e che aveva ispirato serenità nei cuori di generazioni su generazioni di agricoltori su quelle terre – il tutto era costituito da un complesso sistema di specchi e grandi schermi che rivestivano l'interno delle mura fisiche attorno alla tenuta. Anmar chiamava questa tecnologia PaleStimulate e, a suo parere, era la massima espressione della sua eccellenza come innovatore.

Naturalmente, come persona che aveva iniziato la sua attività come importante imprenditore, Anmar non era uno che perdeva tempo. Anmar metteva in pratica ciò che programmava, e una delle funzioni fondamentali che aveva programmato nei suoi dispositivi era la capacità di essere multitasking. Mentre gustava la sua colazione, ricevette importanti aggiornamenti da molti membri del personale che vivevano nella sua Tenuta.

"Buongiorno, Asad!" esclamò Anmar quando il suo Responsabile del Personale di Tenuta più fidato entrò in cucina. "Quali buone notizie hai oggi per me?"

"Be', come sa, all'inizio di febbraio ci troviamo nel bel mezzo della stagione fastidiosamente calda," rispose Asad, utilizzando "fastidiosamente calda" come eufemismo per 'caldo torrido tanto da provocare l'uso prolifico di bestemmie'. "Pertanto, il personale della tenuta la ringrazia per la generosità che ha dimostrato nei suoi confronti, obbligandola a vivere entro i confini della Tenuta, lontano dai suoi cari in luoghi meno confortevoli," continuò, attento a non utilizzare il termine *mura*.

Anmar aveva realizzato il PaleStimulate per assicurarsi che nessun muro antiestetico fosse visibile dall'interno della proprietà. Detestava profondamente i muri; in effetti, non c'era nulla che odiasse di più. La loro vista gli scatenava una sorta di malessere alla bocca dello stomaco che il più delle volte si trasformava in una rabbia invalidante.

"Sei un uomo buono e una benedizione, Asad!" Rispose Anmar. "Grazie per avermi dato questa bella notizia. È per questo che sei il mio dipendente più fedele e devoto!"

Asad era di mezza generazione più vecchio del Presidente e conservava un ricordo nitido dei giorni precedenti al suo governo. Ricordava quando era possibile per l'uomo che ricopriva la carica di Presidente lasciare il suo palazzo e lavorare da un edificio governativo da qualche parte a Ramallah. In effetti, rimpiangeva quei giorni perché, sebbene non fossero significativamente più dignitosi di quelli attuali, almeno in quel caso non era costretto a mascherare il suo disprezzo per il regime attuale con frasi sarcastiche durante tutte le ore in cui il Presidente era sveglio.

Asad considerava il suo nuovo tono sardonico e la sua latente impudenza come una forma di resistenza quotidiana. Era la sua interpretazione della tradizione palestinese del sumud, fondata su una lettura attenta de *Il Principe* di Machiavelli.

Non appena Asad ebbe concluso il suo rapporto, il Sistema Operativo Centrale della Tenuta iniziò a trasmettere musica palestinese nazionalista ma emotivamente sterile, che solo l'Autorità Palestinese, amante della pace, avrebbe potuto commissionare affinché venisse prodotta negli ultimi anni.

"Abbiamo una così ricca tradizione di musica di resistenza, signor Presidente. Perché si ostina a far suonare questi brani orrendi quando riceve le olochiamate dai nostri *amici*?" chiese Asad, enfatizzando l'ultima parola in segno di disapprovazione.

"Beh, mio caro Asad, la maggior parte delle canzoni popolari possono sembrare ostili, e questa non è la mentalità che voglio usare quando parlo con i nostri partner nei negoziati, ovviamente!" Replicò Anmar. "E poi, mi piace ascoltare canzoni che celebrano i successi del nostro Stato. Fa bene al morale!"

Anmar, dimenticando (o ignorando) di essere ancora in pigiama, rispose alla chiamata battendo il pugno sul tavolo in cui faceva colazione, evocando un ologramma di Eitay, un membro anziano della squadra di negoziazione israeliana. Eitay era un negoziatore veterano brizzolato, e il suo atteggiamento esigeva il massimo rispetto da parte dei suoi interlocutori, nonostante il suo sorriso eccessivamente ampio.

"Eitay! Vedo che è ben vestito come al solito, nonostante la giornata sia appena cominciata," esclamò Anmar, con un sorriso analogo. "A cosa devo il piacere della sua compagnia stamattina?"

"Signor Anmar, per prima cosa è quasi l'una," esordì Eitay. "E seconda, la sto chiamando per discutere di affari importanti. Recentemente abbiamo ricevuto rapporti dalle nostre Forze di Difesa su incidenti di cittadini palestinesi che vivono illegalmente all'interno delle nostre enclavi e zone recintate. Pur non accusandola di cattiva volontà, vogliamo ricordarle le sue responsabilità in base agli Accordi di coordinamento della sicurezza del 20X0, che stabiliscono che il trasferimento di tutti i cittadini dell'Autorità Palestinese nelle aree contrassegnate e destinate alla loro abitazione legale è responsabilità dell'entità di cui lei è attualmente il presidente."

"Capisco..." iniziò a dire Anmar, con tutta la freddezza che ci si poteva aspettare da un uomo nella sua posizione prestigiosa. La sua memoria aveva quasi sfiorato gli accordi citati dal negoziatore, firmati alcuni anni prima in una delle capitali del Golfo che Anmar visitava nei suoi frequenti tour nella regione, prima che Eitay continuasse la sua argomentazione senza interruzioni.

"Naturalmente, come misura iniziale di risarcimento, stiamo trattenendo parte delle entrate fiscali raccolte dai vostri cittadini. Inoltre, richiederemo un risarcimento finanziario, pari a una parte significativa degli aiuti che la vostra Autorità continua a ricevere dalla comunità internazionale. Abbiamo dovuto aumentare la sorveglianza di zone recintate ed enclavi a causa della presenza illegale di cittadini al loro interno."

"È tutto ciò che chiedete?" chiese Anmar, chiedendosi come fossero stati in grado i cittadini palestinesi di infiltrarsi in suddette enclavi e zone recintate. Per quanto ne sapeva Anmar, erano impenetrabili, e l'unico modo per i palestinesi di trovarsi al loro interno era che fossero già lì quando erano state delimitate!

"Per ora? Sì. Ma è bene avvertirvi che, se non ci consegnerete i fondi e non vi impegnerete a trasferire tempestivamente i vostri cittadini, saremo costretti ad annettere altre terre rivendicate dalla vostra Autorità," rispose Eitay. "Avanzo questa richiesta con una certa riluttanza, a titolo personale. Tuttavia, in qualità di negoziatore, devo ribadire che dobbiamo garantire la supremazia della sicurezza del nostro Stato e, se non ci si può fidare di voi per questa garanzia, allora dobbiamo farlo noi stessi. Ci aspettiamo una risposta nel pomeriggio."

E, prima che Anmar potesse fare altre domande, il profilo di Eitay svanì nel nulla, lasciando dietro di sé solo una pungente aria di tensione.


"Non può certo cedere a queste richieste, signore!" gridò Asad, rompendo in modo inconsueto la sua abituale calma stoica. Anmar, benché sorpreso dallo sfogo, sorrise dolcemente.

"Mio caro Asad, come popolo siamo abbastanza ricchi, e sicuramente posso raccogliere i fondi necessari attraverso il mio Fondo di Solidarietà Cittadina, fiore all'occhiello, per proteggere l'integrità territoriale del nostro Stato," spiegò il Presidente, riferendosi al suo programma di pseudomicrotassazione che prelevava somme, a suo avviso esigue, dalle transazioni finanziarie elettroniche dei palestinesi con un reddito basso. "Ora che abbiamo finalmente sviluppato una soluzione per riscuotere una parte delle nostre entrate fiscali, per le quali i nostri amici non hanno ancora protestato, i nostri consiglieri di stanza in diversi Stati amici ci hanno suggerito di trovare un modo per trarre vantaggio dalla percentuale troppo elevata di lavoratori a basso reddito tra i nostri cittadini. Senza dubbio, lo abbiamo progettato per casi come questo, quando la sovranità del nostro Stato è minacciata!"

"Se posso dare un umile suggerimento..." iniziò a dire Asad, tornando a un modo di parlare più riservato e attenuato, "Non potrebbe trarre vantaggio se parlasse direttamente con le famiglie povere che vivono sulla terra in questione di cui ha parlato Eitay? Forse potrebbero essere in grado di offrire qualche spunto? O almeno offrire una potenziale via d'uscita da questo dilemma politico?"

"Non essere ridicolo!" lo rimbeccò il Presidente. "Un approccio del genere potrebbe mettere in pericolo la nostra posizione di fronte a Eitay e alla sua squadra! Paghiamo ai nostri consulenti una parte consistente del nostro budget nazionale per offrirci soluzioni a problemi di questo tipo e ci fidiamo delle aziende che rappresentano per assicurarci di lavorare solo con le migliori menti quando si tratta di risolvere un conflitto. Parlare con coloro che hanno causato questa crisi è un approccio sconsiderato nei confronti della salvaguardia dei nostri interessi nazionali, e non possiamo cedere a proposte populiste che possono mettere a rischio tali interessi, come la campagna di Boicottaggio, per citare un esempio, o la tua proposta, per citarne un altro! Seguiremo gli accordi e i protocolli concordati, pagheremo quanto dovuto e chiederemo alle autorità competenti di gestire la situazione sul campo."

Con ciò, Asad si congedò dal suo datore di lavoro e si ritirò nel suo ufficio scarsamente illuminato nell'ala di servizio della tenuta, roteando pericolosamente gli occhi mentre si voltava per lasciare la cucina di Anmar.

Non aveva molta importanza che lo facesse fuori dalla vista di Anmar, perché il Presidente era comunque troppo preoccupato per accorgersene. Era impegnato a ordinare un caffè con un metodo di preparazione esageratamente complesso allo chef Radi, poiché gli piaceva sorseggiare caffè sintetici gourmet mentre stringeva accordi con Eitay.

Imitare gli incontri con il caffè faccia a faccia di un tempo, prima che il chicco di caffè fosse spazzato via dalla Grande Peste Rubiacea, gli dava una sensazione di raffinatezza e sicurezza molto forte. Riteneva che questa sensazione fosse una parte necessaria per il successo di un negoziato nell'ottica dell'Autorità Palestinese.

Il Presidente Anmar chiamò quindi Eitay, la cui immagine occupava di nuovo lo spazio vacante designato per le olochiamate, per prendere la sua decisione altamente ponderata e, a suo parere, salvare lo Stato della Palestina al tempo stesso.

"Vi siamo grati per la vostra collaborazione e per il rispetto dei nostri accordi. Pertanto, accetteremo il risarcimento monetario dovuto, e implorerò la mia squadra di permettere alle autorità di gestire la situazione sul campo. Grazie, Presidente Anmar, perché lei fa onore al suo popolo."

Quel giorno non accadde molto altro di rilevante. A parte evitare una posizione politicamente problematica e salvaguardare gli interessi della sua Autorità, Anmar ordinò al suo staff di riparare uno schermo difettoso del PaleStimulate.

Mentre percorreva il perimetro esterno della Tenuta Presidenziale, Anmar si rattristò nello scoprire un pezzo di muro grigio opaco davanti a sé. Il pannello destinato a nasconderlo non sembrava danneggiato, quindi Anmar, con il suo genio tecnologico, determinò che il problema era probabilmente nell'alimentazione. La tristezza scatenata da quello scorcio di muro gli squarciò l'anima come un proiettile attraversa la carta di cotone e di lino.

"MANUTENZIONE!" urlò Anmar, la cui voce si propagava attraverso il sistema nervoso acustico che aveva installato all'interno della Tenuta per assicurarsi che i suoi ordini venissero sentiti in ogni momento dai membri del personale. "Vedo un muro davanti a me sul perimetro esterno!"

Naturalmente, Anmar non aveva bisogno di comunicare la sua posizione esatta, perché, come si aspettava, la parte di PaleStimulate che aveva subito un'interruzione di corrente era ben visibile nella sala di controllo principale, e una squadra di tecnici era stata inviata immediatamente per diagnosticare il problema.

"Signor Presidente, ci sembra che i cavi sotterranei che alimentano questo pannello siano stati danneggiati dalla crescita eccessiva di una radice di cactus," dichiarò il capotecnico. "Il cactus vero e proprio si trova a pochi metri dal confine."

"Allora sradicate quel dannato cactus e ripristinate l'alimentazione del pannello!" intimò il Presidente. I suoi occhi erano irrazionalmente iniettati di sangue e il suo volto era rosso di rabbia.

"Signore, non siamo in grado di sradicare il cactus," esordì il tecnico, "perché cade al di fuori del confine e non ci è permesso mettervi piede".

Sebbene le parole del tecnico fossero tecnicamente vere, la moderna tecnologia agricola aveva messo a punto sistemi che consentivano l'estirpazione a distanza dei cactus. Forse erano stati sviluppati in collaborazione tra l'azienda di Anmar e una israeliana, in una mossa che avrebbe potuto essere presentata al mondo come un passo verso la pace; tuttavia, il Presidente, nel suo stato furioso e frenetico, non poteva ricordarlo.

Il tecnico capo non gli ricordò questa tecnologia che avrebbe permesso loro di sradicare i cactus della loro amata patria rubata, nonostante le parole dei protocolli, dei trattati e degli accordi impopolari.

"Non ti ho assunto per parlarmi di ciò che non puoi fare!" ribatté Anmar piccato. "Trova un modo per ripristinare la corrente e nascondere questo penoso pugno in un occhio, non importa a quale costo!"

Alla fine, venne trovata una soluzione temporanea per ripristinare la visuale serena su cui il Presidente era abituato a posare lo sguardo durante le faticose ore del suo lavoro importantissimo. Era necessario che egli fosse in grado di pensare a mente lucida quando dirigeva l'Autorità che si batteva per uno Stato palestinese legittimo.

I tecnici scoprirono un modo per ricablare i pannelli e ripristinare le condizioni normali, ma lo avvertirono che la crescita continua e incontrollata delle radici avrebbe un giorno attaccato il sistema in modo molto più sostanziale.

"Quando potrebbe succedere?" Chiese Anmar docilmente, con l'animo confortato dal ritorno di un bel paesaggio e dalla scomparsa del grigio raccapricciante che gli aveva rovinato la serata.

"Prevediamo che si verificherà in un futuro lontano, ma non si possono mai predire queste cose con certezza. Così come non siamo stati in grado di prevedere questo incidente nonostante tutte le competenze e le tecnologie a nostra disposizione, nonché il vostro coinvolgimento lungimirante."

Anmar, soddisfatto dei risultati del lavoro dei suoi tecnici e confortato dalla previsione che si sarebbero verificati guasti più sostanziali quando probabilmente non avrebbe più occupato la Tenuta Presidenziale, fu lieto di ignorare gli avvertimenti e di continuare la sua routine serale.


A notte fonda, con la testa poggiata sul cuscino, Anmar ripercorse gli eventi della giornata appena trascorsa. Era stata una giornata ordinaria, con solo una serie di problemi consueti da risolvere per un uomo nella sua stimata posizione.

Tutto sommato, sia la trattativa con Eitay che la sua guida nel riparare il sistema del PaleStimulate erano grandi vittorie, e ad Anmar piacevano le vittorie. In un solo giorno, aveva mantenuto l'integrità territoriale dello Stato palestinese e l'affidabilità delle sue innovazioni tecnologiche dell'altro mondo!

Giunto al termine di queste riflessioni, Anmar si congratulò con se stesso per l'ennesima giornata di successo come Presidente dell'Autorità Palestinese. Poi combatté l'eccitazione insonne dovuta all'opportunità di affrontare sfide più grandi e credibili nei giorni, nelle settimane, nei mesi e negli anni a venire, chiuse gli occhi e andò a dormire.

# Gomma da masticare alla cannella

di Maria Dadouch

*Maria Dadouch è un'autrice siriana, nata a Damasco, nel 1970. Ha conseguito una laurea in Scrittura creativa nel 2015 all'Università della California a Los Angeles (ULSC). Ha contribuito a fondare la rivista "Fulla" nel 2005, su cui ha scritto molti articoli e storie fino al 2012. Inoltre ha lavorato come sceneggiatrice per la famosa serie comica TV* Maraya. *Allo scoppio della guerra in Siria, Maria Dadouch si è trasferita negli Stati Uniti. Ha pubblicato 4 romanzi e molti libri per bambini, alcuni dei quali tradotti in inglese, tra cui* Omar e Oliver. *Nel 2018, il suo romanzo* The Planet of Uncertainties *ha vinto il premio Katara. Nel 2019, ha vinto il premio Shoman per il romanzo di fantascienza* I Want Golden Eyes. *Nel 2020 ha vinto l'Arab Publishers Forum Prize per il libro* Him and I.

Sono in sala d'aspetto, circondato da anziani. Siamo tutti seduti nelle file di sedie della sala, offuscati da una nube carica di attesa. Tengo occhi e orecchie aperti e aspetto che da un momento all'altro arrivi la segretaria virtuale, chiami il numero di uno di noi e lo accompagni attraverso quella porta di metallo dall'altra parte della sala. Si avvicina una segretaria con gambe esageratamente lunghe e magre: ha gli stessi denti bianchi e provocanti di Nadia, la segretaria della palestra che frequento. Ieri Nadia mi ha fatto scegliere tra camminare sulle rive del lago Logan o correre in cima alle montagne dell'Islanda, così ho scelto di correre nel deserto di Dubai, infastidito dallo splendore dei suoi denti. Poco dopo, la segretaria riappare e chiama il numero 111, e tiriamo tutti un sospiro di sollievo, tutti tranne il numero 111, ovviamente. Si alza fingendosi coraggioso, ma i passi pesanti e le spalle curve lo tradiscono. Io ho il numero 144, quindi chiameranno altri 33 sfortunati prima di me. Tre o quattro minuti separano un infelice da quello successivo, ciò significa che ho circa cento minuti... cento minuti prima che arrivi un segretario o una segretaria virtuale a chiamarmi, cento minuti prima che la mia vita finisca.

Naturalmente non ho detto a mia moglie Anisa che sarei venuto qui oggi, intendo qui al "Centro Ufficiale per la Raccolta degli Organi Umani"! Il giorno in cui ho firmato il contratto di fine vita, all'inizio di quest'anno, Anisa mi ha chiesto di non dirle in anticipo quando avrei deciso di andarmene perché non sarebbe riuscita a dirmi addio.

"Non posso vivere senza di te," così mi ha detto quel giorno.

Dice sempre queste e molte altre parole gentili. Le dice e poi mi costringe, per esempio, a mangiare un panino al formaggio di bufala senza scaldarlo, per paura che il formaggio si sciolga sul metallo del tostapane e di doverlo pulire. Dice che sono la cosa più importante della sua vita e poi dimentica il mio accappatoio bianco preferito nello sterilizzatore a raggi UV. Un accappatoio altamente assorbente in nanofibre in nitruro di boro, ricevuto in regalo quando ho acquistato l'ultima macchina fotografica. L'accappatoio è uscito dallo sterilizzatore due ore dopo, bruciato e nero. Proprio stamattina Anisa mi ha detto una cosa del genere. Ha detto: "Non voglio che arrivi il momento in cui aprirò gli occhi la mattina e non ti troverò a letto con me."

Dopo averlo detto, mi ha rimproverato perché, secondo lei, bagno sempre la tavoletta del water quando tiro lo sciacquone dopo aver urinato. Sostiene che, se non perdesse dieci secondi a causa mia per asciugare la tavoletta del water prima di usarlo, si bagnerebbe i vestiti. Dice che la sua vescica si è indebolita dopo il parto di ognuno dei nostri tre figli (per me!). Sono molti gli organi vitali di mia moglie a non essere in condizioni ottimali, non solo la vescica. Qui al "Centro Ufficiale per la Raccolta degli Organi Umani" danno ai tuoi figli due dosi di vaccino antivirale ogni sei organi perfettamente funzionanti. I nostri figli hanno la fortuna che ho organi impeccabili da donare, il che garantisce loro le dosi di vaccino necessarie.

Un segretario virtuale muscoloso spunta qualche fila più in là e sussurra a una donna dai fianchi straordinariamente larghi: "Numero 119? Venga con me." La signora segue gli ordini, e si dirigono insieme verso la porta metallica. L'hijab che indossa è elegante, con delle rose lilla. Io oggi non mi sono vestito per niente bene, anzi, sono stato intelligente e ho messo abiti vecchi. O meglio, i più vecchi che ho. Mi avvolgeranno gratuitamente nel cotone bianco egiziano e sono certo che getteranno via i miei vestiti non appena me li toglieranno di dosso. Sono fortunato perché questo mese hanno aggiunto un nuovo servizio gratuito per il fine vita chiamato "Lavami e avvolgimi". Questo, ovviamente, perché sono musulmano. Ai cristiani viene offerta gratuitamente una bara in lana di poliammide indurita e impermeabile. Non a tutti viene dato questo benefit, ma con me sono stati generosi perché la maggior parte dei miei organi è di prima scelta: milza, pancreas, prostata, occhi e tiroide. Le mie orecchie sentono tutte le frequenze a dieci decibel. Cos'altro? I reni... sì. La mia urina è pura come l'oro. In cambio di quegli organi ho ottenuto facilmente un contratto che mi garantisce due scatole sigillate contenenti dosi di vaccino sufficienti per le mie figlie gemelle, la cui scadenza è datata fine 2076. Ma per il loro fratello... Le dosi per lui sono state molto più difficili da ottenere. Il rappresentante del "Centro Ufficiale per la Raccolta degli Organi Umani" con cui avevo firmato era esperto, come tutti i loro rappresentanti, e ovviamente aveva provato a raggirarmi per non concedermi le dosi per mio figlio. Quel vaccino, il BlindVid-55, è molto costoso, o almeno così sostengono le case farmaceutiche.

Gli avevo detto: "Accetteresti che il virus BlindVid-55 infettasse mio figlio e gli facesse perdere la vista mentre le sue due sorelle godono della vista fino all'ultimo giorno della loro vita? Mettiti al mio posto, lo faresti?"

Lui mi aveva risposto che era colpa mia, urlandomi contro: "Due persone, siete solo due, e avete tre figli? Non sapete che oggi il tasso di natalità è di tre ogni quattro persone e un quarto? Quattro, non due."

I miei pensieri vengono interrotti dall'improvvisa apparizione di unə altrə segretariə virtuale, non riesco a capire se sia un uomo o una donna, che porta con sé un uomo grasso seduto negli ultimi due posti della mia fila. L'ho davvero sentitə chiamare il numero 128? È plausibile? Il turno avanza così velocemente?

Comunque, quando il rappresentante della "Raccolta degli Organi Umani" mi aveva ricordato il tasso di riproduzione attuale, non ero riuscito a trovare alcuna risposta. E cosa avrei dovuto replicare? Avrei dovuto dirgli che il motivo per cui avevo così tanti figli era il nostro governo, perché aveva firmato l'accordo internazionale sul razionamento dei combustibili? Che da allora, le grandi aziende tecnologiche avevano monopolizzato la commercializzazione dei sistemi di riscaldamento a energia sostenibile, vendendoli a prezzi esorbitanti, e da quel giorno non ci era rimasto altro modo per scaldarci se non abbracciarci sotto le coperte? Dopodiché, a causa di un mio lapsus, il rappresentante scoprì che i miei figli erano usciti dal grembo di mia moglie per parto naturale, e per poco non svenne. Si leccò le labbra e si strofinò i palmi delle mani, dicendo: "Ti darò dosi del vaccino sufficienti per tuo figlio e per un'altra persona che potrai vendere tu stesso, se convinci tua moglie a porre fine alla sua vita insieme a te."

Naturalmente rifiutai, ma lui cominciò a implorarmi e supplicarmi. Disse che gli uteri che non avevano subito un taglio cesareo erano rari e che la loro vendita era garantita. Che la maggior parte dei clienti degli uteri erano cuochi uomini, perché consentiva loro di avere una maternità più semplice. Cucinano i loro piatti in diretta su GalaxiNet, e vedere chef incinti comunica un senso materno ai loro follower, i quali tendono a convincersi che i loro piatti sono deliziosi, e la loro popolarità aumenta. Lo chef più apprezzato ottiene un buon lavoro in una delle case o dei ristoranti dell'Isola dei Tecno-Imperatori. L'importante erano i miei soldi e quelli degli chef. Ovviamente, non accettai, perché non volevo che Anisa firmasse un contratto di fine vita. Non ce ne sarebbe stato bisogno se fossi riuscito a garantire da solo le dosi di vaccino per tutti i nostri figli. Per questo mi intestardii e negoziai con lui per il mio fegato e il mio cuore. Gli dissi: "Non fumo, non bevo alcolici, né assumo droghe, il mio cuore e il mio fegato sono come appena usciti dalla fabbrica." Allora lui si mise a ricordarmi di come erano logore le articolazioni delle mie ginocchia e delle mie anche, di quanto fosse ingrossata la mia prostata, e anche quanto fosse pigro il mio... Comunque... Continuava a cercare di fregarmi, ma io non avevo intenzione di cedere, non con la vita di Anisa in gioco. Gli lanciai i documenti della colonna vertebrale e del collo, che avevo conservato fino alla fine, e solo allora quell'uomo spregevole si rassegnò. Non c'è neanche una curvatura nelle vertebre del collo e della schiena, ovviamente, perché faccio il fotografo. Questo è praticamente l'unico vantaggio della mia professione. Il collo dritto è raro di questi tempi, quando ormai ha preso il sopravvento il fenomeno del "collo da iena", di cui soffrono tutti perché rimangono piegati sugli olobot. Spalancò la bocca incredulo quando gli mostrai il modello della mia colonna vertebrale, stampato quella mattina stessa con una stampante 3D ad alta precisione, e appena lo vide aggiunse immediatamente le dosi di vaccino per mio figlio nel contratto, oltre a una pillola di muschio. Mi puntò uno scanner sugli occhi e disse con rassegnazione: "Mi hai battuto. Hai appena vinto un contratto a vita che tutti sognano. Dio è caduto nella pupilla dei tuoi occhi, sei fortunato e benedetto da Dio."

E ho firmato.

Sì, ho firmato.

Chiamano il numero 133. L'uomo con quel numero va con la segretaria e scompaiono dietro la porta metallica. Avevo altra scelta se non firmare? Non sono molto entusiasta di porre fine alla mia vita, ci sono molte cose per cui vorrei che Dio me la prolungasse... Ho lasciato nella bolla-TV gli eroi dell'ultimo episodio della serie "Horror on Mars" nascosti dietro la porta. Ho interrotto la serie proprio mentre stavano per lasciare il protettorato, senza che le guardie se ne accorgessero, verso le valli sconfinate di Marte. Non ho guardato l'ultimo episodio di proposito, perché molto probabilmente le guardie li avrebbero colpiti, facendo riversare il loro sangue sulle piastrelle della bolla-TV, e il mio cuore non avrebbe potuto sopportare una tale tristezza. Avrei anche voluto fotografare l'aurora boreale prima di morire. È un sogno che ho fin da quando ero bambino. Quando diventai fotografo professionista, iniziai a pianificare quella foto nei minimi dettagli: sognavo di lavorare gratuitamente come fotografo sul "sottomarino di ghiaccio dei miei sogni", che mi avrebbe portato al Polo Sud. Lo ideai passo dopo passo. Prima del tramonto, mi sarei recato sulla piattaforma precedentemente preparata per osservare l'aurora boreale, portando con me grandi schede di memoria per la fotocamera e batterie di riserva, tutte cariche. Avrei messo a fuoco la fotocamera, posizionata sul treppiede, utilizzando un obiettivo grandangolare regolato su un livello di ISO elevato per catturare più luce possibile. Poi avrei scelto una stella luminosa per regolare la messa a fuoco, e avrei aspettato il verificarsi dell'aurora boreale. Ne avrei determinato la velocità, impostando di conseguenza quella dell'otturatore, e avrei lasciato che la fotocamera facesse il suo lavoro meraviglioso, godendomi lo spettacolo di quello straordinario fenomeno cosmico.

Adesso dico addio al mondo senza aver realizzato neanche questo sogno. Va bene così, ho smesso di inseguire i miei sogni molto tempo fa, ma Anisa... Dio, vorrei poterle comprare quel braccialetto di platino la cui immagine tridimensionale appare sul mio globo-cellulare poco prima di ogni anniversario di matrimonio. Anisa pensa che io lo ritenga un annuncio casuale apparso per pura coincidenza tra gli annunci del giorno, ma so benissimo che è stata lei a inviarlo dal suo globo al mio tramite un'applicazione particolare che le permette di farlo. Nel corso degli anni, Anisa non aveva mai insistito con le richieste come con quel bracciale. Giuro, vorrei averglielo comprato. Ma l'occhio vede più in là di dove i BitCoin possano arrivare.[2] Comunque... Avrei voluto non dover firmare quel contratto. Da quando quel virus aggressivo è comparso vent'anni fa, un pover'uomo come me, se ama i suoi figli, non può non firmare. Il virus porta chi è infetto alla cecità in poche ore. Hai gli occhi sani, chiedi alla clessidra del tuo globo-cellulare di svegliarti per l'Adhan Al-fajr, per renderti conto solo dopo che quella era stata l'ultima immagine che i tuoi occhi avrebbero visto da lì alla fine dei tuoi giorni. Il problema non è solo la perdita della vista,

---

2 Il riferimento è al proverbio arabo "العين ترى أبعد مِنَ اليَد" (l'occhio vede più in là della mano).

ma che tutti si allontanino da te. Ti respingono perché sei contagiosissimo. Mia madre era solita dirmi: "Sei più prezioso dei miei occhi," ma, a quanto pare, non era vero, perché niente è più prezioso degli occhi, e la prova è che la famiglia è la prima ad abbandonarti. Tua moglie e i tuoi figli. E come biasimarli? Informeranno immediatamente gli addetti alla sicurezza affinché vengano a prenderti: hanno una gru con una pinza ricoperta di nylon, con la quale ti buttano lì nella casa di cura. La chiamano "casa di cura", ma è una discarica per persone. Nessuno visita i pazienti, e nessuno entra per provvedere ai loro bisogni, tranne pochi dipendenti.

Quanto deve essere disperato un dipendente che accetta di fare questo lavoro pericoloso, in una casa di cura per pazienti affetti dal virus BlindVid-55. Il personale dà ai pazienti un po' di cibo confezionato con una mano e molta rabbia e frustrazione con l'altra. I turni di lavoro sono di due ore, per ridurre il tempo di esposizione al virus, dopo le quali corrono alla sterilizzatrice e lasciano quell'edificio tetro in fretta e furia. L'edificio della casa di cura è coperto di muffa e non dispone di servizi sanitari di alcun tipo, i dormitori sono collettivi e sporchi. Ogni giorno, i video della struttura arrivano nei nostri globo-cellulari. Una volta ne ho guardato uno sui bagni, e ho immaginato le mie figlie gemelle, cieche, arrivarci a tentoni, così mi sono subito gettato senza esitazione tra le braccia del rappresentante della "Raccolta degli Organi Umani", chiedendogli di poter firmare un contratto di fine vita, in modo da poter ottenere i vaccini per i miei figli. Proprio stamattina ho visto un video in cui un gruppo di pazienti cercava di scappare, ma come si fa a scappare con tutte quelle alte recinzioni elettrificate e quelle sirene? Quando sei gracile e debole? E cieco?

Sento echeggiare davanti a me il numero 142. Si avvicina il mio turno. Non sarò triste, ho fatto la scelta giusta e i miei figli potranno vedere per il resto della loro vita. Spero solo che mi saranno grati, ma purtroppo anche questo desiderio non si avvererà, perché presto mi dimenticheranno. Ho passato la vita a lavorare sodo per pagare le loro spese, e loro non mi hanno ringraziato mentre ero in vita, perché dovrebbero essermi grati dopo la morte? Trascorro la giornata tra le braccia del ponte tra l'Isola dei Tecno-Imperatori e l'Isola della Medicina Compassionevole, spostandomi da un resort all'altro, implorando gli ospiti lussuosi di lasciare che scatti loro delle foto. Li tento dicendo che la tradizionale macchina fotografica che pende dal mio collo produce foto uniche che non assomigliano affatto alle foto moderne. A volte accettano, e altre volte, quando la fine della giornata si avvicina e non ho ottenuto nulla, mi rifugio in un luogo nascosto e osservo le persone intorno a me, aspettando il momento giusto per scattare quella che chiamo "foto opportunistica". Una segretaria con il suo manager, per esempio, con la mano appoggiata in un posto dove non dovrebbe essere, o due ragazze ricche che si scambiano parole oscene degne delle stazioni della metropolitana sospesa. Le persone colte in queste istantanee pagavano generosamente per farmele cancellare, in modo che non arrivassero al GalaxyNet. Scattare queste foto opportunistiche non era un comportamento corretto, me ne rendo conto ovviamente, ma a volte venivo pagato una buona cifra per cancellarle e tornare a casa con un wallet gonfio di Bitcoin che pagava le mie bollette fino alla fine della settimana. Non nego che, altre volte, le cose non siano andate come avrebbero dovuto, e i proprietari delle foto abbiano chiamato gli addetti alla sicurezza per buttarmi fuori dal resort. Quei giorni tornavo a casa pieno di ferite e contusioni. I miei figli si preoccupavano forse delle mie pessime condizioni? Mai.

Entravo in casa e nessuno mi accoglieva. Di solito Anisa era al lavoro quando tornavo. Non potevo nemmeno parlarle per lamentarmi delle mie preoccupazioni. Si occupa di trovare con precisione un'apertura tra le nuvole per il decollo e l'atterraggio del nuovo taxicottero verde che le è stato affidato dall'azienda Ape-Bot, e qualsiasi distrazione potrebbe portare a uno sfortunato incidente, quindi cosa avrei dovuto fare? Mi buttavo sul divano, indossavo il casco VR, avviavo un gioco di boxe livello principiante e riempivo di pugni il mio avversario. Durante la pausa tra una partita e l'altra mi asciugavano il sudore con un fazzoletto, mi davano dell'acqua e mi massaggiavano le spalle. Avrei voluto non togliermi mai il casco. *Vedi come ti senti quando qualcuno accarezza i tuoi muscoli stanchi?* Comunque, quando finivo di giocare e mi toglievo il casco, trovavo le mie due figlie preoccupate per quella creaturina per la quale avevano preso la prolattina, allattandola per farne il loro figlio adorato. L'allattamento al seno faceva provare loro una sensazione di maternità nei confronti del figlio adottivo. Avevano scelto il colore e la forma degli occhi dal catalogo dell'Ospedale degli Orfani Neonati e l'avevano adottato. Dissero a me e alla loro madre che non si sarebbero più dovute sposare, e che avevano un figlio. Dicevano che il matrimonio finiva sempre con un divorzio, e poi si vantavano delle soluzioni intelligenti per problemi comuni ideate dalla loro generazione. Che Dio le perdoni, avevano aggiunto un'altra bocca da sfamare, mi ci mancava solo questa.

Anche il loro fratello non è meglio di loro. Aveva lavorato per quattro mesi nei dirigibili di Amazon come responsabile dell'invio di aerei telecomandati agli indirizzi di consegna. E cosa ne aveva fatto dello stipendio? Aveva comprato una bolla-TV, che era diventata la sua stanza. Vi era entrato e aveva oscurato le finestre. Apriva la porta solo per andare in bagno o per farsi dare del cibo dalla madre. I genitori sono così, fanno sempre sacrifici per i figli irresponsabili. Anche mio padre firmò un contratto di fine vita vent'anni fa, grazie al quale ancora oggi ho la fortuna di poter vedere. Il giorno in cui morì, chiese misericordia a Dio per i tempi del virus chiamato Covid-19, che aveva sperimentato in gioventù e che causava solo una grave influenza. Mio padre si è sacrificato per me, e io sto facendo lo stesso. È la legge della vita. Il giorno in cui seppellii mio padre, dovetti andare al mercato dei cambi, ma i miei figli faranno lo stesso domani, dopo aver ricevuto il mio cadavere, corrucciati da quel mostro di Frankenstein, e avermi seppellito? Non ne sono sicuro. Ma dopo oggi, non dovrò più preoccuparmi dei loro affari.

Chi è causa del suo mal pianga se stesso. Io in questo momento devo preoccuparmi solo se Dio mi perdonerà o meno per aver firmato volontariamente un contratto di fine vita. Tutte le religioni vietano il suicidio, e temo seriamente che il contratto per porre fine alla propria esistenza equivalga a un suicidio agli occhi di Dio. Alcuni sceicchi tengono sermoni il venerdì e dicono che è lecito, ma gli sceicchi che non sono stipendiati dal governo dicono il contrario, e oggi spero davvero che si sbaglino.

"Numero 144," sento dire a una voce femminile vicino a me. Apro gli occhi e vedo la segretaria virtuale in piedi accanto al mio posto, la porta metallica aperta dietro di lei. La stessa segretaria dai denti splendenti! Lei e il suo ampio sorriso. Anisa mi perdonerà per non averle comprato il braccialetto di platino?

La segretaria dice: "Signor 144, il suo letto è pronto. Sul vassoietto attaccato ad esso troverà gomme da masticare di fine vita di diversi gusti. Proprio oggi hanno aggiunto quelle alla cannella, lei è proprio fortunato, eh? Le piace la cannella?"

## Alla Nuova Gerusalemme

### di Farah Kader

*Farah Kader è una palestinese americana. Ha conseguito una laurea in Sanità pubblica presso la University of California Berkeley e un Master of Public Health presso la University of Michigan. Farah ha ricevuto il premio di scrittura Ghassan Kanafani del Movimento giovanile palestinese nel 2017 e il premio Hopwood Graduate Award per la poesia nel 2019. I suoi lavori sono stati pubblicati su Mizna, Orion Magazine, Electric Literature e Narrative Magazine. Attualmente Farah lavora a New York come analista della salute pubblica.*

La passeggera del sedile posteriore sta dritta sul lato opposto a quello del guidatore con le mani conserte in grembo. I suoi occhi sono duri e inquieti mentre fissano attraverso il finestrino laterale l'infinita macchia in cui si trasforma un paesaggio urbano in movimento. L'autista mantiene una velocità costante, accelerando solo per dare al suo taxi malconcio lo slancio sufficiente per evitare le buche sul manto stradale. Non ci sono traffico parallelo, interferenze radiofoniche o suoni di respiri a infrangere l'immobilità all'interno di questa capsula, solo il rombo intermittente di un motore in declino.

Ora la passeggera si sente abbastanza a suo agio da appoggiarsi allo schienale del sedile: preme le scapole sul cuscino, che è più morbido di quanto si aspettasse, in quanto assorbe tutto il suo peso. Questo scorcio di calma viene interrotto dall'improvvisa consapevolezza dei residui di fumo di sigaretta che si aggrappano all'aria intorno a lei. Sente quel miasma da quando ha aperto la portiera del taxi, diversi minuti fa, ma ora lo percepisce con tutti i suoi sensi. Le evoca l'infanzia, quando le visite ai Sommersi erano comuni come lo era acquistare tabacco.

La passeggera si rende conto che questo veicolo è un'altra reliquia del Sommerso e che nella sua storia deve aver accolto migliaia di espirazioni soddisfatte, mentre la tappezzeria assorbiva migliaia di nuvolette di fumo. L'autista, ancora silenzioso, magari è rimasto seduto da solo nel suo taxi per ore una o due volte, guardando le maree salire e scendere, aspettando un passeggero per giorni, settimane, immerso nei suoi stessi scarichi. Lei immagina tutto quel tessuto rimpolpato da un flusso decennale di vapore denso e cinereo. Questo era il vizio di coloro che conoscevano il futuro e non si preoccupavano di rimanere a lungo in sua attesa.

La passeggera è di nuovo ansiosa, trattiene il respiro con forza. In tutti i residenti delle Città Rifugio è radicata l'idea che, un giorno, oggetti come sigarette e veicoli personali condurranno le Città alla stessa sorte toccata ai Sommersi. La passeggera immagina che, se sbirciasse verso il basso sui tappetini, troverebbe le sue suole appoggiate su un cumulo di mozziconi di sigarette, e guarda verso l'alto per evitare un tale destino.

L'autista solleva la testa per osservare un'immagine parecchio ritagliata del suo viso nello specchietto retrovisore. Ci sono macchie di mascara schiacciate lungo l'osso orbitale. L'insonnia rende lento il suo battito di ciglia. La passeggera sposta l'attenzione dal finestrino allo specchietto retrovisore, vedendo gli occhi e la fronte dell'autista, increspati da pieghe di pelle sovrapposte sotto l'attaccatura dei capelli bassa e irsuta.

"Non dovrebbe essere qui da sola," dice lui. "È pericoloso per chi non sa dove sta andando."

Le sue labbra si toccano appena quando parla. I suoni tra le vocali risultano ovattati, spinti dalla parte posteriore della gola piuttosto che dalla lingua. C'è qualcosa in questa voce che accende in lei una certa nostalgia, ma la mette da parte, sentendo il suo viso riempirsi di tensione. Guardando nello specchietto retrovisore, risponde: "In realtà conosco bene la zona, ma grazie per essersi preoccupato."

L'autista fa spallucce e continua a guardare dritto davanti a sé. Lei sa che la sua risposta è troppo formale, persino arrogante. È più vecchio di lei, ma non di molto. Valuta di spiegare che non è una turista qualunque, una di quegli avventurieri che guardano i Sommersi come si guarda un fossile. Quelli che non hanno mai dovuto assistere alla distruzione di qualcosa di così vasto, di qualcosa che amavano.

*Gli Stati firmatari della presente Convenzione,*

*Riconoscendo il ritmo considerevole con cui attualmente si innalzano i livelli dei mari, sprofondano le zone costiere, si riduce la disponibilità di acqua, si diffonde la desertificazione e si ripetono i disastri idrometeorologici,*

*Prendendo atto che gli stress del cambiamento climatico globale sono aggravati dalla sovrappopolazione umana e dal consumo eccessivo di risorse naturali,*

*Considerando che esistono grandi rischi derivanti dalla pressione demografica e dagli spostamenti di massa causati da forze naturali e antropiche, in particolare per coloro che si trovano in condizioni di vulnerabilità sociale e ambientale,*

*Tenendo presente che, in conformità con la legislazione vigente in materia di diritti umani, tutti gli esseri umani hanno diritto a un domicilio nazionale e a un tenore di vita adeguato alla salute e al benessere,*

*Ritenendo che anche la conservazione del patrimonio culturale e della fauna selvatica debbano essere prioritarie,*

*Osservando che gli Stati sono responsabili della sicurezza, del benessere e della protezione dei cittadini sfollati all'interno del Paese,*

*Sottolineando che vi sono persone attualmente apolidi o impossibilitate a rimanere nei loro Paesi d'origine a causa del sovraffollamento, delle guerre, delle persecuzioni e di altre crisi esacerbate dal clima globale,*

*Hanno convenuto quanto segue:*

Altre cose che rammenta la passeggera: arenaria bruno-rossastra, impalcature, Art Déco, altri taxi. Forse è stata la puzza di sigaretta a scatenare questi ricordi. Nell'ultimo taxi aveva otto anni, schiacciata tra il padre e due estranei sul sedile posteriore, la madre incinta davanti, che diceva all'autista, in un arabo impastato, di andare, andare veloce, adesso.

"Non ne sono rimasti molti," le aveva detto suo zio, quando aveva rivelato che avrebbe fatto il viaggio di ritorno, "ma saranno la tua unica opzione se vuoi raggiungere Nuova Gerusalemme".

Anche se ora le vengono in mente molti ricordi, nel suo stato di agitazione, la passeggera ha dimenticato come è arrivato il taxi o come ci è salita.

Il suo telefono qui è inutilizzabile, altrimenti avrebbe visto il nome e la foto dell'autista lampeggiare sul suo schermo con un conto alla rovescia per l'ora di arrivo. Si sarebbe soffermata sugli occhi spalancati, il naso irregolare e le sopracciglia folte. Lui avrebbe confermato la sua identità quando si fosse fermato sul marciapiede, e forse lo scambio di nomi avrebbe risposto ad alcune delle loro domande non dette, ai possibili anelli di congiunzione che li collegavano a questa parte del Sommerso. Ma lei non conosceva il suo nome, e lui non conosceva quello di lei.

Mancano ancora almeno 45 minuti alla fine del viaggio di un'ora, presume. La strada dissestata fa rimbalzare i loro corpi all'unisono. Sia lei che l'autista rivolgono la loro attenzione al paesaggio monocromatico che si estende all'infinito. Un'ampia fenditura bianca di cielo separa i mattoni e l'ardesia su entrambi i lati della strada, per poi ridursi a una stretta striscia sulla linea dell'orizzonte. La passeggera infila la mano nella tasca della giacca e cerca di aprire la cartina senza fare rumore. La carta frusciante la tradisce.

"Come si chiama?" chiede l'autista.

Dal modo in cui lui pone la domanda, capisce che si tratta di una delle tante domande che tiene in serbo, una di quelle domande di valutazione che si avvicinano alla domanda vera e propria. A seconda di chi la pone, può essere: *sei una di noi?* o, più spesso, *sei una di loro?*

La sua intuizione potrebbe basarsi sul suo aspetto, su alcune delle caratteristiche che la legano a tutti i Sommersi che i suoi antenati hanno visto annegare prima di lei. Anche lui ha alcune di quelle caratteristiche. Naturalmente, grazie a tutto il tempo trascorso nelle Città Rifugio, lei sa bene che i fenotipi sono fuorvianti. Sono falsi legami con terre perdute, stereotipi di un tempo che gli esseri umani si portano dentro fino ai limiti più estremi della loro ignoranza. Ma il suo accento, come le sigarette, sono residui del passato.

La passeggera dice il suo nome all'autista. Come se avesse avuto un'epifania, esclama: "Ah-ha! Ho sposato una donna con questo nome!"

Alza la mano e la batte sul volante. La passeggera aspetta di sentire qualcosa in più sulla donna, ma sembra che questa rivelazione abbia soddisfatto la curiosità di lui.

"Viene mai qui con lei?" chiede lei.

"No, siamo venuti qui insieme. Molto tempo fa. Ma lei è tornata indietro." Fa un cenno con la mano come a indicare la direzione generica in cui è andata.

"Ai Santuari?"

"No, a Jaffa."

"Jaffa è Sommersa adesso. Come ha fatto a tornare?"

"È tornata prima che venisse sommersa. Pensava che forse ci sarebbe potuto ancora essere un posto per lei, ma ovviamente l'hanno mandata nei campi."

"E poi?"

"Era a Yarmuk, e poi abbiamo perso i contatti. So che la sua famiglia era lì. Deve averli trovati."

"Ma Damasco presto non ci sarà più. Quindi preferirebbe morire piuttosto che trasferirsi in una Città Rifugio?"

L'autista sospira, come se si stesse preparando a rivolgersi a un bambino arrabbiato. Dice: "Preferirebbe morire nel posto a cui appartiene. Se andassimo alla Città Rifugio, non avremmo nessuno. Niente comodità, niente averi. Non c'è dignità nel passare il resto della propria vita in un posto che non fa per te."

"È ciò che ha fatto lei, no?"

"No. Io sono rimasto qui."

La passeggera elabora l'informazione. Abbassa lo sguardo sulla sua cartina aperta per la prima volta. Il Sommerso è vicino, ma prima devono passare attraverso la zona cuscinetto, un mondo deserto non ancora reclamato dall'oceano. Sono lontani i tempi delle terre inesplorate. La scena, che scivola via, è solo appena disseminata di vite passate. Gli scheletri di case e automobili intrappolano pochi resti, tutto ciò che non è stato bandito nelle discariche sottomarine o riutilizzato per la costruzione di Santuari.

"Cosa vuol dire, *qui*? Lei vive nel Sommerso? È impossibile."

"Con il taxi posso muovermi, da casa a casa. A volte rimango nell'auto. È facile evitare chi lavora sul campo, sa, le sentinelle. Nessuno presta più attenzione ai taxi e ai turisti. Il Rifugio 8 non è neanche a centosessanta chilometri di distanza. Vado a prendere un cliente, compro provviste, riempio il serbatoio, ruote di scorta e carburante, qualsiasi attrezzatura mi serva è nel bagagliaio."

"Cosa succederà quando il Sommerso si espanderà? Può accadere in qualsiasi momento. Dovrebbe avere una residenza permanente pronta, per sicurezza."

"Non mi resta molto da vivere. Lasci che il mare mi prenda."

*C'è molto da scoprire qui. Quasi venti milioni di acri distribuiti lungo una costa di 1500 chilometri e innumerevoli case, monumenti, e attività commerciali allagate migliaia di volte. Ultimamente i miei commenti sono stati inondati da residenti del Rifugio che hanno raccontato le loro visite al Sommerso per rendere omaggio ai loro antenati. Ho avuto la fortuna di nascere in uno degli Originari, nel cuore dell'America. È un luogo ricco di storia, ma ho sempre voluto vedere dove sono nati i miei nonni. Ecco perché sono qui, sulla costa del Pacifico, per la mia prima avventura nell'Occidente Sommerso. Cliccate per vedere le foto e i miei consigli per arrivare qui, campeggiare, e stare al sicuro mentre visitate tutte le attrazioni storiche ancora esistenti.*

"Quando ha deciso di trasferirsi al Rifugio?"
"Non l'ho deciso io. Ero un bambino."
"I suoi genitori devono essere americani, allora."
"No. Gerosolimitani."
"Ah! Sì, il Quartiere meridionale era ricco di gerosolimitani. Non ho mai incontrato nessuno che non fosse nato lì."

Le guance della passeggera iniziano a pizzicare. Vorrebbe dirgli che no, non ha mai visto Gerusalemme, ma la conosce come le sue tasche. Era dipinta sui muri dell'azienda di famiglia, era nell'odore del *ka'ak* ricoperto di sesamo che sfornavano ogni mattina per i loro clienti. A volte i ricordi dei suoi genitori si mescolano ai suoi, e lei dimentica di non aver mai tenuto la mano sudata di sua madre nel caldo del Mediterraneo passeggiando nel suq della Città Vecchia. È difficile da spiegare. Ci proverebbe se riuscisse ancora a parlare in modo fluente la lingua del Quartiere, quel nuovo arabo che l'autista deve conoscere bene, ma è rimasta nel Sommerso come tutto il resto.

*Consiglio #1 – Dato che le automobili personali sono ancora legali negli Originari, ci sono molte persone disposte a portare i residenti dei Rifugi nel Sommerso – a pagamento. Se non vivete nei territori più esterni, dovrete fare la spola fino a quando non sarete nei pressi dei Rifugi 37-40 negli Stati più occidentali, prima di raggiungere la zona di restrizione. Da lì, si può scegliere di prenotare un trasporto condiviso o un taxi personale. Le applicazioni specifiche per il turismo del Sommerso sono numerose. Consiglio SubTrekker e Deep Desert Tours per gli autisti più collaudati ed esperti, in grado di destreggiarsi con sicurezza nell'entroterra. Potreste dovervi organizzare per cambiare autista ogni 160 km circa – non ci sono stazioni di rifornimento di idrogeno nel Sommerso – ma i vostri sforzi saranno ripagati. Questi taxi sono essenziali per ricreare le esperienze dei decenni passati.*

"È qui," dice la passeggera.

Il taxi si ferma. L'autista rivolge l'auto verso il marciapiede, ma si tiene a diversi metri di distanza da uno straripamento d'acqua che ha raggiunto la strada. Questa strada incontra il litorale, nonostante chilometri di grattacieli si estendano ulteriormente verso ovest. Alcuni emergono dalle acque superficiali del tutto intatti, mentre altri sono logorati da decenni di acqua acida che ne lambisce le pareti esterne.

La passeggera riesce a vedere fin dove arriva l'oceano attraverso una fenditura nel paesaggio urbano. Ruota il collo alla ricerca di qualche ricordo che le trasmetta un senso di casa, ma non trova nulla. È una turista.

"Stia attenta. Non tocchi l'acqua."

L'autista ha tolto le chiavi dal motore e anche lui è in piedi fuori dal taxi.

"Devo farlo. Adesso entro."

Srotola una tuta dallo zaino e inizia a indossarla. È rivestita anche nei piedi per impedire che l'acqua possa raggiungere in qualche modo la sua pelle. Quando tutti i suoi arti sono avvolti nel materiale plastico, infila le mani in stretti guanti di gomma che si sigillano a scatto sugli avambracci.

L'autista osserva, con un'espressione a metà tra preoccupazione e sconcerto. Lei si chiede se sia sorpreso dal fatto che sia preparata, dalla sua intenzione di spingersi oltre il limite del litorale.

Deve aver portato molti viandanti spericolati che non sanno nulla delle onde acide e di come le maree cambino la forma della terra e il profilo dell'orizzonte in questo Sommerso. Forse aveva provato a esplorare lui stesso il Quartiere Sommerso e non gli era piaciuto quello che aveva visto.

Alza la testa verso il cielo immutato. Quando era giovane, si parlava molto della diminuzione degli uccelli, ma anche loro hanno resistito. Si sono creati degli habitat lontano da qui, migrando verso i Rifugi destinati agli umani. Sua madre diceva sempre che sarebbero sopravvissuti a tutto. Persistevano da un'epoca precedente alla contrazione dei continenti, prima degli esseri umani e di tutti gli animali che li avevano preceduti.

"La prossima alta marea sarà tra tre ore," dice l'autista, prima di aggiungere, in tono semi-scherzoso, "non si dimentichi di tornare".

*La Grande Rinascita del Quartiere Arabo
di George East*

*Quando la Prima Guerra Mondiale e lo smantellamento
dell'Impero Ottomano portarono una grande migrazione di
arabi in America, Lower Manhattan divenne un luogo di rinascita culturale. Ma quella che conosciamo come Little Syria
è un termine improprio, poiché i trapiantati dalla Grande Siria non rappresentavano solo arabi siriani. Libanesi, iracheni,
palestinesi e altri si unirono a loro e portarono con sé aspetti
della propria casa. La vivacità di Little Syria ebbe vita breve,
distrutta per far posto al tunnel Brooklyn-Battery – ma è stata
recentemente riportata in vita.*

*Ora, la zona di Washington Street e Battery Park ha un
nome più appropriato, con frotte di comunità di lingua araba
provenienti da tutta l'Asia sud-occidentale e dal Nord Africa
che stanno riempiendo i vuoti lasciati dalla recente migrazione degli abitanti di New York per iniziare una nuova vita,
lontano dalla costa che sta affondando. Il mondo arabo si sta
rimpicciolendo molto più velocemente degli Stati Uniti nordo-
rientali, e sicuramente è più densamente popolato di rifugiati
e richiedenti asilo rispetto ad altre regioni. Stanchi di unirsi ai
campi storici per gli apolidi, i nuovi arabi americani desidera-
no ricominciare daccapo ovunque sia dato loro spazio.*

*Così, un reliquiario del passato e del futuro arabo è stato
scavato in questa Manhattan svuotata. Le terre che essi anela-
no a ricreare potranno anche essere scomparse da tempo, alcune coperte da macerie e incendi, altre ricolme di acqua salata.
Questo non impedisce a coloro che sono affamati di patria di
inghiottire le zone spopolate di Manhattan. Un trio di suona-
tori di oud tiene un concerto improvvisato su un lato di Battery
Park, mentre una donna vende tuniche ricamate in stile tradizionale sull'altro lato. Ristoranti abbandonati, un tempo noti
per la costosa cucina americana, ora sfornano piatti di kibbeh*

*e qatayef. Questo è il quartiere arabo; venite a visitarlo finché dura. (continua a pagina B6)*

Con la mappa arrotolata nel pugno, trascina i piedi più in là nel Sommerso.

L'acqua è fredda attraverso gli stivali, e lei è grata che il sole di punta sia così forte sulla sua schiena. La sagoma della sua ombra, accentuata dal contrasto tra chiaro e oscuro, si allunga lungo l'ultimo lembo di marciapiede asciutto e osserva la turista scendere in acqua fino alle ginocchia. Dopo qualche tempo, la tuta impermeabile, dapprima rigida e scricchiolante intorno agli arti, si ammorbidisce attorno al suo corpo.

Se ci fossero stati altri viaggiatori, la turista li avrebbe visti indossare un abbigliamento identico, con lo stesso marchio degli zaini bassi e stretti sulla schiena. L'azienda canadese di abbigliamento sportivo è stata altamente raccomandata su un blog popolare che raccontava i viaggi di un uomo su ogni chilometro di Sommerso negli Stati Uniti lungo la costa occidentale.

Dietro l'angolo si intravede un bar di narghilè. Gli uomini che si attardavano fuori dalla vetrina e fumavano argileh alla mela verde sono ormai lontani. La turista apre la cerniera del taschino e tira fuori il telefono per scattare una foto.

Quando i suoi genitori la portarono lì, la città era appena stata completata, e frotte internazionali di richiedenti asilo vi si riversarono, sperando che la loro presenza li avrebbe fatti uscire dal limbo della lista d'attesa e li avrebbe portati in una casa permanente. I nati negli Stati Uniti riempirono tutti gli spazi disponibili negli Stati Originari, esaurendo anche le prime undici città Rifugio nell'arco di un decennio.

Avevano lasciato New York durante l'alluvione, e lei non riusciva a smettere di pensare a tutte le sue cose che affondavano mentre attraversavano un Rifugio stranamente pulito e organizzato.

Le case e i complessi abitativi della sua nuova strada erano identici. Gli arbusti che dividevano i quartieri residenziali da quelli commerciali erano ordinatamente squadrati. Piccoli appezzamenti di terra punteggiavano il marciapiede e da essi spuntavano begonie rosa che circondavano giovani alberi. Ovunque c'erano cartelli dipinti di fresco che indicavano l'esatto scopo di ogni angolo del mondo. Quando la turista iniziò la scuola, fu accolta da volontari degli Stati Originari i quali, supponendo che non fosse nata negli Stati Uniti, si congratulavano con lei per il suo inglese, correggendo al contempo il suo accento.

Articolo 1
*Poiché i modelli predittivi prevedono che si verificherà un rapido innalzamento del livello del mare e un cedimento del terreno costiero nell'immediato futuro, e che l'impatto di tali fenomeni lungo le coste urbanizzate di tutti i continenti popolati della Terra provocherà lo spostamento di almeno 3 miliardi di persone, tutte le Parti dovranno pianificare la ricollocazione etica degli sfollati, tenendo conto dei seguenti obiettivi:*

*(a) Creare zone di rifugio definite a livello nazionale per gli sfollati interni e i rifugiati globali, facendo spazio nelle aree residenziali esistenti o sviluppando nuove aree residenziali dove i terreni sono attualmente inutilizzati.*

*(b) Ridurre la povertà e le tensioni sociopolitiche derivanti dalla migrazione interna e internazionale attraverso pacchetti di stimolo economico; la mobilitazione di una forza lavoro federale finalizzata all'espansione delle zone di rifugio; programmi di assistenza pubblica che comprendano anche la popolazione nazionale; e altri metodi di assistenza sociale stabiliti a livello nazionale.*

*(c) Garantire che le zone di rifugio non danneggino in modo significativo la fauna selvatica, comprese le specie animali e vegetali in pericolo e non, con particolare attenzione alle aree di salvaguardia, ai distretti di tutela del patrimonio, alle riserve indigene, e ad altri territori protetti.*

La turista si muove lungo quello che in passato doveva essere il quartiere yemenita al margine occidentale del Quartiere Arabo, ma non può esserne certa. Non c'è abbastanza tempo per andare a sud e cercare il vecchio appartamento. Vuole fotografare il tappeto verde mare ricoperto dalle impronte delle sue nocche mentre le aveva trascinate tra isole di cuscini e tupperware, le tazze di polistirolo che aveva riempito di bambole di plastica e che poi aveva rovesciato, la vasca da bagno dentro la quale sua madre l'aveva spinta fuori nel frastuono di New York, gli sgabelli di vinile sbeccati da bar dove si era seduta a mangiare cereali l'ultima sera, durante l'ultima discussione che i suoi genitori avevano avuto sulla possibilità di restare.

Cerca di convincersi ad assorbire tutto questo, ma la fatica di muoversi così a fondo nel Sommerso le strappa via tutto il sentimentalismo. L'acqua sembra farsi sempre più densa a ogni passo, sbattendo sui suoi fianchi. Con poca resistenza, lo sguardo della turista si abbassa dai formidabili chilometri di paesaggio in tutte le direzioni ai pochi metri di mare davanti a lei. I detriti entrano in questo campo ristretto della sua visuale con la stessa rapidità con cui ne escono. Gli spruzzi dorati del tardo pomeriggio cadono sul Sommerso, attenuandosi e illuminandosi con il passare delle nuvole. La turista si concentra sulle ombre di ogni facciata mentre si rimodellano intorno a lei. Questa distrazione facilita ogni passo faticoso.

*(segue dalla prima pagina)*

*In base all'American Preservation Act, i nuovi coloni del Quartiere Arabo non possono avere una residenza permanente negli Stati Originari una volta che questi sono stati riorganizzati per escludere le zone costiere riservate e le nuove zone Rifugio. Tuttavia, molti stranieri si sono recati in questi Stati costieri spopolati per poter rientrare nella lista d'attesa di persone che cercano un posto nelle Città Rifugio, la prima delle quali dovrebbe essere completata in meno di un decennio. Anche se i cittadini statunitensi hanno la priorità, alcuni newyorkesi hanno intenzione di rimanere fino alla fine.*

*"Tutti coloro che hanno abbandonato New York avevano un altro posto in cui andare," dice Marie Khan, un'abitante di Manhattan di quinta generazione che si rifiuta di pianificare un trasferimento. "Possono parlare del livello del mare quanto vogliono. Resterò qui finché non vedrò la città sprofondare."*

*Durante le Convenzioni di Honolulu, gli Stati Uniti hanno promesso 5 milioni di accoglienze determinate a livello nazionale (ADL) e di costruire 40 Zone Rifugio entro 50 anni. Alcuni ADL, provenienti soprattutto dai paesi sommersi del sud-est asiatico, sono stati accolti in anticipo per unirsi alle attività di costruzione delle Città Rifugio dopo che le loro città si erano allagate irrimediabilmente. Altri, come Wafaa Ghudayya, non stavano fuggendo dalle inondazioni quando sono arrivati. Wafaa si era sposata da poco ed era incinta a Gerusalemme l'anno scorso, quando venne allontanata dalla sua casa in base alle nuove leggi nazionali sulla priorità della cittadinanza, finalizzate a fare spazio nell'entroterra agli abitanti della costa mediterranea. Il marito di Wafaa, Ghassan, è l'ultimo proprietario del secolare panificio di Gerusalemme, che sarà presto demolito per far spazio ad appartamenti e case a schiera con vista sulla Città Santa.*

*"Sapevo che se fossimo andati nei campi con tutti gli altri non avremmo avuto alcun sostentamento. Per mia moglie non sarebbe stato un luogo sicuro per partorire. Ma qui possiamo mantenere la nostra fonte di sostentamento. Posso continuare a fare il pane per la nostra comunità."*

*La coppia è venuta a conoscenza del Quartiere Arabo grazie a un parente, che ha avuto un successo repentino aprendo un negozio di abbigliamento per bambini dopo che gli affitti sono crollati a causa dell'esodo di massa. Si sono subito organizzati per arrivare prima della data del parto di Wafaa. Ben presto si è sparsa la voce dell'arrivo del panettiere, e della conseguente promessa di un ka'ak in stile gerosolimitano a New York. Gli affari vanno a gonfie vele, il neonato è in salute, e Wafaa Ghudayya desidera solo un'altra cosa nella sua nuova vita.*

*"Non voglio che la mia bambina dimentichi mai da dove viene. Abbiamo costruito una nuova vita per commemorare la nostra terra, per mostrare alle persone che abbiamo avuto una storia e una casa prima di questa."*

È sorpresa di trovare le finestre anteriori ancora intatte. Nel vetro, riesce a vedere come i segni della sua pelle catturino la luce e si ritrae dal suo riflesso.

La tenda da sole blu non c'è più e il bar è privo di qualsiasi segno distintivo, ma questa è Nuova Gerusalemme. Cammina verso il lato dell'edificio e trova il mosaico turchese del panorama di Gerusalemme fissato al muro. Alcune tessere sono cadute, ma l'immagine è chiara. Scatta una foto.

C'è una finestra laterale con una mensola a mezzo metro di altezza dalla superficie dell'oceano. La turista sguazza lungo la strada per estrarre un mattone allentato da un edificio vicino. Quando ritorna, impiega tutta la sua energia per scagliarlo contro il vetro. Non si rompe al primo lancio, e la turista deve usare lo stivale per sollevare il mattone da terra e prenderlo in mano sott'acqua per un secondo tentativo. Questa volta, essendo già compromesso da una notevole crepa a forma di ragno, si forma un'ampia apertura dentellata. La turista si solleva, grata per tutto l'esercizio fisico che ha fatto nelle settimane precedenti a questo viaggio, e per i giornalisti di viaggio che le hanno consigliato questi preparativi. Fa molta attenzione a non tagliarsi, o a non lacerare la tuta protettiva, mentre ruota le gambe e scivola goffamente sul davanzale.

Quando atterra, scompiglia una coperta di polvere sul pavimento. Si rialza in una densa nuvola che puzza di muffa. L'esterno intatto del caffè occulta la rovina che c'è all'interno. Lo sporco del carbone invade ogni superficie, annullando qualsiasi colore. Il soffitto sembra masticato, i tubi scoppiati spuntano dalle fessure e fanno gocciolare del liquido in piccole pozze sul pavimento.

È tutto bagnato, persino l'aria.

Non c'è molto tempo. La turista si mette all'opera, ma ogni pochi istanti si distrae dal suo compito. Ogni oggetto che vede le scatena un nuovo ricordo che non sapeva di possedere, ma non può portarlo con sé. Ogni set da bistrot ha un tavolo circolare ricoperto di forme geometriche. Sembrano dipinte a mano, ma la turista non sa chi, del quartiere, abbia realizzato la decorazione. Non c'è quasi più nessuno a cui chiedere.

Si toglie lo zaino e ne estrae uno straccio. Strofina il tavolo per togliere la sporcizia, prima di rendersi conto che sta togliendo anche un po' di vernice. In preda al panico, corre al set da bistrot accanto e pulisce il tavolo più delicatamente, facendo scorrere gocce d'acqua dalla sua borraccia per aiutare a sciogliere la melma secca. È sufficiente. Con il flash del cellulare immortala il tavolo. Gira intorno alla vetrina dei dolci, pulisce e immortala l'antica, maestosa macchina per il caffè espresso in ottone: sua madre si era rifiutata di farla rimuovere quando avevano affittato lo spazio.

Si volta e immortala i sacchi di riso in tela annidati lungo tutti i davanzali delle finestre. Un tempo servivano come cuscini per la schiena. Poi immortala i tubi a vista, la finestra rotta e la vetrina dei dolci vuota e annerita.

La luce si sposta e il tempo torna a essere reale. La turista avvicina una sedia alla finestra. La superficie è ora più vicina al davanzale di parecchi centimetri.

"Merda," sussurra.

Ci sono circa una dozzina di cornici sulla parete, disposte uniformemente come la griglia di una galleria d'arte. Sarebbe una perdita di tempo cercare di pulire ogni singola cornice per vedere cosa nascondono.

La turista si accontenta di prendere il fondo della sua borraccia e di spaccare i vetri, uno per uno. Fa male vedere le cornici che sua madre aveva accuratamente selezionato per l'estetica di Nuova Gerusalemme essere strappate dal posto che era stato loro assegnato e sparpagliate sul pavimento.

Fa attenzione a non strappare la foto dei suoi genitori davanti al bar il giorno dell'inaugurazione. La mette nel sacchetto da freezer in silicone, insieme alle uniche foto esistenti di lei da bambina. Suo padre sorride nella foto successiva, da ragazzo, nella vecchia panetteria di Gerusalemme insieme a suo padre e al padre di suo padre. Anche sua madre, con l'aria da studiosa in una biblioteca universitaria di Beirut, ora sommersa, finisce nel sacchetto del freezer. Infine, ripiega l'articolo sui suoi genitori pubblicato sulla BATTERY GAZETTE, l'ultimo giornale solo cartaceo degli Stati Originari.

Con questi reperti impilati e chiusi in sacchetti da freezer in silicone, la donna cerca dietro il bancone gli ultimi resti. Sono ancora lì, le pile di blocchi di appunti su cui suo padre teneva la contabilità alla vecchia maniera. Non riuscirà mai a decifrare il suo strano sistema, ma quantomeno avrà la sua scrittura.

*Consiglio # 2 – Pianificate di arrivare a destinazione presto, con la bassa marea. È meglio non trovarsi in acqua al di sopra della vita, perché la zona costiera è una miscela tossica di acqua e rifiuti, nonché altamente acida. Inoltre, a seconda dell'ora e del luogo, se ci si spinge troppo in profondità nel Sommerso con l'alta marea, le acque turbolente potrebbero essere fatali. Non correte il rischio.*

L'autista aveva messo la retromarcia e si era allontanato dalle onde che avanzavano facendo retrocedere la terraferma. Guardava in contemporanea le onde, l'orologio digitale sul cruscotto e il sole che scendeva. Nella sua vita aveva accompagnato molte persone nella città Sommersa, centinaia, e non aveva mai aspettato sul bordo orientale che uno di loro annegasse, fino ad ora.

Quando le onde si sono scurite e la luce è diventata corallina, la sagoma della turista è apparsa debolmente, come un miraggio. L'autista deve essersi perso il suo corpo che nuotava da lontano, la sua figura è solo un'ombra in un mare di ombre. Più lei si avvicina, più i suoi occhi selvaggi diventano nitidi.

Ha paura per lei, e di lei, mentre si sporge dal sedile di guida.

Si era appena convinto che quella donna fosse venuta nel Sommerso per morire, e ora ne vede l'apparizione spettrale dalla riva dietro di lui. La sua passeggera potrebbe ridere del suo stupore se anche lei non fosse sconvolta. Quando è vicina, non riesce a rimproverarla.

"Dobbiamo andare, in fretta."

La passeggera si sta già togliendo la tuta e si prepara a gettarla sul sedile posteriore. Questo movimento sembra averlo ridestato.

"Devi lasciarla qui."

Lei esita. È una cosa stupida, la paura radicata di gettare i rifiuti nel Sommerso.

Sa che la tuta contaminata appartiene a questo luogo, a una terra senza legge. Tornerà alle Città Rifugio, a quelle cose nuove e scintillanti che vale la pena cercare di preservare e proteggere, non ancora cimiteri coperti da un cielo grigio e acre.

L'autista insiste. "Dobbiamo andare, adesso."

Anche una parte di lei vorrebbe rimanere qui, unirsi all'autista nella sua illusione che questa possa ancora essere una casa. Naturalmente, non sono nulla l'uno per l'altra, se non il ricordo di ciò-che-avrebbe-potuto-essere e di ciò-che-è-stato.

Al posto degli abbaglianti bianchi che illuminavano ogni colore, avrebbe potuto esserci il bagliore di un lampione sul suo viso in una strada trafficata. Il carretto di un venditore ambulante avrebbe potuto schizzare olio bollente verso di loro mentre estraeva sfrigolanti palline di pasta fritta. Avrebbero potuto comprarne un intero piatto inzuppato di sciroppo per pochi dollari e camminare distrattamente in mezzo ai rumori della città.

La sua mente torna al presente, all'attrezzo fradicio nella sua mano guantata.

"È solo che non voglio lasciarla qui," dice lei.

Avrebbero potuto fare tutte quelle cose se le circostanze fossero state diverse, ma non lo erano, e ora non c'è modo di tornare indietro. Ma la passeggera e l'autista hanno ciascuno le proprie impronte là fuori, nel profondo, e questo deve essere sufficiente.

Lui sembra seguire i pensieri di lei. Parla in tono più tenero questa volta, dicendole: "Abbiamo lasciato tutto il resto."

# Esposizione K

## di Nadia Afifi

*Nadia Afifi è un'autrice di fantascienza. Il suo romanzo d'esordio,* The Sentient, *è stato definito da Publisher's Weekly "sbalorditivo e da leggere tutto d'un fiato". I romanzi successivi,* The Emergent *e* The Transcendent, *completano la Trilogia Cosmica. Alcuni suoi racconti sono apparsi su The Magazine of Fantasy and Science Fiction, Clarkesworld e Abyss & Apex. È cresciuta in Medio Oriente, con padre palestinese e madre americana, ma attualmente vive a Denver, in Colorado. Il suo background multiculturale ha ispirato la sua passione nell'esplorare, con la sua narrativa, complesse questioni sociali, politiche e culturali attraverso una lente futuristica. Quando non scrive, passa il tempo a esercitarsi con (e a staccarsi da) la lira, a fare escursioni, e a risolvere i puzzle più impegnativi che riesce a trovare.*

La donna morta aprì gli occhi di fronte a un velo di luce. Sbatté le palpebre più volte, mettendo a fuoco la superficie color sabbia a pochi centimetri dal suo viso. Le pareti la circondavano da tutti i lati, una tomba stretta e luminosa.

Scrutò in basso oltre il mento, notando i seni esposti, seguiti dalle colline delle ginocchia, leggermente piegate. Sentiva la bocca secca, la testa pesante. Tre linee scure le attraversavano la parte superiore del braccio destro, un tatuaggio che non ricordava di aver fatto.

Le prudeva il collo, ma quando allungò la mano per grattarlo, le braccia rimasero lungo i fianchi. Tentativi analoghi di muovere le gambe, i piedi, le dita dei piedi, si rivelarono ugualmente infruttuosi – era immobile, tranne la testa. Il suo respiro accelerò, il panico iniziava a farsi sentire.

Prima che potesse mettere alla prova i polmoni, una voce squarciò il silenzio.

"La prego di stare calma." La voce senza corpo era femminile, rassicurante. "Non opponga resistenza, e verrà liberata a breve."

La donna immobilizzata non sapeva il proprio nome né come fosse arrivata lì, ma chiunque fosse, diffidava delle voci senza padrone, delle promesse formulate dall'aria. Il panico la soffocò, bruciandole la gola. Sbatté la testa, l'unica parte che riusciva a muovere, da una parte all'altra.

Nella morsa del panico, riaffiorò un ricordo. Era rimasta intrappolata al centro di una folla, spinta e sballottata in ogni direzione. Il flusso di corpi passava attraverso una fessura in un muro coronato di filo spinato, il cielo denso di fumo. Una voce le risuonò nell'orecchio, un avvertimento lontano. *Non voltarti. Continua a muoverti.* Tentò di guardare indietro nella direzione della voce, ma la folla avanzava in una corrente di paura e sudore, portandola via. Urlò.

"La prego di rimanere calma," ripeté la voce, e un ago emerse dal lato della camera, avanzando verso il suo collo. Il suo morso era tagliente.

Si svegliò legata a una sedia. L'aria fredda le riempiva le narici, l'odore sterile di un reparto ospedaliero. Delle forme sfrecciavano intorno a lei, più velocemente di quanto i suoi occhi riuscissero a mettere a fuoco. Seguirono voci che parlavano in un inglese stentato. Il suo corpo si tese. Il sollievo per aver ripreso a muoversi fu attenuato dal fatto che continuava a essere legata da rapitori sconosciuti. Una vestaglia bianca, cedevole come la sabbia, le copriva le cosce.

La mano si spostò di riflesso sul fianco, chiudendosi intorno a qualcosa di appuntito. Una siringa, che impugnò con pratica sicurezza. L'arma fece scattare un nuovo ricordo, quello di una palude nebbiosa dove l'erba le arrivava alle spalle. Portava un fucile a tracolla, e sull'impugnatura di legno c'erano incise delle firme, segni di nomi dimenticati. In qualche momento del passato, aveva combattuto. Aveva ucciso qualcuno?

Il suo sguardo si focalizzò su un uomo anziano in camice, in piedi dall'altra parte della stanza. I loro occhi si incontrarono e la bocca dell'uomo si contrasse in un sorriso intimo e cospiratorio che lei non ricambiò. Nonostante le vertigini, si chinò in avanti, con i tubi che le stringevano i polsi.

Un'altra esplosione di luce inondò i suoi sensi. La parete dietro l'uomo si separò e si aprì, rivelando un pubblico che applaudiva.

Il vecchio si rivolse a lei con un ampio sorriso.

"Signore e signori, porgete un caloroso saluto al tenente Selma Carmichael!"

La folla applaudì. La sua mano allentò la presa, la siringa cadde a terra.

Dietro di lei, uno schermo lampeggiò, mostrando un montaggio di video di notiziari e immagini fisse. La musica risuonava da tutte le direzioni, diffondendo una melodia impetuosa e trionfale. Al centro, apparve la scritta: "Esposizione K: Voci dal passato".

Gli applausi si spensero. Una luce si accese al centro della stanza d'ospedale, che ora era un palcoscenico.

Le faceva male la testa. La donna si rese improvvisamente conto che uno strano dispositivo luminoso le era stato fissato al collo. Un membro del personale le bloccò i polsi alla sedia, approfittando del suo turbamento. Una sostanza arancione serpeggiò lungo il tubo trasparente, bruciando quando trovò la sua vena. La donna si ritrasse con rabbia, ma le sue mani rimasero legate ai braccioli.

Selma – supponendo che quello fosse il suo vero nome – scrutò il pubblico alla ricerca di un volto familiare, un'ancora nella sua nebbia mentale, ma trovò solo estranei, con i volti accesi da una fascinazione condivisa. Molti occhi si illuminarono al buio come il flash di una macchina fotografica.

*Chi sono queste persone?* pensò. La folla la fissava affamata, l'aria era densa di attesa, mentre lei lottava contro i suoi legacci.

Il vecchio si chinò in avanti con un'espressione compassionevole. La musica si affievolì.

"Come potete vedere, signore e signori, è un'esperienza sconvolgente per chi si risveglia," disse con voce chiara e tonante. "Escono dal congelamento con funzioni fisiche e cognitive limitate. Parte della gioia della Serie di Esposizioni, tuttavia, è vedere i nostri eroici soggetti ricordare chi erano e scoprire cosa li aspetta."

*Conosci il tuo territorio.* La frase giunse a Selma con un tono di rimprovero, una vecchia lezione con un nuovo significato. Conoscere il campo di battaglia prima di sferrare il primo colpo.

Mentre mille occhi la fissavano e il liquido arancione le scaldava le tempie, Selma fece un respiro profondo e mise insieme i frammenti di informazioni. Il suo nome era tenente Selma Carmichael. *Con il primo nome ci era nata, il cognome l'aveva acquisito, il titolo l'aveva guadagnato.* L'aveva detto a qualcuno molto tempo prima; ricordava anche le risate di apprezzamento che ne erano scaturite. Aveva combattuto in guerra. Ora sedeva legata a una sedia, oggetto di attrazione su un palcoscenico. Era una prigioniera?

"Dove sono?" chiese, con voce roca. Il vecchio si girò verso di lei, sorpreso, e la folla mormorò eccitata.

"Come ho già detto, il suo nome è tenente Selma Carmichael," disse l'uomo. "È morta di cancro nell'anno 2108, dopo aver acconsentito a essere messa in stato criogenico. Io sono il dottor Hugh, e oggi l'ho riportata in vita con successo. Ora siamo nel 2354, e nel frattempo sono successe molte cose. Bentornata."

La stanza si mise a girare. Chiuse gli occhi, l'applauso che seguì fu soffocato dal martellare delle sue orecchie.

Le parole dell'uomo, forse associate al dispositivo che pulsava contro la sua testa, scatenarono ricordi, frammenti di tempo, momenti e persone che lei amava. Una vita, nella sua interezza.

Aveva lasciato la Turchia durante la prima ondata di siccità, quando ancora il confine non era stato chiuso. A un posto di blocco, uno dei miliziani aveva preso da parte suo padre, costringendolo a sedersi con un gruppo di prigionieri maschi. Le aveva detto di non guardarsi indietro, anche se lei lottava contro la folla. Selma non aveva mai saputo se fosse stato reclutato in una milizia, torturato o ucciso. In quel primo anno nel Campo Infernale, si era persa nel mondo delle possibilità oscure, immaginando come fosse morto suo padre, quanto dolore e quanta paura avesse provato nei suoi ultimi momenti. Non aveva dovuto immaginare la morte di sua madre, che aveva passato una settimana a ripulirsi dal sudore, dal vomito e dalla merda finché la dissenteria l'aveva uccisa.

Solo quando arrivò l'Esercito del Popolo, Selma aveva abbandonato il passato e aveva imparato a vivere di nuovo. Da quel momento in poi, si era battuta per gli sfollati, per l'acqua pulita, la terra e la sicurezza, tutte cose che un tempo aveva dato per scontate.

Si ricordò della sua morte. La sua fine era arrivata lentamente, non in un remoto campo di battaglia nella giungla, ma in un ambulatorio alla Mecca, in California, con un uomo al suo fianco. Ricordò la sommità della testa di quell'uomo appoggiata ai piedi del letto. La sua presenza l'aveva confortata ma anche oppressa, facendola sentire in qualche modo responsabile nel condividere il suo dolore senza che questo ne indebolisse il potere. Aveva cercato parole di conforto, qualche commento spiritoso per dimostrare che era tutto a posto, che era pronta, ma non aveva trovato nulla da dire. Fuori dalla finestra, il cielo di allora era limpido e senza nuvole, con un solo albero di Giosuè visibile dietro il parcheggio. Il camion era arrivato in anticipo per i preparativi, con la scritta "Anubis Cryonics" inclinata sulla fiancata. Lei aveva trentasette anni.

"Chi sono queste persone?" chiese. "Perché sono qui?"

"Lei ha pagato per una seconda chance, e ne ha ottenuta una," disse il dottor Hugh con un sorriso. "Lei è speciale. Non rianimiamo tutti, per vari motivi. Ma non c'era dubbio che meritasse un'altra possibilità di vita e, nel frattempo, l'aiuteremo a capire quella vecchia."

Abbassò di nuovo lo sguardo sul suo corpo, forte e in salute, senza la tonalità pallida e le ossa sporgenti che avevano segnato i suoi ultimi mesi in clinica.

"Il corpo le è stato prestato a tempo indeterminato," continuò, come se le stesse leggendo la mente. "È arrivata da noi solo con la sua adorabile testa. Noi abbiamo attaccato il resto. Potrebbe aver avvertito un prurito al collo, che le assicuro passerà presto."

Selma si chiese se il dottor Hugh fosse in grado di leggere la sua mente, ma decise di non chiederlo. Non desiderava conoscere le origini del corpo. Il tono della pelle corrispondeva perfettamente al suo, il colore del caffè schiumato. Lo stomaco le si annodò dolorosamente.

Lo spettacolo continuò. Selma seguiva il riassunto della propria vita sullo schermo, mentre il dottor Hugh narrava.

"Benvenuti a un'altra serie di 'Storia Rinata', in cui il passato torna in vita," annunciò il dottor Hugh. I sottotitoli scorrevano sullo schermo. "Come avrete capito dalle anteprime, l'Esposizione K sarà incentrata sulle tristemente note Guerre Climatiche, un'epoca di sconvolgimenti in cui i mari si innalzarono e le nazioni caddero. Nella nostra immersione interattiva, incontrerete i protagonisti del conflitto, farete loro le domande a cui tutti vorremmo risposta e, soprattutto, vivrete una ricostruzione in prima persona, con tutti i sensi, di una delle battaglie più importanti della guerra – la Battaglia dei Tre Fiumi."

"La nostra eroina – nata Selma Kavak in un umile villaggio turco – divenne un simbolo iconico degli sfollati delle Guerre Climatiche quando una sua fotografia divenne virale nel 2097, pochi giorni prima della Battaglia dei Tre Fiumi."

Ed eccola lì, sorridente sullo schermo. Selma aveva già sopportato anni di combattimenti quando era stata scattata quell'immagine, ma il suo viso conservava un'energia giovanile, i suoi occhi brillavano nonostante i giorni privi di sonno. Portava i capelli in una lunga treccia laterale e guardava la telecamera da sopra le spalle. La camicia verde oliva le lasciava le braccia scoperte, rivelando un tatuaggio recente con tre linee verticali (che, come Selma capì con un'occhiata al braccio, qualcuno doveva aver applicato al suo nuovo corpo), insieme a un accenno di scollatura – senza dubbio uno dei fattori alla base dell'immediata popolarità dell'immagine. All'epoca, le donne in combattimento erano ancora una novità nella sua parte del mondo.

Ignorando il pubblico e il dottor Hugh, Selma fissò la se stessa più giovane, separata dal tempo e dalla morte e da tutto ciò che ancora non conosceva. In quel momento di più di due secoli prima, Selma era pronta a morire. Erano morti così tanti prima di lei che non si aspettava di sopravvivere alla guerra. Ma, nonostante ciò, sorrideva, perché in quel momento era viva e aveva tanti, vivi e morti, per cui combattere.

Invece, Selma era sopravvissuta. Aveva conosciuto Connor, il suo futuro vedovo, dopo la guerra. Lui veniva da un luogo temperato con colline verdi e sinuose, indenne da conflitti (almeno in quel secolo), e avrebbe potuto essere una creatura mitica proveniente da un mondo parallelo. *Al riparo*, aveva detto quando si erano incontrati, con uguale invidia e meraviglia, per aver camminato sulla Terra nello stesso periodo ma averla vissuta in modo così diverso. Avrebbe voluto nutrire risentimento nei suoi confronti, ma era difficile rinfacciare una bella vita a una brava persona. Si erano ritirati nel deserto della California, che assomigliava al mondo come avrebbe dovuto essere – tranquillo, libero, indisturbato.

Cinque anni dopo, Selma aveva iniziato a tossire sangue. Cancro ai polmoni, aveva stabilito un medico di Loma Linda, senza dubbio causato dall'inalazione di armi chimiche in periodi prolungati durante le Guerre Climatiche. Era rimasta seduta in silenzio durante il viaggio di ritorno, guardando il sole dissolversi tra le montagne e chiedendosi quanti tramonti le rimanessero. Per la prima volta, aveva provato timore della morte – la temeva davvero, al di là dell'adrenalina animale. Più precisamente, aveva paura di perdere la felicità proprio quando l'aveva trovata. Di non vivere mai il futuro per il quale tanti si erano sacrificati.

Selma non aveva mai creduto agli ecclesiastici della sua infanzia in Turchia, ai monaci dell'Asia o agli sciamani aziendali dell'Occidente, che promettevano tutti una vita oltre la vita. Aveva visto abbastanza morte da accettarne la definitività, ma forse la scienza, più forte che mai dopo le Guerre Climatiche, poteva fornire una scappatoia al contratto della natura. Si erano seduti insieme nell'ufficio di Los Angeles della Anubis Cryonics, lei e Connor, tenendosi per mano sotto il tavolo. A quel punto, i suoi polsi erano già deboli ma aveva firmato i moduli richiesti, cedendo la testa e un quarto del collo a una struttura di congelamento a Tempe, in Arizona. Un'ultima, disperata speranza in una seconda possibilità.

*Connor.* Selma si staccò dallo schermo per tornare al dottor Hugh, che ora stava rispondendo alle domande del pubblico.

"Dov'è mio marito?" chiese, la voce più chiara di prima. "È stato rianimato?"

Il dottor Hugh annuì velatamente alla telecamera, come se l'interruzione fosse stata preventivata.

"Selma, le diremo tutto in un ambiente più privato," disse. "Mi creda, lo preferirebbe. Ma prima di concludere l'apertura, abbiamo un altro personaggio delle Guerre Climatiche a cui dare il bentornato in vita."

Un'altra parete si aprì, rivelando un uomo di mezza età accasciato su una sedia simile. La sua bocca pendeva leggermente aperta mentre la testa ciondolava da un lato, con gli occhi azzurri assenti. Un addetto lo spinse più vicino, rivelando un taglio di capelli distinto e lineamenti arrotondati. Selma sussultò. Il dottor Hugh annuì con approvazione.

"L'antagonista della nostra eroina è Martin Axelrod," annunciò con teatralità, mentre il pubblico fischiava doverosamente. "Il tristemente noto CEO della Atlas Enterprises, il conglomerato responsabile della sovrapproduzione industriale che alimentò le Guerre Climatiche, e che in seguito fornì le unità mercenarie che combatterono per l'Industria nelle regioni asiatiche e sudamericane."

Una familiare ondata di rabbia percorse le membra stanche di Selma. Axelrod si era nascosto nel quartier generale di Atlas a Laos all'epoca della battaglia dei Tre Fiumi. Nonostante i suoi sforzi, non era riuscita a ucciderlo. Alla fine della guerra si era ritirato in Cina, vivendo più a lungo di lei e di innumerevoli altri.

Ed eccolo lì seduto, anche se non dava segno di riconoscere un nemico a pochi metri di distanza. Un denso rivolo di saliva gli colava dall'angolo della bocca. Martin Axelrod non era stato rianimato con lo stesso successo di Selma, ammise il dottor Hugh, ma giurò che Axelrod sarebbe migliorato abbastanza da rispondere dei suoi crimini. Con questa osservazione finale, si inchinò davanti al pubblico che applaudiva, e le pareti si chiusero.

Il team di produzione dell'Esposizione K portò Selma nella sua stanza, che le assicurarono non essere una prigione, anche se doveva rimanere lì per la sua sicurezza. Nell'ultimo secolo, il mondo era cambiato più di quanto lei potesse comprendere, la avvisarono, e non avrebbe funzionato bene al di fuori delle mura dell'Esposizione. Li capiva quando le parlavano, ma le conversazioni tra loro erano più difficili da seguire, anche se non impossibili – ipotizzò che il personale avesse imparato il dialetto del suo tempo per comunicare in modo efficace. Anche l'Esposizione stessa era stata comprensibile, forse una gentilezza nei suoi confronti.

La stanza poteva essere descritta solo come minimalista, con pareti spoglie, una scrivania e una libreria abbinate, un letto pulito e un angolo pieno di attrezzi da ginnastica. Connor la prendeva in giro per il suo odio per l'esercizio fisico, prima di rassicurarla che non ne aveva mai avuto bisogno. Lui si svegliava prima dell'alba per andare a correre, evitando il caldo del deserto. Un membro del personale le fece cenno di dirigersi verso una piccola piattaforma sospesa a pochi centimetri dal pavimento – un tapis roulant.

Quella prima notte cercò un modo per fuggire. La sua stanza era grande ma angusta, con l'unico lato aperto murato con una sostanza densa, simile al vetro, che resisteva a tutti i suoi tentativi di sfondarla. La parete di vetro rivelava un lungo corridoio con stanze adiacenti, dove Selma suppose che anche Axelrod fosse in attesa.

Un'unica, stretta fessura a mo' di finestra si trovava a tre metri di altezza sulla parete posteriore, l'unica fonte di luce naturale della stanza. Era notte – le stelle brillavano nel cielo nuvoloso, ma l'apertura non rivelava alcun edificio o indizio sulla sua posizione. Trascinò una sedia sotto di essa, preparandosi a saltare.

"Ha intenzione di ridursi alle dimensioni di un topo e di passarci attraverso?" chiese una voce alle sue spalle.

Il dottor Hugh si trovava dall'altra parte della parete di vetro, con le mani incrociate dietro la schiena. Indicò gentilmente una sedia. Selma si avvicinò al vetro e incontrò i suoi occhi grigi e calmi.

"Continuerò a provare finché non avrò risposte," disse lei. "Cos'è questo posto, e dov'è mio marito?"

"Connor Carmichael non è ancora stato rianimato," rispose il dottor Hugh. "Purtroppo, la procedura per scongelare qualcuno della tua epoca non è semplice. Dobbiamo ottenere le giuste autorizzazioni."

"Come sarebbe a dire le giuste...?" iniziò Selma, ma il dottor Hugh alzò la mano in segno di resa.

"Mi rendo conto che è stato lui il motivo per cui si è sottoposta al trattamento," disse con una voce gentile che non servì a rallentare il battito del cuore di Selma. "E se lei sarà collaborativa e dimostrerà di sapersi adattare, farò tutto il possibile perché ciò avvenga. Ma deve capire – lei proviene da un'epoca più primitiva, e molti sono riluttanti ad aprire le porte a tutti coloro che vogliono tornare a vivere."

"È sbagliato," disse Selma. "Abbiamo firmato un contratto."

"La veda così, mia cara – se lei potesse riportare indietro le persone del Medioevo, quando le guerre erano comuni come la pioggia e le persone venivano bruciate vive per aver interpretato la Bibbia in modo diverso – vorrebbe che quelle persone camminassero accanto a lei? Sarebbero in grado di affrontare i tempi moderni, con l'elettricità e il pensiero libero?"

"Mi piacerebbe parlare con alcuni di loro," controbatté Selma. "Da Vinci, Copernico."

"Esattamente! Quelli famosi, le figure di spicco, coloro che contano. Questo è l'intero scopo della serie delle Esposizioni. Anche se non ha mai pianificato di esserlo, Selma, lei è stata importante. Era la persona giusta al momento giusto. Purtroppo, suo marito non è entrato nei libri di storia, il che rende il suo caso più difficile."

Selma rimase sveglia tutta la notte. Il dottor Hugh, e presumibilmente altri come lui, considerava l'epoca delle Guerre Climatiche primitiva e pericolosa. Non poteva non essere d'accordo, ma da quello che aveva visto, l'umanità era davvero migliorata nel 2354? Si era svegliata in una società che aveva trasformato lei e gli altri in reperti zoologici, con tanto di gabbie di vetro. Suo marito era stato ritenuto indegno di una seconda vita, eppure Martin Axelrod, un criminale di guerra, giaceva sbavando da qualche parte tra le mura dell'Esposizione.

*La persona giusta al momento giusto.* Che cosa aveva fatto Selma di più importante, di più significativo, rispetto agli altri in guerra? Non era speciale. Era famosa per una foto.

Selma temeva il sonno, ancora di più dopo la sua morte. In passato, il sonno segnava il momento in cui era più vulnerabile alle imboscate e alle catture. Ora il sonno era diventato un ritorno temporaneo al nulla. Il tempo trascorso tra il suo decesso in California e il risveglio nella camera era trascorso senza un tunnel di luce o un aldilà, ma non era stato nemmeno del tutto immediato. Ricordava un lasso di tempo lento ed elastico – non duecento anni, ma un senso di sprofondamento all'indietro in un'oscurità pacifica. L'esperienza la spaventò più che se non fosse passato nemmeno un istante, se avesse semplicemente sbattuto le palpebre e fosse tornata in vita.

Il tatuaggio sul braccio destro, così accuratamente riprodotto, commemorava le tre settimane che aveva trascorso sperduta in Cambogia, separata dalla sua compagnia. Aveva viaggiato di notte e dormito sotto fitti rami durante il giorno, sfuggendo a ogni tipo di predatore. Ferita in uno scontro e disidratata, alla fine si era ritrovata in campi di thysanolaena, una pianta nota per le sue proprietà curative, che aveva messo sulle sue numerose ferite. Quando aveva raggiunto la periferia di Phnom Penh, riposata e riunita alla sua unità, trovò uno studio di tatuaggi e si fece tatuare tre fili d'erba sul braccio.

Contro ogni previsione, era sopravvissuta. Aveva ingannato la morte fino alla fine, e poi l'aveva ingannata di nuovo venendo rigenerata in questo strano luogo, dove non si era mai sentita così indifesa o sola.

Nelle settimane successive Selma trovò una routine. Un'ora sul tapis roulant prima di colazione, seguita da pesi e da un'altra ora di lettura di romanzi classici dalla libreria. Connor ne sarebbe stato fiero.

Dopo pranzo, Selma si sedeva nella sua prigione di vetro mentre i visitatori dell'Esposizione passavano. Alcuni la fissavano semplicemente, bisbigliando tra loro e scattando foto, mentre altri la interrogavano in una loro variante distorta e approssimativa di inglese. Lei rispondeva con il silenzio. Alcuni la salutavano in turco, strappandole un sorriso. I sorrisi erano rari – Selma oscillava tra periodi di frustrazione e una profonda tristezza, una nebbia che le toglieva la voglia di mangiare, parlare o mostrare interesse per l'infinito flusso di intrusi.

Il dottor Hugh la valutava alla fine di ogni giornata, chiedendole della sua memoria e del suo benessere generale, ma continuava a eludere l'argomento della rianimazione di Connor. Collabori, la rassicurava, e io lotterò perché ciò avvenga. Selma si adeguò, nella speranza che il presunto medico mantenesse la sua promessa. Se non lo avesse fatto, lei sarebbe rimasta in un limbo, con tutte le persone a cui aveva voluto bene morte da tempo.

Altri venivano a visitare Selma con uno scopo più specifico. Accademici, storici, giornalisti interessati alle Guerre Climatiche, per confermare i fatti o acquisire nuove conoscenze. Una coppia di studenti universitari, che condividevano la familiarità tipica di una coppia, programmò frequenti interviste private per conoscere la vita di Selma prima e dopo la guerra.

"Com'era vivere in case senza PI, la programmazione intelligente?" le chiese la giovane donna durante il loro primo colloquio. Ricordava a Selma una bambola esotica, con i suoi lineamenti delicati, i capelli tinti d'argento e l'henné che le saliva sulle braccia.

"Era semplicemente così," disse Selma, ricordando come sua nonna fosse solita dire cose simili prima che l'esplosione di un autobus la sparpagliasse per le strade di Ankara. "Se avevamo freddo, cercavamo di scaldarci. Se avevamo bisogno di luce, la accendevamo da soli, o usavamo torce e candele quando mancava l'elettricità, cosa che accadeva spesso durante la guerra."

Prendevano febbrilmente appunti senza abbassare lo sguardo, trascrivendo i loro pensieri su sottili tavolette. Avevano molte comodità in questo strano futuro – "stanze intelligenti" che regolavano la luce, la temperatura e gli elettrodomestici in base ai comandi mentali delle persone, campionati sportivi virtuali, simulazioni e aule immaginarie.

Incontrare Selma di persona, le dissero, era un lusso raro al di fuori della realtà virtuale, un fatto confermato dalle loro carnagioni pallide, bianche come vecchie ossa.

"Mi dica qualcosa in più sulla colonia della Cintura di Asteroidi," disse Selma, ricordando un frammento di conversazione del loro ultimo incontro. "Quanto sono grandi le stazioni? Che forma hanno?"

L'uomo sorrise cautamente. Indubbiamente istruiti dal dottor Hugh, esitavano a descrivere troppo del mondo al di là delle mura dell'Esposizione, ma Selma li incoraggiò con un raro sorriso.

"Sono circolari, per sostenere la gravità interna, ma ospitano soltanto circa 100.000 persone ciascuna," disse l'uomo. Anche se a fatica, parlava in perfetto inglese arcaico, rifacendosi al discorso di Selma. "È una vita rustica, più di quella di Marte e della Luna. Probabilmente è più simile alla vita dei suoi tempi."

Invece di prendere appunti, Selma disegnava mentre parlavano. Stazioni elaborate, cupole rotonde su pianeti lontani, un mondo (o, più precisamente, dei mondi) che un tempo sembrava impossibile. Quando la coppia se ne andava, aggiungeva se stessa e Connor ai disegni. Nei momenti di pausa tra una battaglia e l'altra, Selma aveva sempre disegnato ciò che la circondava, per quanto terribile fosse il paesaggio. Disegnarlo rendeva tutto permanente in qualche modo, in un luogo dove niente e nessuno durava a lungo.

Selma li ringraziò, fornendo ulteriori dettagli sulla doccia con acqua non regolamentata. Ogni volta che si incontravano seguivano questo schema, scambiandosi conoscenze che lasciavano soddisfatte entrambe le parti. Fin da piccola, Selma aveva imparato che la vita era una serie di scambi, alcuni più equi di altri.

"Sciocchezze capitalistiche e neoliberiste," le diceva Connor quando parlava così. "Non tutto è uno scambio. Io e te non siamo uno scambio."

Connor aveva sempre cercato di trascinare Selma in dibattiti politici, che lei aveva assecondato per un breve periodo prima di arrendersi. Le Guerre Climatiche erano finite, la lotta della sua vita era stata vinta. Cos'altro c'era da discutere?

Gli incontri davano a Selma un sollievo temporaneo dai suoi momenti di disperazione, ma l'assenza di Connor l'attanagliava come una fame costante. Fissava i suoi disegni, tentata dall'idea di fuggire in quei luoghi remoti dove avrebbe potuto trovare una parvenza di vita. Ma andarsene avrebbe significato abbandonare Connor, la cui coscienza sepolta veniva usata come incentivo dal dottor Hugh. Con il passare dei giorni, tuttavia, le mura che la circondavano si facevano sempre più strette, la sua prigione sempre più simile a una seconda tomba. Se fosse riuscita a fuggire, pensò, sarebbe stato per trovare Connor, ovunque lo tenessero, e scoprire un modo per chiedere il suo scongelamento. Era sopravvissuta a situazioni peggiori.

Alcune sere dopo, si presentò l'occasione. Fu solo un inserviente a portarle la cena, l'altro aveva l'influenza. Selma abbassò le luci, fingendo di riposare. Si mosse silenziosamente, con un peso leggero in mano, mentre l'inserviente posava il pasto sul tavolo.

Concentrandosi sulla nuca dell'uomo, Selma esitò. Attaccare qualcuno di spalle, un civile ignaro, non era onorevole. D'altra parte, un impiegato dell'Esposizione K era anche un carceriere, che confinava Selma e altri contro la loro volontà.

Selma calò il peso con un movimento rapido. L'uomo emise un leggero rantolo prima di accasciarsi a terra. Controllò il polso: era debole, ma regolare. Trovò un distintivo nella tasca dell'uomo, aprì la porta e uscì.

Selma corse lungo il corridoio, con i piedi nudi che si muovevano leggeri sul pavimento fresco. Strinse il peso, sperando silenziosamente che non ci fossero telecamere in alto. Doveva essere veloce, e spietata se necessario.

Le stanze adiacenti avevano le stesse dimensioni e la stessa struttura della sua, ed erano piene di esposizioni interattive sulle Guerre Climatiche – vecchi filmati di battaglie, interviste al presidente cinese, esemplari di armi "arcaiche". Mentre percorreva il corridoio, diede un'occhiata a ogni finestra, ma non si soffermò.

Nell'ultima stanza espositiva prima della porta d'uscita, trovò Martin Axelrod.

Il mercenario era migliorato dal suo debutto sul palco dell'Esposizione, ma non di molto. La sua pelle, già pallida, aveva l'aspetto di cera fusa. Anche i capelli sembravano aver perso colore. Fissava il vuoto davanti a sé, mormorando sottovoce. Selma si avvicinò alla finestra e i suoi occhi pallidi si allargarono in segno di riconoscimento. Lei azionò l'altoparlante, come aveva visto fare al dottor Hugh e a innumerevoli altri.

"Proprio così," sussurrò Selma, con la rabbia che le si gonfiava nel petto. "Ti ricordi di me, vero? Non ci siamo mai incontrati, ma sapevi della mia foto e di quello che dicevo di te dopo la guerra. Di come il mio più grande rimpianto fosse quello di non averti ucciso a Laos."

Selma abbassò lo sguardo sull'arma grezza che aveva in mano, e il suo braccio si tese con decisione. Senza la sua imponente corazza e il suo seguito di scagnozzi, Axelrod non era mai sembrato così vulnerabile come adesso, un animale zoppo che implorava di essere abbattuto. Attraverso il vetro, Axelrod guardò il pugno chiuso di Selma, mentre sul suo volto si rifletteva quell'antica espressione calcolatrice.

"Pensavi di essere migliore di me?" chiese Axelrod. La sua voce gracchiò come aveva fatto quella di lei. "Voi ecoterroristi avreste raso al suolo quella città e chiunque sospettavate collaborasse con noi. Tutto per alberi e fiori."

"Per le nostre vite," ribatté lei, alzando la voce fino a farla riecheggiare nel corridoio silenzioso. "Puoi dire quello che vuoi, ma hai combattuto per il profitto. Hai ucciso per le persone che stanno distruggendo il nostro mondo. E guardati intorno – i libri di storia hanno scelto la fazione vincente."

La risata di Axelrod si dissolse in un attacco di tosse.

"Un bel futuro, vero?" disse tra un rantolo e l'altro. "Direi che alla fine non ha vinto nessuna delle due parti."

Prima che potesse rispondere, si accese una luce in fondo al corridoio e Selma ebbe un tuffo al cuore. Si precipitò attraverso la porta d'uscita, inciampando nel piano rialzato di un ampio atrio vuoto. I negozi e i ristoranti che costeggiavano la passerella centrale erano chiusi perché era sera, ma al suo centro l'acqua di un'elaborata fontana continuava a scorrere. All'inizio, non sembrava diverso da un tipico museo, finché un movimento improvviso non attirò gli occhi di Selma verso l'alto.

Uno schermo enorme copriva il soffitto a cupola e trasmetteva un montaggio di immagini, parole e suoni tridimensionali con un'intensità così sconcertante che Selma dovette sorreggersi alla ringhiera. Dallo schermo emergevano le immagini inconfondibili di una battaglia, corpi che cadevano tra i detriti e il fango. L'Assedio di Istanbul. Lei era lì.

Un'esplosione colpì un'auto nella parte superiore destra della cupola, e Selma sentì la vampata di calore sulla pelle, l'odore di metallo carbonizzato. Questo era il suo ricordo, sullo schermo, in tutti i suoi orribili dettagli. Scioccata, scese lentamente le scale fino al piano principale, tenendo gli occhi fissi a terra.

Un altro movimento fulmineo attirò la sua attenzione, e si girò per affrontare due guardie. Sollevò il peso, ancora al sicuro nel suo pugno sudato, ma uno degli uomini impugnava a sua volta un arnese, un manganello d'argento. Dal suo centro fuoriuscì una scarica e una sensazione di freddo e intorpidimento si diffuse dal petto di Selma al resto del corpo. Si accasciò sul pavimento, e un paio di stivali le sbarrarono la strada verso la porta d'ingresso, prima che tutto diventasse buio.

Selma aprì gli occhi, e mise a fuoco la sagoma sfocata del dottor Hugh dall'altra parte della stanza. Per la prima volta, egli si sedette dal suo stesso lato della parete di vetro, con il volto costernato.

"Stavi andando così bene," disse, ignorando Selma che vomitava oltre la sponda del letto. "Partecipavi all'Esposizione, istruivi le persone. Hanno bisogno di essere educate. Tutti vogliono guardare avanti, al nuovo gadget o all'ultimo scandalo. È difficile far capire alla gente quanta strada ha fatto. È così che contribuisci, Selma, a rendere migliore il nostro mondo."

"Non mi interessa del vostro mondo," disse Selma, tirandosi su con un sussulto. "Voglio una vita vera, con Connor. Voglio una famiglia, una possibilità di ricominciare. Se avessi saputo che sarei esistita come un animale in gabbia..."

Non riuscendo a terminare il pensiero, Selma si alzò e lanciò una sedia contro la parete di vetro. La sedia rimbalzò in modo innocuo, la superficie era piatta e impassibile come il dottor Hugh, che la guardò senza reagire.

"La vita è sempre preferibile alla morte," disse il vecchio, con un'ombra oscura sul volto. "Questo è un valore che l'umanità ha imparato a fatica, anche se le persone del vostro tempo erano diverse, felici di uccidersi per divinità invisibili e altre cose intangibili. Non sei la prima dell'Esposizione a esprimere il desiderio di tornare al nulla, pur sapendo che è proprio il nulla ad attenderti. Ma perché? Perché non cogliere le opportunità che ti diamo?"

"L'ho fatto," disse Selma con un sorriso amaro, facendo un cenno verso l'uscita lontana. Il dottor Hugh scosse la testa e si alzò in piedi.

"Ti concederò una cosa, farò anticipare la fase interattiva della nostra Esposizione," affermò. "In tal modo, avrai la possibilità di uscire da questa stanza e di ricordare chi sono i tuoi veri nemici. Avrai anche la possibilità di cambiare il corso della storia, in un certo senso. Che tu ci creda o no, Selma, io voglio aiutarti. Conosco la tua storia meglio di chiunque altro in vita. Recita bene la tua parte e noi onoreremo il nostro accordo di riportare in vita tuo marito."

Selma esitò. Il dottore aveva molte facce – uomo di spettacolo, educatore, terapeuta, supervisore, alleato riluttante – e lei non si fidava di nessuna di queste. Tuttavia, non aveva più nulla da perdere. O lui avrebbe mantenuto la sua promessa, o lei avrebbe trovato un modo per porre fine alla sua esistenza una seconda e ultima volta.

Annuì.

"Cosa intende con interattiva?" chiese Selma mentre lui apriva la porta.

"Non hai ascoltato il giorno di apertura?" domandò lui con un sorriso sottile. "Andremo in guerra."


La Battaglia dei Tre Fiumi entrò nei libri di storia con un nome ingannevolmente drammatico: nel luogo in cui si era svolta la carneficina il fiume principale era solo uno, il Mekong, con due affluenti vicini. I mercenari di Axelrod e l'esercito cinese avevano occupato Vientiane, mentre l'Esercito del Popolo Sfollato attaccava da nord e da ovest.

La battaglia era durata nove giorni e dieci notti, ed era stata la più lunga registrata durante le Guerre Climatiche.

Poiché la fanteria robotica non era ancora stata adottata in Asia, il combattimento si era svolto in gran parte corpo a corpo, con l'aiuto di carri armati e armi elettromagnetiche. Semplice, brutale, umano.

Selma si unì alla prima ondata che attraversava il Mekong. I combattenti dell'Atlas difendevano le loro postazioni lungo le rive fangose della periferia della città, facendo piovere proiettili e cannonate sui battelli che avanzavano. Lei saltò dall'imbarcazione con il resto della sua unità prima che raggiungesse la riva, evitando e rispondendo al fuoco. Il terreno, inzuppato da giorni di pioggia, scivolò sotto i suoi stivali quando i suoi piedi trovarono la terraferma.

Sembrava tutto reale – l'odore dell'acqua del fiume, il fumo che si alzava sulla città. Le esplosioni, il tonfo sordo dei corpi che cadevano intorno a lei. L'adrenalina, che la teneva in movimento in mezzo alla devastazione e alla morte. Ma poi una telecamera lampeggiò lungo la riva, alcune figure puntarono e alzarono i loro dispositivi per registrare la scena. Alcuni si limitarono a guardare. Altri avevano pagato per partecipare, ma quando venivano colpiti cadevano semplicemente a terra, con una "X" rossa che si allargava sul petto. Alla fine del gioco ridevano, si aiutavano a vicenda e seguivano l'avanzata di Selma verso la città.

L'avevano vestita con lo stesso abbigliamento della foto iconica, con i capelli intrecciati da un lato. Il suo nuovo corpo era giovane e reattivo, e le permetteva di saltare e zigzagare intorno a capanne e edifici malconci con relativa facilità.

Un proiettile le sibilò accanto all'orecchio, facendole sobbalzare il cuore. Si girò e trovò una squadra di combattenti in uniforme Atlas, umani e virtuali. Sembravano identici, ma quando sparò con la sua semiautomatica, alcuni evaporarono nell'aria, mentre altri caddero illesi, contrassegnati da una "X".

Un tempio dorato si stagliava a diversi isolati di distanza. La luce del sole danzava sulle sue cupole lucenti, un faro in mezzo al fumo. Martin Axelrod aveva stabilito il quartier generale dell'Atlas in un magazzino dove i bambini costruivano scarpe da tennis. Nella vera battaglia, Selma non era arrivata mai così lontano. Un'esplosione aveva squarciato un incrocio a tre isolati dal tempio e il comando aveva convocato tutte le truppe a est, per finire le unità cinesi.

Alla fine, avevano vinto loro, ma Axelrod era fuggito prima che l'Esercito Popolare prendesse l'aeroporto. Questa volta, Selma non aveva comandi a cui obbedire.

Selma attraversò l'incrocio prima dell'esplosione, schivando proiettili e detriti. Le strade di Vientiane, ricreate con dettagli sorprendenti, erano diventate un tavolo da gioco di cui lei conosceva in anticipo tutte le regole e i meccanismi. Avanzò con sicurezza e determinazione. O l'aspettavano la vendetta e Connor, o il gioco era stato truccato fin dall'inizio, e la sua sofferenza sarebbe finita.

Il magazzino si affacciava sul tempio, sbiadito dal sole e senza vita nella sua ombra. Non c'era nessun segno a indicare che quello fosse il quartier generale dell'Atlas, ma la presenza massiccia di uomini armati mascherati diceva a Selma che aveva trovato il posto giusto. Fece un gesto a un soldato virtuale dietro di lei, chiedendo con il labiale una bomba a mano che, con sua grande sorpresa, le fu consegnata.

La granata raggiunse l'ingresso prima che gli uomini di Atlas potessero reagire, disperdendo nell'aria calore e carne prima che le membra evaporassero come vapore rovente. I sopravvissuti risposero al fuoco.

Selma indietreggiò di scatto, avvertendo una familiare sensazione di bruciore al braccio destro. Una scia di sangue le correva lungo la spalla, sopra le lame tatuate dell'erba della tigre.

I suoi sospetti furono confermati, e Selma quasi rise. *Sto giocando secondo regole diverse,* pensò. *Io posso farmi male, e anche Axelrod.*

Attraversò di corsa la strada fino a un'auto rovesciata, sparando lungo la strada. Altri membri della sua unità si unirono all'attacco, abbattendo le guardie rimaste. A questo punto, libera, corse nel magazzino.

Lo trovò al terzo piano. L'ufficio di Axelrod si affacciava sul fiume, dove la battaglia continuava. La scrivania vicino alla finestra era quasi invisibile sotto strati di disordine, un piccolo ventilatore ronzante spargeva fogli sul pavimento. Una radio appollaiata sul davanzale trasmetteva canzoni natalizie, anche se era giugno.

Dietro la scrivania, Martin Axelrod era rivolto verso la finestra. Selma fece girare la sedia, ma lui guardò nella sua direzione senza vederla. La sua tuta militare metteva in risalto le spalle forti e il corpo da combattente, ma il suo viso era segnato e stanco, come il suo.

Teneva in mano un piccolo quadro, una foto incorniciata di una donna e di un bambino. La sua testa accennò verso la pistola di Selma.

"Falla finita," disse.

Le dita di Selma si strinsero intorno alla pistola, ma esitò.

"La tua famiglia," disse lei. "Sono stati congelati, vero?"

Axelrod rise amaramente, e i suoi freddi occhi blu incontrarono quelli di lei direttamente, per la prima e l'ultima volta.

"Non te ne rendi ancora conto," disse lui dolcemente. "Non le rianimeranno, le nostre famiglie. Hanno scongelato le teste molto tempo fa. Le hanno incenerite. Ho sentito le guardie che lo dicevano, ma lo avevo sospettato una volta capito dove mi trovavo. I contratti non significano nulla per questa gente. Siamo rimasti solo noi. Quindi falla finita, e ci sarai soltanto tu."

Selma vacillò sul posto. Aprì la bocca per parlare, ma non c'era altro da dire. Sapeva che era vero. Il dottor Hugh aveva mentito e non avrebbe mai riportato in vita Connor, così come Axelrod non sarebbe vissuto oltre il suo ruolo di spettacolo, un simbolo di giustizia retroattiva. Entrambi erano solo personaggi, che camminavano come fantasmi in un mondo finito da tempo.

Selma si piegò sulla scrivania, faticando a respirare. Altri si erano uniti a loro nell'ufficio, uomini e donne vestiti in modo strano, che scattavano foto con i loro occhi affamati e registravano la scena su piccoli dispositivi. Diverse telecamere erano allineate nella stanza, forse trasmettevano il culmine della battaglia su qualche palco lontano. Selma immaginò i muri separarsi di nuovo, il calore della città lasciare il posto a un'arena con l'aria condizionata, dove il dottor Hugh le avrebbe chiesto come ci si sentiva a uccidere finalmente un nemico.

Lasciò cadere la pistola. Gli spettatori si avvicinarono, girando intorno e bisbigliando tra loro. Un giovane si mise tra Selma e Axelrod, in posa per una foto.

Selma si slanciò in avanti, come spinta da una mano invisibile. Con un unico movimento, quasi aggraziato, balzò oltre la scrivania e uscì dalla finestra aperta. La radio trasmetteva "Jingle Bells" tra le urla allarmate e i clamori della battaglia, e la pioggia soffice le imperlava il viso mentre il terreno si avvicinava.

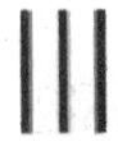

Selma aprì gli occhi, ansimando quando un dolore orrendo e pulsante le investì la parte inferiore del corpo. Davanti a lei, le sue gambe erano sollevate da cinghie, entrambe ingessate. Il sangue le rimbombava nelle orecchie, un eco della caduta. Dopo alcuni respiri profondi, riconobbe l'illuminazione verde e l'aria sterile del reparto medico, dove era stata esibita per la prima volta davanti a un pubblico.

Il dottor Hugh si sedette alla sua destra, privo del suo calore originario. Mentre le pulsazioni rallentavano, Selma sospirò.

"Possiamo eliminare il dolore," disse il dottor Hugh. "Ma non sembri disposta ad accettare il nostro aiuto, non importa quanto ci proviamo."

"Così da potermi mandare di nuovo in quel... circo?"

"È il prezzo da pagare, Selma," ripose lui. "Per essere viva. Perché hai saltato?"

"Connor è morto," affermò lei.

"Da centinaia di anni, Selma."

"Sa cosa intendo," continuò Selma, notando il tono di voce spento. La sofferenza era rassicurante mentre parlava, la conferma del dolore gelido del suo petto. "È morto per sempre. Non ha mai avuto intenzione di rianimarlo."

Il dottor Hugh aprì la bocca per parlare, ma si ritrasse sotto lo sguardo di Selma. Annuì.

"Non puoi riavere la vita che avevi una volta," disse il dottor Hugh, tornando al suo tono gentile. "Non è lo stesso mondo che hai lasciato. Ma è comunque vita e, una volta guarita, tornerai ai Tre Fiumi, combatterai, e dimostrerai al mondo perché meriti di stare qui. Vivrai."

"Basta combattere," disse semplicemente Selma. "Non sarò un'attrice nel vostro teatro malato, e se mi ci metterete..."

"Combatterai!" sbraitò il dottor Hugh.

"Salterò," continuò lei. "E salterò di nuovo, ogni volta alla fine, finché nemmeno voi riuscirete a riportarmi indietro."

Il museo chiudeva alle sette di sera, ma le luci rimanevano accese nel reparto dell'Archivio. L'Esposizione L era stata inaugurata la settimana precedente: una presentazione immersiva e interattiva del Movimento per i Diritti dei Robot e dei Non Umanoidi all'inizio del ventiduesimo secolo.

Selma trascorreva ogni giorno sul piano dell'esposizione, posando per le foto e rispondendo alle domande con un sorriso. È vero, il mare si è insinuato nelle città costiere e il caldo ha ucciso i raccolti nei luoghi poveri e aridi del mondo. No, non mi sono mai pentita di essermi arruolata nell'Esercito Popolare. Sì, sono grata per ogni giorno.

La sua uniforme copriva l'orribile livido lungo il fianco, ma il dottor Hugh le aveva tolto il gesso da entrambe le gambe. La rabbia per il suo salto, per il suo rifiuto di giocare, era svanita quando erano arrivati gli indici di ascolto e le proteste del pubblico a favore di Selma. I due studenti universitari avevano fatto visita a Selma durante la sua convalescenza, condividendo articoli che lodavano la dichiarazione di Selma come un atto di resistenza, una nomina del suo vero nemico. Altri commentatori si limitarono ad apprezzare la svolta inaspettata della battaglia.

Le notti appartenevano a Selma. Questo era il suo accordo con il dottor Hugh. Ogni sera tornava nel suo reparto, le porte di vetro si aprivano al suo comando. Alcune notti il reparto diventava una foresta, con l'aria fresca e frizzante che profumava di pino. Quando si sentiva emotiva, le pareti e i pavimenti si trasformavano in un piccolo villaggio della Turchia centrale, quando il terreno non era ancora diventato secco come il gesso.

La maggior parte delle notti tornava alla Mecca. Anche adesso, guardando le palme che incorniciavano il lago, immobili come statue, si dimenticava dell'Esposizione.

Connor sedeva accanto a lei. Il dottor Hugh aveva conservato le linee sottili del viso senza la tristezza degli ultimi giorni in ospedale.

Non era esattamente Connor, ma era sufficiente. Raccontava le stesse barzellette, ricordava le stesse storie, rispondeva come avrebbe fatto Connor. Avevano persino gli stessi litigi – la perfezione avrebbe infranto l'illusione.

Selma prese una birra. Si voltò e trovò Connor dietro di lei con la bottiglia alzata per brindare. I bicchieri si incontrarono, e quello di lei passò direttamente attraverso la mano di lui.

"Oggi ho voglia di andare al mare," disse lei. "È l'unico difetto della Mecca. C'è un lago, ma non è la stessa cosa – niente onde, niente brezza."

Il Pacifico si stendeva davanti a loro. L'odore dell'acqua dell'oceano permeava l'aria, e lei chiuse gli occhi al suono piacevole e impetuoso delle onde, al tremolio delle palme nel vento. A nord della loro spiaggia tranquilla, le luci dell'autostrada si perdevano in lontananza.

"Pensi mai di lasciare questo posto?" chiese Selma.

"L'oceano?" ribatté Connor.

"Sai cosa intendo." Ma la voce di Selma sfumò. Accantonò il pensiero dell'Esposizione, della fuga. Era la spiaggia perfetta, in una notte perfetta. Altre notti sarebbero state meno perfette, notti in cui sarebbe stata disperata e pentita, avrebbe pianificato la fuga o la dipartita definitiva. Per ora, era viva, e contava solo il presente. In quel senso, era reale.

# Una jaha[3] nel Metaverso

## di Fadi Zaghmout

*Fadi Zaghmout è un autore giordano e attivista per l'uguaglianza di genere. Ha conseguito un master in scrittura creativa e pensiero critico presso la Sussex University nel Regno Unito. Ha pubblicato quattro romanzi, tra cui* La sposa di Amman *(MReditori, 2022) e* Paradiso in Terra *(Future Fiction, 2023). Le sue opere sono state tradotte in inglese, francese e italiano. Nel 2021, è stato tra i finalisti dello UK Alumni Global Award nella categoria "impatto sociale".*

Non mi piacciono le cose strane e mi tengo alla larga da tutto ciò che è bizzarro e insolito. Ho imparato a controllare perfettamente il mio corpo e i miei muscoli per mostrare la dignità e la modestia che ritengo appropriate alla situazione e alle necessità. Tuttavia, c'è un muscolo su cui non ho potere: oppone resistenza ogni volta in cui ne ha l'occasione, e si rifiuta di obbedirmi. Continua a vanificare i miei sforzi di dare un'immagine positiva di me, nonostante io abbia tentato di controllarlo in passato, credendo ingenuamente che ci sarei riuscita. Mi tradì durante un brevissimo istante in cui abbassai le difese. Si rivoltò contro di me e impose il suo volere il giorno in cui posò gli occhi su Said al-Nadwa, smettendo di fare il suo lavoro e iniziando a dimenarsi all'impazzata, tra sistole e diastole, come non aveva mai fatto prima. Sembrava aver perso la testa, come io avevo perso la mia.

---

3 Si tratta di una riunione in cui sono presenti gli uomini della famiglia dei futuri coniugi e altri uomini importanti della comunità, durante la quale viene chiesta la mano della donna.

Prima di continuare la mia storia, devo precisare, per amor del vero, che Said ci abbindolò quel giorno. "L'apparenza inganna", come si suol dire. Come me, controlla tutti i muscoli del suo corpo, tranne uno. Però, mentre il mio si trova nel petto, il suo muscolo "ribelle" è racchiuso nel cranio.

Di tanto in tanto, mi sorprende con i suoi pensieri bizzarri, lasciandomi esterrefatta a domandarmi se io sia davvero innamorata di lui. Le sue idee strampalate all'inizio della nostra relazione mi facevano ridere, pensavo che fossero battute, un modo per corteggiarmi e avvicinarsi a me. In quel periodo, ero solita dire alle mie amiche che era "spiritoso", non "fuori di testa". Pensavo che non ci fosse niente di serio in ciò che diceva, ritenevo che nessuna delle sue idee strambe fosse realizzabile, e non avrei mai immaginato che sarebbe arrivato il giorno in cui avrei finito per diventare pure io sua complice.

Mi viene in mente la prima volta in cui uscimmo insieme. Mentre eravamo seduti in un bar nel quartiere di Abdun, ci passò di fronte un uomo dall'aspetto eccentrico, con i capelli arruffati e i vestiti consunti. Sembrava spaesato, parlava tra sé e sé dando l'impressione che avesse qualche rotella fuori posto. Quando lo guardai, pensai che fosse un mendicante. Ero solita tenermi a debita distanza dagli estranei stravaganti come lui per evitare problemi, e tutte le persone che avevo conosciuto, uomini o donne, si comportavano come me. Invece, Said al-Nadwa mi sorprese e non lasciò che l'uomo continuasse per la sua strada. Gli fece un cenno da lontano e lo chiamò, chiedendogli di avvicinarsi. Quando lo fece, mettendosi alla destra di Said, quest'ultimo non esitò a iniziare a parlarci. Gli chiese come si chiamava, come stava, cosa faceva nella vita, e non si fermò neanche di fronte alle risposte sconclusionate dell'uomo e alla sua difficoltà nel parlare. La conversazione si concluse alcuni minuti dopo. Estrasse un dinaro dalla tasca e lo mise nella mano dell'uomo, chiedendogli: "Che ne pensi della mia signora?" Visto che l'uomo era imbarazzato dalla domanda, aggiunse: "È bella?"

Non mi era piaciuta quella mossa: che razza di uomo chiede a un altro uomo, per di più un estraneo, se ritiene che la sua donna sia bella? La sua domanda mi sbigottì, ma mantenni la calma e non mi scomposi. Sfoggiai un sorriso a trentadue denti dopo aver bevuto un sorso di tè e aver poggiato il bicchiere sul tavolo. Poi spalancai gli occhi e serrai i denti per avvisarlo di non esagerare, e lo ammonii sottovoce: "Said!"

Fortunatamente per me, quella situazione finì di lì a breve, e Said non si vantò oltre della mia bellezza con l'uomo eccentrico, per cui ci passai sopra e non feci alcun commento. Tuttavia, la sicurezza di sé di Said mi colpì, e apprezzai la sua disinvoltura nel parlare con gli estranei e la sua nobiltà d'animo nel rompere le barriere di classe. Giustificai l'accaduto convincendomi che aveva una maggior capacità di valutare il rischio, con la quale aveva giudicato che l'uomo non poteva essere un pericolo per noi, e che la mia inquietudine era immotivata. Eppure, il modo in cui Said aveva gestito la situazione mi portò a chiedermi se non fosse il caso di modificare il mio atteggiamento ed essere meno riservata e più spontanea nel rapportarmi agli altri.

E così feci, dopo essermi avvicinata a Said ed essermi abituata ad averlo accanto. Lo guardavo attentamente, talvolta con ammirazione, osservavo i dettagli delle situazioni nelle quali si faceva coinvolgere, imparavo dalla destrezza con cui le gestiva e dal modo in cui riusciva a concluderle pacificamente, anche quando la situazione tra lui e chi aveva davanti si faceva tesa e c'era il rischio di venire alle mani. Aveva un'abilità straordinaria nel ribaltare le sorti e uscirne vincitore. Fece un sospiro profondo. Sembrava che l'atmosfera tesa lo divertisse. Io, al contrario, entravo in panico al minimo cenno di tensione, persino quando non c'era alcun motivo di preoccuparsi. Tuttavia, con il tempo questo aspetto di me si attenuò, divenni sempre più capace di spalleggiarlo durante le sue avventure, e quando iniziava a fare amicizia con uno sconosciuto, mi inserivo subito nella conversazione, senza agitarmi né innervosirmi. A volte mi spingevo oltre e chiedevo loro di sedersi con noi per conoscerli meglio. Non esitavo più quando Said mi chiedeva di andare a fare qualcosa fuori città, per esempio passare una giornata sul Mar Morto o farci un giro in macchina per le periferie di Amman fin dopo il tramonto. Però, devo ammettere che, quando mi è accaduto, sono riuscita a mantenere quell'elasticità e quella spontaneità solo in sua presenza: proprio per questo motivo mi sono attaccata così tanto a lui e non riesco a separarmene.

Le avventure di Said sono numerose e le sue idee fantasiose e imprevedibili, ma un giorno si è proprio superato. Mi invitò in un bar dello Sweifieh Village e approfittò della mia calma e della nostra sintonia per propormi un piano, da lui definito "originale" e "rivoluzionario", per la nostra jaha.

Si raddrizzò sulla sedia e mi chiese all'improvviso, senza convenevoli: "Che ne dici di organizzare la nostra jaha nel Metaverso?" e, nonostante fossi scoppiata a ridere, si mise a spiegarmi quali fossero i vantaggi, e che sarebbe stata la prima jaha del pianeta ad aver luogo nel mondo virtuale.

Mi resi conto che non stava scherzando qualche istante dopo, quando non si mise a ridere insieme a me. Volevo essere sicura di ciò che aveva detto, per cui gli chiesi seccamente: "Ma sei serio?"

"Certo, serissimo," mi rispose solenne, e mi spiegò subito l'origine della sua idea stramba. "Diciamocela tutta, amore... Sai che tuo padre ha un caratteraccio, e il mio è testardo come un mulo. È fuori discussione metterli sotto lo stesso tetto. Immagina se dovessero essere in disaccordo durante la jaha, si scannerebbero!"

Aveva ragione, sapevamo entrambi che tra i nostri padri scorreva un odio ancestrale, risalente a quando si conobbero il primo anno di scuola.

L'ostilità venne ravvivata quando una *brava persona* scattò una foto di me e Said nella sua macchina e la inviò a mio padre, che impazzì e chiamò il padre di Said, giurando minacciosamente che la questione non si sarebbe risolta pacificamente se Said non mi avesse lasciata perdere.

Suo padre non ebbe altra scelta se non ascoltare l'avvertimento e comportarsi come volevano i costumi e le tradizioni. Dovette scusarsi con mio padre e promettere di sistemare le cose. Scaricò tutta la rabbia su Said, assicurandogli che sarebbe stato punito duramente se non avesse tagliato i ponti con me.

Né io né lui ci piegammo alle loro minacce, perché non era qualcosa con cui avremmo potuto convivere. Io ero innamorata di Said, e lui non era capace di sottomettersi al volere altrui. Avevamo due opzioni davanti: continuare la nostra relazione di nascosto, con il rischio di essere nuovamente beccati da qualche altra *brava persona* (e ce n'erano tante), oppure cercare di convincerli che l'unico modo per risolvere la questione era velocizzare le procedure per rendere ufficiale il legame tra me e Said. La prima strada era irta di pericoli, soprattutto da quando mio padre aveva detto a mio fratello minore, uno "scapestrato" studente universitario, di monitorare i miei movimenti. Nonostante avessi comprato il suo silenzio con poco, offrendogli una grigliata mista al ristorante AL-QUDS, non potevo avere la certezza che avrebbe taciuto. La seconda, d'altronde, non era meno difficile, perché avremmo dovuto parlare apertamente con i nostri genitori, affrontarli e convincerli ad assecondare i nostri desideri.

Nonostante tale strada comportasse un altro tipo di rischio, quest'ultimo era calcolato e supportato dalla morale, perché non ci sarebbe stato niente di scandaloso nel voler convolare a nozze osservando la legge di Dio e del suo Messaggero. Ottenemmo il supporto di tutti i membri della famiglia, tranne quello di mio padre, che acconsentì solo dopo averlo minacciato che sarei scappata oltre confine con Said.

Non mi opposi all'idea di Said della jaha nel Metaverso. Pensai che avesse ragione, per quanto fosse eccentrica la soluzione che mi aveva proposto, perché riunire i nostri padri sotto lo stesso tetto avrebbe potuto condurre a conseguenze disastrose. Gli feci qualche domanda per essere sicura che fosse possibile realizzare la jaha con successo. La più importante riguardava la paura che mio padre bocciasse l'idea, sostenendo che avrebbe sminuito il nostro prestigio come famiglia e il mio valore come sposa. Tuttavia, Said mi convinse del fatto che sarebbe stato in grado di coinvolgere un buon numero di parenti, uomini di prestigio e influencer amati da tutti. Quando gli chiesi se i più anziani se la sarebbero cavata con il Metaverso, mi ricordò che sarebbe stato più semplice per loro rispetto al doversi spostare da un posto all'altro per prendere parte alla jaha di persona. Si raddrizzò nella sedia e disse con calma: "Al contrario, per loro è più comodo. Partecipano da casa."

Mi convinse. Appoggiai la sua idea, e il giorno dopo, senza perdere tempo, andammo da uno degli organizzatori più importanti di eventi speciali e feste nel Metaverso, in un ufficio nella zona del Boulevard di al-Abdali. Per fortuna lo zio di Said, che lo conosceva di persona, aveva interceduto per noi e avevamo fissato un appuntamento, altrimenti avremmo dovuto posticipare la jaha di settimane, forse mesi.

Ci era stato detto di presentarci almeno due ore prima dell'appuntamento, e dovemmo aspettare il nostro turno nel corridoio affollato. Passammo quel tempo a guardare le varie sale, location, e ambientazioni disponibili nel Metaverso per decidere quale prenotare. Feci uno sforzo immane per contenere l'inclinazione di Said nello scegliere i posti più stravaganti. Io cercavo un posto tradizionale e sofisticato adatto all'occasione, mentre Said si esaltava per tutto ciò che era insolito e bizzarro.

La prima cosa che fece fu trascinarmi in una stanza sulla luna, in cui chiunque entrasse sperimentava la mancanza di gravità. Saltellò nell'aria ridendo, divertito dalla leggerezza del suo corpo. Sembrava tornato bambino. Mi chiese: "Be', che ne dici?"

Lesse la risposta direttamente sul mio viso e uscì, passando a un'altra stanza ricoperta di sabbia rossa, e mi resi conto che si trattava della superficie di Marte. Lì non aspettai neanche che mi chiedesse cosa ne pensavo, mi sporsi verso di lui e lo spinsi fuori con forza. Accigliata, lo rimbrottai, pregandolo di prendere la questione più seriamente. Ci pensò un po' e ne scelse una spaziosa, sospesa tra le nuvole, con vista su Amman. Nonostante la scena mi sembrasse magica da dietro le finestre, l'altezza mi fece venire la nausea. Lo presi per il braccio e lo pregai di riportarci sulla terraferma, e così fece, ma non la smise di prendermi in giro. Continuò a trascinarci attraverso stranezze di ogni tipo, fino a quando non cambiai totalmente atteggiamento e lo minacciai di uscire dal Metaverso e mandare all'aria tutti i piani. Provò a convincermi a scegliere la stanza "Ghiotta" con una bellissima vista della Cittadella di Amman, sulla cima della collina al-Qal'a, ma persi la pazienza e gli urlai: "Stiamo cercando una stanza per una jaha, non per un matrimonio. Concentrati. Hai oltrepassato il limite!"

Niente avrebbe potuto salvarmi dal suo delirio tranne l'arrivo del nostro turno di entrare nell'ufficio di Sami, l'organizzatore, il quale, non appena venne a conoscenza delle nostre intenzioni, ci chiese con entusiasmo, a conferma di ciò che aveva sentito: "Volete organizzare una jaha? Una jaha?!"

"Bravi!" continuò, battendo le mani, dopo che gli confermammo la nostra richiesta. Poi, alzò il pollice destro e disse: "Primo, mi piace l'idea," e aggiunse, alzando anche l'indice, "e secondo, apprezzo il coraggio".

"Sono una di quelle persone che ama molto le tradizioni e si preoccupa per le cose che stiamo perdendo e non sappiamo come portare con noi nei nuovi mondi."

Ci garantì immediatamente il suo supporto e ci sorprese dichiarando che avrebbe rinunciato al suo compenso, come contributo simbolico, in segno di apprezzamento per l'idea audace, e auspicò il successo dell'evento per preservare l'identità giordana, facendo evolvere la jaha in modo da adattarla allo spirito del tempo. Tuttavia, supposi che avesse visto nella nostra idea l'inizio di un nuovo ramo di attività che gli avrebbe fruttato, e i miei sospetti vennero confermati quando ci mostrò diverse stanze, divise per gradi in base al prezzo, al numero di ospiti e ai servizi aggiuntivi. Ci mostrò alcune stanze raffinate. Mi colpì una di Zuhair Murad, ma a Said non piacque più di tanto.

Si mostrò contrario, dicendo: "È troppo ordinaria e costosa," e proseguì intimandomi di sceglierne un'altra, "guardane altre. È illegale pagare una cifra del genere per un'ora".

In quel momento, non desideravo altro che quella, e non gli avrei lasciato la facoltà di decidere dopo avermi sballottata per tutto il pianeta e avermi fatta volare fino alla Luna e a Marte, quindi non esitai nel ricordargli: "Said, amore mio, chi è qui la sposa?"

"Tu," mi rispose.

"E chi pagherà per la jaha?" gli domandai.

"Tuo padre."

"Allora fatti da parte, se non ti dispiace," gli chiesi.

Riuscii a neutralizzarlo e scelsi ciò che ritenevo appropriato. Io e Sami ci accordammo sulla disposizione di sedie e tavoli, e su tazze da caffè e piatti per la knafeh e i dolci virtuali da distribuire ai partecipanti dopo che gli uomini della famiglia di Said avessero chiesto la mia mano a mio padre e lui avesse accettato. Ciò che mi interessava di più era scegliere un design particolare per le tazze da caffè, che avevano acquisito grande importanza negli eventi virtuali e venivano conservate dagli ospiti come oggetti d'arte commemorativi da aggiungere ai loro averi, e ne trovai un tipo che mi piaceva molto.

"Allora, come entreranno nella sala gli uomini della tua famiglia?" La domanda di Sami ci colse alla sprovvista.

Ero convinta che sarebbero semplicemente apparsi lì una volta entrati nel mondo virtuale, esattamente come gli uomini della mia famiglia, e Said aveva immaginato la stessa cosa. La nostra supposizione non piacque particolarmente a Sami, che scosse la testa indignato e disse: "È irrispettoso nei confronti vostri e loro."

Continuò suggerendoci di scegliere un punto d'incontro vicino alle loro case in cui far trovare loro delle lussuose autovetture virtuali che li avrebbero portati all'ingresso della sala. Poiché questa parte interessava la famiglia di Said, lo vidi affrontare il discorso con entusiasmo, dando libero sfogo ai suoi pensieri e chiedendo a Sami di aggiungere alcuni cammelli e cavalli al corteo sfarzoso.

"Cammelli e cavalli?" mi stupii della richiesta, e obiettai: "Said, amore mio, ti ha dato di volta il cervello?!"

Mi guardò con espressione calma e mi chiese con un sorriso sornione stampato in faccia: "Chi pagherà per il corteo?"

"Tuo padre."

"Allora fatti da parte, se non ti dispiace."

Mi aveva reso pan per focaccia, per cui rimasi in silenzio e non replicai. Lo ignorai, sorvolando sulla questione, e continuai a parlare con Sami per concordare i dettagli restanti e il relativo costo. Ci propose di aggiungere un fotografo per fare foto e video da diverse angolazioni nel corso della jaha in modo da documentare interamente l'evento, e accettammo. Ci diede anche uno sconto speciale su completi e abiti da cerimonia maschili per gli invitati offerto da Zara Fashion Metaverso. Stabilimmo che la jaha si sarebbe tenuta due settimane dopo, e lo comunicammo alle nostre famiglie.

Mio padre, mio fratello e i miei cugini entrarono nella stanza degli ospiti il giorno stabilito, chiudendo la porta alle loro spalle, e si prepararono a entrare nella sala del Metaverso preposta alla jaha. La tradizione imponeva loro di arrivare prima del corteo della famiglia di Said, mentre le donne della famiglia si riunirono in cucina e in salotto perché ci eravamo dimenticati di aggiungere una sala posteriore per loro il giorno in cui eravamo andati da Sami. Gli avevamo chiesto in seguito di aggiungerla ma ci aveva detto che la politica aziendale non consentiva loro di modificare gli spazi, e il nostro contratto non ci permetteva di cambiare sala, per cui le donne non avrebbero potuto partecipare alla jaha.

Io ero con loro in cucina, sorridevo e cercavo di nascondere il mio nervosismo. Di tanto in tanto guardavo l'orologio, oppure la finestra, aspettando che arrivasse mio cugino Karim. Mi avvicinai per la terza volta a mia zia e le chiesi piano: "Dov'è Karim? Perché è in ritardo?"

Mi rispose: "È per strada, tesoro... Sarà qui a momenti, non preoccuparti."

Ma io ero preoccupata e temevo che fosse in ritardo o non mantenesse la promessa che mi aveva fatto.

Mi ero rivolta a lui due giorni prima per trovare una soluzione al problema, dopo che Said mi aveva totalmente ignorata quando gli avevo parlato del mio malcontento per l'impossibilità di essere presente alla jaha. Volevo esserci, anche in una cucina virtuale, spiandoli da dietro il muro, guardando Said seduto tra loro, e sentendo il loro capofamiglia chiedere la mia mano. Ma a Said non importava la questione, riteneva la mia richiesta insignificante. Dal suo punto di vista non c'era alcun bisogno che io fossi presente, e non si era impegnato per aiutarmi né per suggerire una delle sue soluzioni ingegnose. Quindi avevo deciso di prendere in prestito la sua follia e trovare una soluzione per conto mio. Era ovvio che avrei chiesto aiuto a Karim, perché in famiglia era conosciuto per le sue abilità tecnologiche nel controllare e hackerare i sistemi di sicurezza informatica. E in quel momento io avevo in mente un'unica soluzione da proporgli, vale a dire partecipare alla jaha con il suo avatar.

Era rimasto stupito della mia idea quando l'aveva sentita, e aveva rifiutato immediatamente, affermando di aver smesso con le attività illegali. Ma io non avevo accettato il rifiuto, sapevo come farlo acconsentire. Mi ero ricordata che gli piaceva la mia migliore amica, per cui l'avevo usata come pedina di scambio e gli avevo detto che avrei fatto in modo di organizzare un'uscita con lei se mi avesse aiutata a essere presente alla jaha. Lui aveva accettato subito, e avevamo deciso di non parlarne con nessuno per non mettere in pericolo né me né lui.

Chiamai diverse volte Karim, ma aveva il telefono spento, il che mi rese ancora più ansiosa e tesa. Ebbi l'impulso di chiamare Said e chiedergli di cancellare la jaha, ma non avevo il coraggio di mettere tutti in imbarazzo. Continuavo a guardare fuori dalla finestra e ad aggirarmi nervosamente, senza neanche più curarmi che qualcuno potesse notare la mia agitazione. Per poco non sbottai in faccia a Karim quando arrivò in ritardo di mezz'ora. Lo presi per il colletto della camicia e lo trascinai con impazienza in camera mia, chiudendo la porta alle mie spalle. Avrei voluto picchiarlo, ma non c'era tempo per le ramanzine. Rinviai il rimprovero a un momento successivo e lo guardai nervosa mentre si sedeva con tutta la calma del mondo sulla panca accanto al letto.

Gli strappai subito lo zaino di mano, tirai fuori i suoi occhiali del mondo virtuale e li indossai. Lo sentii ridere e ammonirmi: "Aspetta, aspetta."

Contenendo la rabbia, lo guardai alzarsi e prendere un piccolo congegno dalla tasca dei pantaloni. Me lo mise davanti e mi chiese di guardarlo per poter registrare la mia impronta oculare. Dopo che il dispositivo finì di scannerizzarmi gli occhi, producendo un lieve segnale acustico, Karim lo ritrasse e lo pigiò, facendo uscire un microchip che inserì negli occhiali.

Me li porse, dicendo: "Prego."

Li indossai in fretta e furia ed entrai nella sala della jaha, guardando a destra e a sinistra per capire dove mi trovavo.

Fui lieta di vedere gli uomini della mia famiglia in tutta la loro eleganza socializzare prima che arrivassero gli uomini della famiglia di Said. Mi guardai intorno, assicurandomi che i preparativi concordati con Sami fossero stati portati a termine come richiesto. Davanti a me c'era un tavolino, sul quale erano poste una caraffa semplice e delle tazze con i motivi che avevo scelto. Presi la caraffa, odorai il caffè e desiderai di poterlo assaggiare. Cercai il fotografo per assicurarmi che ci fosse e lo trovai. Un istante dopo, qualcuno mi sorprese spingendomi da dietro, e non sapevo se fosse qualcuno degli invitati o Karim, che avevo lasciato in camera mia, ma non appena mi girai vidi lo "scapestrato" che mi sorrideva.

Mi salutò entusiasta: "Karim!!"

Esitai nel rispondergli per paura che mi scoprisse, ma ricambiai il saluto con lo stesso entusiasmo: "Mohammed!!"

Fui sollevata nel sentire le mie parole pronunciate con la voce di Karim, e subito iniziai a comportarmi come lui. Spalancai le braccia e mi affrettai ad abbracciare Mohammed e a congratularmi con lui: "Tanti auguri per Tamara."

Quindi aggiunsi: "A presto!"

Stavo cercando una scusa per allontanarmi da lui e mi venne in mente mio padre, per cui gli chiesi: "Dov'è zio?" Mi scusai quando mi indicò il punto in cui sedeva mio padre: "Se permetti, vado a salutarlo."

Lo superai e finsi di andare verso mio padre, poi cambiai direzione e corsi verso la porta della sala, sentendo un rumore di passi e nitriti di cavalli. Il corteo degli uomini della famiglia di Said stava per arrivare, per cui rimasi in silenzio al mio posto e li guardai entrare. Mi rassicurò vedere Said entrare con il suo solito passo, il ventre sporgente, le ginocchia unite e i piedi larghi, il suo avatar era esattamente come quello della vita di tutti i giorni. Volevo correre da lui e dirgli cosa avevo fatto. Volevo vedere la sua reazione nel rendersi conto che ero diventata un po' più avventurosa come lui, ma mi ricomposi e alzai la mano per salutarlo quando mi guardò sorridente pensando che fossi Karim. Una volta che gli uomini della sua famiglia si furono seduti in fila di fronte agli uomini della mia, andai subito a cercare un posto vicino ai giovani. Vidi lo "scapestrato" che mi indicava di sedermi in un posto vuoto accanto a lui, e non esitai a farlo.

Osservai gli uomini che Said aveva portato con sé per capire chi fossero e sorrisi quando mi accorsi che non mi aveva deluso. Aveva mantenuto la promessa e aveva portato tre influencer importanti. Il primo era conosciuto per i suoi contenuti sui viaggi, il secondo per le sue deliziose ricette, e il terzo, il più famoso tra i tre, produceva contenuti comici riguardanti la sua vita coniugale. Pubblicava ogni giorno brevi video in cui faceva degli scherzi alla moglie, e finivano sempre per rischiare di divorziare, ma poi facevano pace e ricominciavano da capo il giorno dopo.

I tre influencer erano seduti tra Said, suo padre, e gli uomini più anziani della famiglia nei posti davanti, in particolare l'influencer degli scherzi era seduto nella sedia al centro di fronte a mio padre. Mi irrigidii al pensiero che Said avesse scelto lui per chiedere la mia mano. Era impazzito? Per poco non mi alzai dalla sedia per andare a dirgliene quattro, ma non lo feci. Immaginai la reazione dei presenti nel vedere Karim, mio cugino, rimproverare lo sposo durante la mia jaha. Chiusi gli occhi, sperando di avere torto. Purtroppo, non era così. Non appena li riaprii, vidi il padre degli scherzi in piedi di fronte a tutti, ridendo con loro prima ancora di aver proferito parola, come se fosse di fronte a un pubblico teatrale per fare stand up comedy invece che a una jaha.

Iniziò il discorso salutando: "Salve, fratelli." Il suo saluto fu seguito da una domanda malevola: "Chi, tra voi, è sposato?"

Alcuni di loro alzarono la mano.

"Che Dio vi aiuti," commentò ridendo.

Poi aggiunse: "È un male necessario!"

Scoppiarono tutti a ridere, incluso il padre di Said, mentre mio padre aveva il volto accigliato, privo di segni di ilarità. Anche Karim (io) sembrava irritato e non sapeva cosa fare.

L'influencer cambiò tono di voce e disse rispettosamente: "Scherzi a parte. Prima di tutto, vorrei ringraziare la rispettabile famiglia al-Nadwa per avermi concesso di chiedere la mano di vostra figlia, Tamara, in nome di nostro figlio Said, come previsto dalla Sunna di Dio e del suo Messaggero."

Si voltò verso Said e gli fece cenno di alzarsi, poi disse: "Il nostro lodevole sposo, fratelli, non ha bisogno di presentazioni, né raccomandazioni. È un uomo onesto, di buona famiglia, istruito."

Interruppe il discorso per fare una battuta a Said con voce bassa ma udibile: "Amico, sicuro di non voler cambiare idea?"

Said scosse la testa confermando la sua decisione di sposarmi, mentre gli uomini ridevano dei tentativi dell'influencer di convincerlo: "Dillo e tirati indietro, amico, quale persona sana di mente lo fa al giorno d'oggi?"

Mise una mano sulla spalla di Said e lo fece voltare verso di noi, dicendo: "Bene, Said non ha intenzione di cambiare idea. Ma prima che voi diate il vostro benestare, vorrei porgli tre domande. Si tratta di un semplice test prima che voi prendiate parte alla discussione."

Guardò Said e gli chiese: "Pronto?"

Said annuì e rispose: "Pronto."

"La prima domanda è semplice... Se tornassi a casa e Tamara non avesse cucinato, cosa faresti?"

Lo interruppe prima che avesse il tempo di rispondere: "Ti darò alcune opzioni. Uno: divorzieresti. Due: la faresti tornare a casa dalla sua famiglia. Tre: ordineresti cibo d'asporto."

Said rispose con tranquillità e sicurezza: "Ordinerei cibo d'asporto."

"Bene, seconda domanda. Se un giorno Tamara venisse e ti dicesse 'amore dobbiamo dividerci le faccende domestiche', come reagiresti?"

"Ci sono delle opzioni?" chiese Said prima di rispondere.

"Non ce ne sono. Rispondi come preferisci."

"Io e Tamara abbiamo messo le cose in chiaro fin dall'inizio. Ci divideremo le faccende domestiche. Non c'è nulla da dire."

Non mi stavano piacendo le domande, né il modo in cui erano poste, ma le risposte di Said non erano male. Sembrava che tutti fossero curiosi di sentire la terza domanda, che non sarebbe stata semplice come le prime due.

"Bene, Said, credo che tutti concordino con me sul fatto che hai risposto in maniera adeguata alle prime due domande. Lascia che ti renda le cose un po' complicate. La terza e ultima domanda è... Se tu, tua madre e Tamara foste su una barca, arrivasse una tempesta e la barca affondasse, chi salveresti per prima, tua madre o tua moglie?"

Era una domanda stupida, noiosa e infantile, ma Said rispose saggiamente: "Dovresti chiedere a Tamara chi salverebbe prima, perché né io né mia madre sappiamo nuotare."

La sua confessione di non saper nuotare nonostante la sua passione per le avventure e il fatto che mi dicesse continuamente quanto fossi cauta e pavida nella nostra relazione mi stupì. Decisi di parlargliene successivamente, e sorrisi battendogli le mani insieme a tutti gli altri, mentre l'influencer si rivolse agli uomini della mia famiglia, dicendo: "Sembra che il nostro sposo non sappia nuotare. Lo accettate o cambiate idea?"

Dopodiché, il suo tono di voce si fece più serio e rispettoso, e disse: "Per quanto ci riguarda, vogliamo ancora con tutta la nostra volontà la mano di vostra figlia, Tamara, per nostro figlio Said."

Poi aggiunse, rivolgendosi a mio padre: "Spero che il caffè non diventi freddo."

Calò il silenzio. Tutti si zittirono, aspettando che mio padre rispondesse. Ma mio padre rimase immobile. Per un attimo, pensai che l'appunto dell'influencer l'avesse infastidito e avesse deciso di respingere la richiesta, ma rimase in silenzio a lungo. L'influencer si rivolse nuovamente a lui: "Che succede, signor Abu Tamara?" Non ricevette risposta.

Il padre di Said si voltò verso di lui e disse concitato: "Abu Tamara, vuoi forse respingere la nostra richiesta?" Ma mio padre non rispose.

Avevo paura che mio padre rispondesse egualmente concitato, e che le cose sarebbero precipitate, portando a un litigio. Ringraziai Dio per aver ascoltato Said e aver deciso di fare la jaha nel Metaverso. Mi sporsi in avanti per vedere se mio padre fosse arrabbiato o se stesse pensando tra sé e sé. Mi sembrava che fosse in silenzio e non si muovesse proprio. L'influencer commentò a voce alta: "Penso che non sia con noi." Poi aggiunse: "Deve essergli successo qualcosa."

Mi diressi come un fulmine verso mio padre insieme allo "scapestrato" per assicurarmi che fosse davvero assente. L'avatar era immobile. Forse aveva deciso di ritirarsi dalla jaha senza dirlo a nessuno, ma se avesse voluto farlo sarebbe sparito completamente, non avrebbe lasciato l'avatar in quel modo. Avevo paura che avesse avuto un infarto o che gli fosse successo qualcosa, per cui tornai il più in fretta possibile in camera mia. Mi tolsi gli occhiali del mondo virtuale e Karim mi chiese ansioso: "Che c'è, ti hanno scoperta?"

"No, non mi hanno scoperta." Gli risposi nervosa, e andai nella stanza degli ospiti, cercando mio padre. Non lo trovai. Vidi lo "scapestrato" ancora seduto, con gli occhiali indosso. Non aveva abbandonato la jaha. Corsi in cucina, e chiesi a mia madre di mio padre. Mi disse, un po' confusa: "Non è alla jaha? Che succede?" Poi aggiunse: "Dov'eri sparita?"

La lasciai lì e mi misi a girare per casa, fino a quando non vidi che la porta del bagno era chiusa. Bussai e urlai: "Papà?"

Sentii la sua voce rispondermi in tutta tranquillità: "Ah, sì, tesoro mio."

"Dove sei? Cosa stai facendo? Ti stanno aspettando alla jaha." Non riuscivo a credere che avesse abbandonato la jaha in quel momento critico per alleggerirsi.

"Sto arrivando."

"Oh Dio... Gli ospiti se ne andranno, non sanno che sei in bagno!"

Non uscì dal bagno almeno per altri cinque minuti buoni, i più lunghi della mia vita. Non appena aprì la porta, lo trascinai e lo spinsi per farlo tornare alla jaha il più in fretta possibile. Con i nervi a fior di pelle, mi sedetti accanto a lui in salotto, non osando tornare in camera mia e unirmi nuovamente alla jaha. Non volevo vedere cosa sarebbe successo, come si sarebbero evolute le cose e come avrebbero superato la tensione. Lo guardai scuotere la testa ridendo, poi si scusò, accettò la richiesta e diede loro la sua benedizione.

Ero sollevata che la jaha fosse andata bene, le donne della cucina mi aiutarono a distribuire la knafeh a tutti i membri della famiglia, e mi assicurai che quella che avevamo ordinato per casa di Said fosse arrivata a destinazione. Il giorno dopo, la nostra jaha era sulle prime pagine di tutti i giornali, e lo scandalo si diffuse in tutto il mondo. Orde di persone volevano sapere i dettagli della notizia intitolata "Il padre della sposa va in bagno e quasi manda all'aria la prima jaha nel Metaverso".

Ovviamente, nessuno sa che è stata la mia infiltrazione illegale nella jaha a salvarla. Ma tutto è bene quel che finisce bene, e quell'evento è rimasto un ricordo divertente che continuo a usare come scusa per bocciare qualsiasi idea proposta da Said "Al-Nadwa", *l'intelligente*. Said, anni dopo la nostra jaha, continua a spremersi le meningi per trovare una soluzione al bisogno delle persone di andare in bagno nel Metaverso. E insiste nel dire che, se non fossimo stati noi i primi a portare la jaha nel Metaverso, sarebbe scomparsa e oggi non esisterebbe più.

# Il signore del Mediterraneo

## di Emad El-Din Aysha

*Emad El-Din Aysha, ricercatore accademico, giornalista, traduttore e autore, è nato nel Regno Unito nel 1974 da genitori arabi – padre palestinese e madre egiziana. Ha conseguito il dottorato di ricerca in Studi internazionali nel 2001 nel Regno Unito e da allora vive in Egitto, collaborando con istituzioni rinomate come l'Università americana del Cairo e con testate giornalistiche come The Egyptian Gazette e Mada Masr. Nel 2015 ha iniziato a scrivere fantascienza e a dedicarsi alla traduzione e agli studi letterari, e attualmente è membro della Egyptian Society for Science Fiction e della Egyptian Writers' Union. Ha tradotto diverse opere e ha all'attivo due pubblicazioni, un'antologia (in arabo) e un libro di saggistica di cui è coautore e coeditore* – Arab and Muslim Science Fiction: Critical Essays *(McFarland, 2022).*

> *L'amore è il mare in cui l'intelletto affoga.*
> Jalal al-Din Rumi

*Tripoli di notte è uno spettacolo meraviglioso...* o almeno così diceva la canzone. Doveva vederlo di persona.

Lo fecero entrare, come un indigeno, attraverso il varco dei giganteschi cancelli della città leggendaria. Ed era anche un bene che fosse dovuto arrivare in quel modo scomodo.

Le città arabe erano sempre molto più vivaci di notte che di giorno.

Una piacevole brezza fresca arrivava dalla costa e, con suo grande stupore, non c'era odore di polvere nell'aria. Il clima era umido ma non acre. Questo faceva sicuramente una differenza gradevole. Dopo le narici, i suoi occhi furono accolti da qualcosa che non aveva mai visto se non nei cinegiornali in bianco e nero.

Cartelloni pubblicitari vecchio stampo, dipinti da studenti d'arte, decoravano lo skyline, e risplendevano grazie a luci a risparmio energetico alimentate da celle solari *tanto* sensibili da riuscire a strappare all'aria la luce delicata della luna e a convertirla in elettricità pura. Gli studenti non erano *pagati*, per così dire. Veniva detratto loro del denaro dalle tasse scolastiche, e se ottenevano il massimo dei voti in chimica o fisica avevano uno sconto notevole. Gli studenti stranieri di scambio provenienti dalle terre di Da Vinci e van Meegeren affluivano sulle nostre coste e causavano una diminuzione del bacino di talenti al nord. E gli stessi cartelloni pubblicitari erano dipinti con vernici non tossiche arricchite con granuli olografici, dopotutto. La sostanza forniva un'immagine tridimensionale che ti inseguiva ovunque andassi, da qualsiasi angolazione scegliessi di guardarla. Non c'era da stupirsi che le sale cinematografiche fossero piene di clienti, con internet che finalmente aveva trovato pane per i suoi denti, pensò il visitatore. Aveva letto il resoconto prima di venire qui.

C'erano venditori ambulanti, ma non vendevano merci contraffatte o articoli di contrabbando. Avevano tutte le licenze e vendevano articoli per le cooperative dei fondi per gli orfani di guerra. Tutto, dall'artigianato locale alle noci tostate, dai fazzoletti da donna alle gomme da masticare sferiche rinforzate con lo iodio distribuite dal Ministero della Salute. Avevano un loro sindacato, e avevano stabilito la regola di vendere esclusivamente merce di produzione nazionale, oltre ad avere un codice di abbigliamento: tutte le loro vesti svolazzanti, i loro pantaloni larghi e i loro fez erano stati lavati nel quartiere cinese dei lavandai ed erano stirati e freschi. I loro volti erano lucidi come le loro scarpe. Non c'era da stupirsi che i loro denti fossero ancora più scintillanti. Pagavano le tasse come tutti gli altri e dovevano rispettare le leggi sulla protezione dei consumatori con ispezioni settimanali, e talvolta giornaliere. Pagavano anche la quota ld'affitto per evitare di invadere il territorio altrui e provocare un eccesso di offerta sul mercato, facendo scendere troppo i prezzi, sia per loro che per le cooperative. E si posizionavano tutti a intervalli regolari per non bloccare le persone che andavano avanti e indietro per le strade affollate della città notturna che non dormiva mai.

Oh, a una condizione. Non potevano vendere i loro prodotti davanti alle moschee e ai luoghi di culto, né davanti ad altri centri di vita culturale, come teatri e ospedali, cinema e biblioteche agricole.

Passò davanti a diversi sushi bar, tutti gestiti e frequentati da gente del posto, con menu a base di alghe esposti con orgoglio agli astanti. (Il marchio, gli chef e i conti erano giapponesi, comunque).

Guardando le scritte in piccolo, sui display a lavagna, vide che le alghe venivano raccolte dagli allevamenti al di fuori delle cosiddette acque territoriali della Città, che si estendevano quasi da un capo all'altro del Mediterraneo. Le formidabili navi della città– a partire dall'incrociatore civile che aveva preso per arrivare fin qui – incutevano timore a chiunque osasse avvistarle da chilometri e chilometri di distanza, e le loro immediate vicinanze *contavano* come acque territoriali. Un'isola ambulante e parlante che poteva pescare nei fondali marini qualsiasi cosa volesse, e attaccare alghe, coralli, cirripedi e praticamente tutto alle sue reti da pesca.

Di questo passo non sarebbe passato molto tempo prima di iniziare a esportare alghe ai giapponesi. E la cosa peggiore era che la città non aveva carenza di verdure da consumare, con la serie di comuni agricole che circondavano le mura della città, a loro volta racchiuse in una serie di mura più basse e ampie.

Costruivano di tutto, dalle auto ecologiche alimentate con petrolio grezzo alle navi per la marina mercantile di Tripoli e alle loro motovedette e navi da guerra che erano esattori di tasse sotto copertura – chiedevano soldi per la protezione a chiunque osasse incrociare il loro cammino e provenisse da zone al di fuori delle loro acque territoriali. Non c'era da stupirsi che fosse dovuto entrare attraverso i cerchi concentrici delle fortificazioni solo per raggiungere il cancello principale. Qui non correvano alcun rischio.

Quanto si era pentito di non aver preso un aereo, ma i bilanci erano già ridotti, anche nel suo settore "critico". Avrebbe potuto vedere tutto dall'alto, le immagini che scorrevano su per attirarti giù, verso la calotta luminosa della metropoli in fermento. L'Europa, quando si passava su di essa di notte, era il nuovo continente *buio*. Le fabbriche non avevano più bisogno di persone e potevano funzionare giorno e notte, per cui la gente stava abbandonando le città per trasferirsi in campagna, e il maledetto complesso agricolo transeuropeo stava spingendo i contadini ad abbandonare le loro terre per riversarsi nelle città. (L'Europa aveva i propri Okie, come si soleva dire). Aveva visto le riprese di Spy Sat dei flussi di migranti, uno accanto all'altro, come cellule sanguigne ossigenate e non ossigenate che intasano lo stesso ventricolo nel tentativo di muoversi in direzioni opposte. Ti lasciava con gli occhi sbarrati.

Scosse la testa per schiarirsi le idee. Decise che quella sera non aveva voglia di frutti di mare e quindi se ne guardò bene. Non mancavano montoni e pollame esposti, insieme ai ristoranti di carne di toro mongolo, ma decise di rimandare il pasto a più tardi. Voleva ammirare la città a sufficienza prima di mangiare qualcosa come un cannellone ripieno di plancton e un succo di arance di Jaffa appena spremute in abbinamento, o una... Aveva visto bene? Acqua minerale artificiale? Anche i piatti su cui venivano serviti i pasti erano di finta porcellana. Avrebbe dovuto informarsi più tardi.

Camminando per le strade, osservando altri inspiegabili dettagli, si trovò di fronte a una pubblicità che non riusciva a capire. Diceva: "Tagli di capelli GRATIS". Sicuramente significava qualcos'altro. E diceva la stessa cosa tre volte – in arabo, in inglese e in italiano. La parola era lì, gratis, più e più volte.

Decise di rischiare. I barbieri *non* mancavano, questo era certo.


Era un'industria in crescita, per usare un eufemismo. Da dove veniva lui, c'erano intere strade specializzate in cose come i telefoni cellulari o gli impianti hi-fi. Qui c'erano file e file di barbieri, che lavoravano giorno e notte, diffondendo un ronzio caratteristico nell'aria.

Il barbiere, come ogni altro negozio o caffè o ristorante, aveva sempre una fila di piante in vaso all'esterno, che spaziavano dalle palme da dattero e dai fichi (ridotti a misura di bonsai) ai cari vecchi cactus con i fichi d'India per i bambini. Entrando, i suoi occhi arguti notarono una persona intenta a spazzare via i capelli da terra per metterli dentro una serie di giganteschi sacchetti di carta.

Quando si sedette, era pronto a rimanere deluso. Gli sembrò di essere in un ranch, ma nel locale trovò altri stranieri che si facevano fare acconciature ricercate usando forbici e asciugacapelli come ai vecchi tempi. Erano gli autoctoni a farsi tosare come agnelli.

Poi notò un certo numero di individui, sempre autoctoni, che camminavano più all'interno verso quello che sembrava uno spogliatoio, con ulteriori ronzii, per poi uscire e consegnare sacchetti di carta marrone al proprietario. Sembravano decisamente rigenerati.

Cosa ci facevano lì, si chiese, da soli per giunta? Alcuni uscirono con gli stessi riccioli arruffati in testa con cui erano entrati.

La curiosità gli sciolse la lingua, e chiese. Il ragazzo che stava lavorando sui suoi capelli – erano lisci, il che lo stava facendo riflettere – rispose mentre pensava a una soluzione adeguata ad affrontare il cuoio capelluto straniero dell'uomo. "Si stanno ripulendo da zoli!"

"Non la seguo."

"Signore, le done di dove viene lei piaciono i peli in ascele e brutti odori?"

"Uh, no, direi di no?"

"Peli nel petto è una cosa," disse il ragazzo mentre si batteva il petto con orgoglio. "Ma il pube è un'altra cosa interatamente," disse nel suo inglese amabilmente stentato.

Finalmente, capì. "È abbastanza disgustoso, non crede?"

"Peli sono peli," disse il ragazzo, ancora troppo giovane, lottando con le ciocche delicate dei capelli dello straniero. Si rifiutavano ostinatamente di stare su. Era ancora un apprendista.

"Ma non stabilite un costo almeno per..." indicò il camerino.

"Siamo tutti pagati, e profumatamente, dallo Stato per fornire questo servizio essenziale," fu finalmente il proprietario a parlare.

"Cosa c'è di *essenziale*?" il visitatore dovette chiederlo. Non poteva credere alle sue orecchie.

"Pensa che si tratti solo di estetica, signore?" disse l'uomo, prolungando le parole fino al punto di rottura.

"Be', sì, naturalmente," mentì il visitatore. C'era così tanta mancanza di decoro in questo posto, da farglielo decisamente adorare. Se c'era qualcosa che odiava, come a casa, erano il galateo e l'insieme di regole da dover rispettare sempre e ovunque.

"Be', si sbaglia," disse l'uomo in modo stranamente acido. "I capelli, li diamo ai waqf per l'agricoltura..."

"I cosa?" Ai suoi occhi delicati sembrò uno starnuto.

"Enti di beneficenza per l'agricoltura," spiegò riluttante il barbiere titolare. "Sono incaricati di trasformarli in fertilizzanti, senza alcuna spesa per i contribuenti. Mi sembra giusto restituire qualcosa per tutto quello che prendiamo dalla ricchezza della natura. E senza tasse."

Aveva senso, compresa la parte fiscale, ma per... il fertilizzante!

"Ma... avete gli escrementi di cammello, no?" chiese il visitatore.

"Ma certo, e anche escrementi di bovini, e di capre. Oltre a escrementi di struzzo. Ma quelli sono per l'esportazione, e per il biocombustibile." Avevano anche dei convertitori di merda, fortunatamente tenuti a distanza di sicurezza, fuori dalle mura della città, con giardini di rose, gelsomini e oleandri per coprire l'odore all'interno, diciamo.

Conquistarono l'industria petrolifera, spaventando le perfide compagnie petrolifere che si erano spartite il Paese per lungo tempo nella prima metà del XXI secolo. Convertirono molto di quel letame animale – e ne avevano *molto*, grazie alle carovane di cammelli e alle mandrie di capre che arrivavano sul posto da lontano, dal Sudafrica alla Corea del Sud, ogni singolo giorno dell'anno – in petrolio grezzo. Il trucco, con il petrolio, stava nei tipi di prodotto: pesante, leggero, medio. Avevano ancora un po' di greggio nelle sabbie del deserto, lasciato da tutte le razzie dei conglomerati stranieri, e si trattava di un greggio di qualità scadente, cosa che scoraggiava i clienti. Così "mescolarono" il greggio pesante e di bassa qualità che avevano lasciato nei loro giacimenti con le loro varietà sintetiche più leggere e lo caricarono sulle petroliere internazionali, a condizione che le petroliere, quando attraccavano nei loro porti, fossero accompagnate da una fregata provvista di una notevole quantità di armamenti per assicurarsi che consegnassero in tempo e solo ai clienti designati.

Il visitatore aveva letto tutto in una miriade di articoli, ma doveva vederlo con i suoi occhi per crederci. Non vedeva l'ora che fosse giorno per poter vedere tutto alla luce del sole. Sospirò e si rassegnò al suo destino, appoggiandosi ulteriormente sulla sedia per permettere al ragazzo di lottare con i suoi capelli europei, troppo lisci. O capelli gialli, come li chiamavano qui.

Guardando lo specchio di fronte a sé mentre il giovane parrucchiere indietreggiava, il visitatore notò di straforo che il proprietario lo stava fissando con i suoi occhi verdi.

*Ring, ring, ring*, suonò il telefono fisso in camera sua.
"Pronto, chi parla?" chiese trepidante il visitatore.
"Quindi, come va?"
"Chi parla?" ripeté, con tono più basso.
"La linea è sicura, non preoccuparti," fu la risposta piatta.
Un sospiro. "Bene, grazie. Sono in vacanza, *se* ti ricordi." Nella sua testa cominciò a formarsi un'immagine. Un papillon e un sorriso sardonico. E un girovita che iniziava, o finiva, a livello della scrivania. Era così che preferiva guardarlo, da una distanza di sicurezza.

"Ma certo," replicò in tono ampolloso. Se fossero stati americani, l'uomo all'altro capo avrebbe risposto, *Yeah, sure*. Avrebbe anche iniziato la conversazione con *Hows' it hanggin*.

"A cosa devo quest'ono..."

"È così eccezionale come dicono tutti?"

"In un certo senso," disse pacato. "Sicuramente ne vedo il fascino."

"Stai scherzando? Malta si è schierata con loro. L'unica isola che ha impedito a Hitler di conquistare il Mediterraneo. Quanto ci vorrà prima che Sicilia, Sardegna, Corsica e Creta seguano l'esempio, in ordine alfabetico? È per questo che sei lì, no?"

"Questi sono affari *miei*, grazie. E hai dimenticato Cipro. Buona notte!" Chiuse il telefono in faccia all'uomo.

Diede qualche occhiata fugace fuori dalla finestra e accese il televisore per coprire eventuali rumori.

Andando avanti e indietro come un leone in gabbia, alla fine si sedette e si ritrovò a guardare un programma notturno per bambini sull'allevamento delle capre. Le coperte fatte con il filo di capra, emerse, erano così calde che ci si poteva praticamente bollire un uovo. I monaci medievali indossavano sempre indumenti fatti con filo di capra, si sapeva con certezza, e il governo di Tripoli aveva appena firmato un contratto con i gesuiti e i francescani a tal proposito: stava addestrando i beduini per compiere azioni aggressive sul mercato, con il pretesto del dialogo religioso tra le fedi di Abramo.

Seguirono altri aspetti economici. Le capre erano robustissime e non avevano bisogno di mangimi importati, a differenza delle mucche da latte. La proporzione tra carne e cartilagine e ossa e grasso era vantaggiosa, rispetto ai bovini. Il rivestimento interno dell'intestino e i tendini delle capre potevano essere utilizzati per questo, quello e quell'altro. Il rapporto tra i profitti e il costo dell'investimento iniziale era molto conveniente, sempre rispetto ai bovini. Poi arrivarono le lezioni di storia. Le capre venivano utilizzate dagli arabi in Spagna per trasformare i terreni coltivabili in pascoli, per mantenere la prontezza dell'esercito del deserto. I cinesi non avevano mai bevuto latte di capra o qualsiasi altro tipo di latte perché ricordava loro i selvaggi e barbari nomadi limitrofi del Nord, anch'essi dediti al pascolo. Gli europei associavano le capre al culto di Satana per via dei loro pregiudizi agricoli, ma alla fine era stato peggio per loro, visto quello che avevano fatto a lungo termine al loro ecosistema. Un gruppo di pastori passivi quanto le pecore che portavano al pascolo in modo immorale. Tutti i messaggeri di Dio nel Corano, Abramo e Mosè ecc. ecc.... erano pastori di capre, che si occupavano delle loro greggi erranti ecc. ecc...

Non ce la faceva più. La sua mente stava andando in overdose di informazioni. Era meglio chiuderla lì.

Mentre cercava di dormire, le immagini fluttuavano nella sua mente. Muri che crollavano intorno a lui ovunque andasse. Un paio di occhi che lo seguivano. I corridoi del potere.

La terra sotto i suoi piedi trasformata in sabbia. La puzza di polvere nell'aria. L'orizzonte era nero.

Documenti sparsi intorno a lui. Tutta la sua vita. Annotata. Nascita, vita, morte. Fatti e cifre. Incarichi nel nulla.

Frugò in tasca e trovò una chiave. La usò su una porta che sbucò alle sue spalle. Il computer emise un suono mentre si sbloccava. Varcata la soglia, trovò in lontananza una porta girevole.

Quindi era questo? Il luogo in cui la sua vita lo aveva portato. Dove sarebbe andato adesso? A cosa serviva senza una missione? Un'eredità?

Una melodia continuò a risuonare nella sua testa per tutto il tempo, perseguitandolo come un sogno nel sogno. *Say, don't you remember, they called me Al; it was Al all the time.*

*Say, don't you remember, I'm your pal? Buddy, can you spare a dime?* [4]

Al mattino si sentiva meglio. Si era liberato di tutto. Quel fantasma del passato che lo perseguitava.

Un nuovo giorno, una nuova serie di avventure.

Aveva fatto un'abbondante colazione a base di timo e olio d'oliva e del meraviglioso pane persiano – così gustoso da poterlo mangiare da solo e considerarlo un pasto – e una specie di pasta di latte che non era affatto male. E diverse tazze di tè verde marocchino dolcissimo per mandarlo giù, un pasto poliedrico servito su porcellana cinese. Di produzione propria, sicuramente.

A dire il vero, il pasto di ieri sera lo aveva riempito.

Il pizzaiolo dell'hotel – ognuno aveva il proprio servizio di consegna – aveva frainteso le istruzioni e gli aveva dato una specialità a base di carne di capra e non di formaggio di capra, ed era anche capra di montagna, quindi una delizia piena di aromi.

Tuttavia, lo aiutò a "contribuire" un po' di più a questo ambiente ecologico, quando arrivò il momento di scaricare le sue incombenze. Andò tutto ai waqf per l'agricoltura. Del resto, gli economisti da cui proveniva erano soliti dire che più entra da una parte dell'asino, più esce da...

Purtroppo, fu proprio il suo amore nascente per la città a fargli commettere un errore, facendolo finire in *gattabuia*.

"Non vediamo di buon occhio il vagabondaggio," disse il giudice dalla faccia bianca assegnato al suo caso. Sfoggiava un fez con uno stemma legale e parlava in inglese con un

***

[4] *Di', non ti ricordi che mi chiamavano Al; sempre Al. Non ti ricordi che sono tuo amico? Amico, puoi darmi un decino? Da* Brother, Can You Spare a Dime? *(1932), testi di Yip Harburg, musica di Jay Gorney.*

leggero accento dell'Europa meridionale. Era rasato a zero e aveva uno sguardo penetrante. Stava anche sorseggiando del caffè da una tazza cinese fasulla. (*Bisogna dare il buon esempio*, pensò cupamente il visitatore/imputato, *una volta tanto*).

"Vagab... Non stavo chiedendo l'elemosina. Sono un turista. Ho solo..." protestò il visitatore.

"Infilare soldi nelle tasche dei mendicanti è abbastanza da essere considerato vagabondaggio in..."

"Ho solo messo un penny nella mano di..."

Al giudice non piaceva essere interrotto, ma perdonò allo stolto straniero le sue stranezze.

"Quegli individui che ha visto con le mani tese, se si fosse preoccupato di chiedere, non stavano chiedendo l'elemosina."

"Allora cosa stavano..."

"Stavano controllando se stesse piovendo!"

"Oh," disse con la stessa piattezza che provava. Non ci aveva mai pensato, ma le tettoie di plastica in alto accumulavano molta condensa e quindi non erano rari i piccoli acquazzoni provocati dalle mini-nuvole che si muovevano all'interno dei numerosi strati delle mura della città. Le tettoie solari, fatte di fili di fibra ottica, alimentavano i negozi sottostanti conservando il livello di umidità nelle strade della città per aiutare lo sviluppo delle piante e mantenere l'aria priva di polvere.

"È stato un errore in buona fede," aggiunse protestando. "Quindi, cosa mi aspetta adesso? Andare a lavorare in una delle vostre aziende agricole di lavori forzati?"

Il giudice gli lanciò uno sguardo particolare, come se stesse parlando a un imbecille, ma dopotutto *era* uno straniero. Un altro sorso di caffè forte e, "È la sua prima infrazione, quindi è libero di andare. Non verrà tollerata una seconda volta, sono stato chiaro?"

"Certamente." Il visitatore si alzò di scatto, non volendo estendere più del dovuto la sua permanenza, solo per sentire il giudice parlargli come se si trovasse in un'aula magna piena di studenti di legge sconvolti.

"E, per sua informazione, le aziende agricole sono esclusivamente volontarie," proseguì il giudice. "È la ragione per cui hanno così successo, superando la vostra politica agricola delle comuni, vorrei farle notare."

"Sono ben consapevole che stiano superando..." disse il visitatore, fermandosi di botto. Si voltò verso il giudice, mettendosi a sedere in attesa della filippica che sapeva sarebbe arrivata. Bevve un sorso di acqua minerale artificiale: era l'unico posto in cui era possibile ottenerla gratuitamente in questo paese. (Le cave di roccia qui erano ricche di minerali esotici e con un po' di alchimia riuscivano a creare imitazioni di qualsiasi cosa, a patto che avesse un paio di molecole di idrogeno in più per differenziarla da quella vera. Le aziende farmaceutiche lo facevano in Svizzera e negli Stati Uniti d'America, quindi perché non farlo qui per il bene comune? In realtà, la bottiglia di minerale includeva un opuscolo che spiegava il tutto, con tanto di scappatoie legali).

"Le comuni non hanno mai funzionato nella storia del vostro popolo, perché erano o forzate, sotto minaccia di un'arma socialista, o gestite da giovani intellettuali entusiasti che non sarebbero stati in grado di coltivare un germoglio neanche se ne fosse dipesa la loro vita. E non ne dipendeva. Potevano sempre tornare a casa dai loro genitori e *succhiare*." (Il visitatore impallidì all'immagine, ma afferrò il concetto.) "E nessun ragazzino smanettone si divertirà a lavorare con le mani, gioventù scontenta o meno. *Noi...*," disse vanaglorioso, "noi abbiamo manodopera di 'rifugiati' di ogni tipo e misura. Contadini socialisti che sfuggono al vostro sistema di sfruttamento capitalistico forzato. Coltivatori esperti di mezza età che vogliono vivere il resto dei loro giorni guardando la terra diventare verde, annusando il dolce profumo di rose e menta, e *niente* di più. Giovani eco-agricoltori emergenti che non conoscono le fasi lunari ma sono comunque pieni di energia e idee. E con i vostri maledetti robot state perdendo anche gli operai più esperti. La migliore manodopera che il denaro possa comprare, e noi non abbiamo nemmeno bisogno di comprarla."

"Allora a cosa vi servono le mura?" La porta a spioncino attraverso cui si era insinuato la prima volta in cui era arrivato qui era una piccola porta all'interno di un grande cancello, una vecchia tecnica per garantire la sicurezza di una città-stato. I cancelli della città erano aperti a visitatori, mercanti e contadini solo di giorno. Ecco perché un cammello non sarebbe mai potuto passare attraverso la cruna di un ago, come gli aveva insegnato la sua guida pastorale, cosa che aveva dimenticato fino a quel momento. *Conveniente*. Ingollò altra acqua minerale. Aveva la sensazione che ne avrebbe avuto bisogno.

"Per tenere *fuori* quelli come te," ribatté il giudice, educatamente. "Gli stranieri sono più che benvenuti. Arrivano sulle nostre coste, a vagonate, in cambio della nostra *protezione*. Ma non si può dire quanti infiltrati stranieri popolino le loro fila. E, in verità, i difensori di una città sono i suoi figli, inclusi quelli adottati, sono essi le vere mura."

"Protezione? Vivete di *pirateria*," rimpallò il visitatore in quella partita di pallavolo intellettuale. Il visitatore sapeva cosa intendeva il giudice quando diceva che i figli di una città erano le sue mura. Era un vecchio detto spartano, e questa città era un'oligarchia che dimostrava fino a che punto la democrazia ateniese fosse un mito in Europa.

"Vi stiamo ripagando, dopo che avete prosciugato la nostra terra dal petrolio. Per aver messo le nostre popolazioni l'una contro l'altra. Ora il mondo viene sulle nostre coste, perché Tripoli è la capitale mondiale della *miscelazione*!"

*Quanto è vero*, pensò il visitatore. E da quello che aveva capito parlando con i detenuti – tutti rigorosamente stranieri – prima della pronuncia finale del verdetto, non era solo il petrolio grezzo che miscelavano e riesportavano. Era anche il latte.

I dirigenti responsabili delle finanze cittadine usarono la stessa logica anche per creare i tanto decantati centri di miscelazione del latte di Tripoli, utilizzando il latte di cammella come base sana, anche se insapore, per le loro esportazioni, mescolandolo con il latte di capra per l'esportazione nei Paesi arabi, con quello di mucca per i clienti occidentali, e con quello di soia per i cinesi. Il latte di cammella era povero di lipidi, motivo per cui non aveva mai conquistato le industrie del formaggio e dello yogurt, ma era ricco di vitamine e minerali, a differenza del latte vaccino tradizionale. Di conseguenza, non avevano bisogno di consumare tante verdure (anche le alghe aiutavano) per mantenere alta la densità ossea. Questo a sua volta permetteva di avere una maggiore quantità di vegetali genuini provenienti dalle comuni da destinare all'esportazione.

"A fare la differenza sono... i nostri capelli," disse il giudice accarezzandosi la barbetta appena accennata sul mento. Anche se il visitatore non lo sapeva, il giudice si riferiva a un vecchio detto arabo attribuito a un califfo, il quale aveva dichiarato con orgoglio che, se anche se ci fosse stato un solo capello a legarlo al popolo, non l'avrebbe spezzato. "Alimenta l'industria petrolifera togliendole un peso dalle spalle, e alimenta quella lattiero-casearia aiutandola a coltivare le derrate di cui si nutrono le nostre greggi. E non sono solo i clienti dei nostri barbieri ad alimentare l'industria, ma anche coloro che si radono di prima mattina, prima di baciare i figli e mandarli a scuola, e si radono di nuovo a tarda sera, prima di baciare le mogli, nei loro posti rasati."

Non c'era da stupirsi che qui fosse vietato farsi rimuovere la barba con il laser, pensò il visitatore mentre si grattava il cuoio capelluto nudo. Come prigioniero straniero lo avevano rasato *completamente*, fino alle parti più intime. Quindi era stato il taglio di capelli che aveva fatto il giorno prima a metterlo nei guai.

Avevano iniziato a tenerlo d'occhio quando il barbiere si era accorto che faceva troppe domande. Un barbiere che di nascosto faceva il giudice. A nessuno era permesso avere un lavoro d'ufficio in questa roccaforte di efficienza umana. In tal modo poteva permettersi di lavorare gratis di giorno e di far risparmiare al contribuente tanti soldi preziosi in un posto della terra dove il tasso di criminalità era praticamente nullo. I rifugiati economici che arrivavano qui lavoravano anche part-time come volontari per la sorveglianza del quartiere, e come informatori.

Che sollievo, pensò mentre usciva dall'aula, con due giovani uomini dall'aria sospettosamente familiare ai suoi lati. *Magari potrei mandare i miei figli a scuola qui*, aggiunse tra sé e sé. *Crescerebbero alti e belli, e avrebbero un lavoro fisso*. I tripolini controllavano comunque tutti i brevetti. Avevano la migliore autorità di controllo che il denaro potesse comprare – la loro flotta da battaglia, composta da navi convertite per uso commerciale. Persino il loro equivalente della NASA era in mare per metà del tempo, a spiare le trasmissioni radio, alla ricerca di canzoni e jingle pirata.

Forse anche i suoi parenti disoccupati avrebbero potuto trovare lavoro nelle comuni. In un lontano passato, gli scarti dell'Europa erano scappati nelle comuni pirata del Marocco, persino ai tempi di Herman Melville. Forse era insito nel suo sangue fare lo stesso. Gli restava poco tempo prima che i suoi datori di lavoro dell'Unione Europea lo cacciassero. Era il motivo per cui era venuto qui. Pensava di poter prolungare il suo contratto impressionando i pezzi grossi con la sua analisi del modello di crescita di Tripoli.

L'UE? Che buffonata. Un gruppo di burocrati che lavoravano per il settore privato, lasciando in eredità alla loro generazione, a quella dei loro genitori e a quella dei loro figli un Dust Bowl tutto loro, insieme ai campagnoli. Sicuramente gente del posto. L'uomo che lo aveva inseguito nel cuore della notte era un impiegato rivale. Non il suo capo o il suo responsabile, malgrado le informazioni economiche. (Grazie al cielo, il barbiere non aveva autorizzato alcuna intercettazione). Senza dubbio voleva rubargli il rapporto e ottenere una promozione. Si era arrivati a questo punto. Uno scribacchino che invidiava un ragioniere illustre.

Uscendo finalmente da quell'edificio inquietante, scoprì che il nome del luogo non era l'Alta Corte di Non Appello o la Fattoria Penale Autogestita, ma il "Club di Economia Politica di Tripoli". Più comunemente conosciuto in Occidente come "Istituto anti-Adam Smith", l'*unico* posto al mondo in cui la pianificazione centralizzata aveva davvero dato i suoi frutti. Se solo avesse potuto unirsi a loro, diventando un anti-adamsmithiano anche lui. Ma doveva ancora pensare alla sua liquidazione.

## Ringraziamenti

*Un ringraziamento speciale al mio caro amico scomparso Caryll Faraldi per le informazioni sulle comuni socialiste volontarie in Italia, che ho usato come modello per la storia. (La battuta sull'uovo che bolle in uno scialle o in una sciarpa l'ho sentita davvero, ma credo fosse riferita al cachemire, mentre l'analogia con l'asino è stata fatta da economisti). Per quanto riguarda l'idea del barbiere, è stata la vera ispirazione per la storia e mi è venuta mentre mi tagliavo i capelli, vedendo tutti quei capelli sprecati che venivano buttati nella spazzatura. Che spreco ambientale!*

# Fantascienza araba: la speranza in un futuro e un passato migliori

di Emad El-Din Aysha

Per poter andare avanti è necessario guardare indietro, almeno così dicono. Vi è, indubbiamente, una buona dose di verità in tale detto quando si parla di fantascienza araba. Per capire lo stato attuale di quest'ultima bisogna tener conto del contesto storico, vedere cosa è accaduto prima e, di conseguenza, quanta (o quanta poca) strada è stata fatta. Per capire la fantascienza araba in generale occorre prestare attenzione a come gli autori arabi stessi, indipendentemente dalla loro età, tornino indietro nel tempo, ai miti, all'epica e alle diverse epoche della storia araba e islamica, nel tentativo di rivendicare i loro diritti sul futuro determinando il significato e il valore del loro passato. In breve, la ricerca di un'identità. Ma prima parliamo delle origini tortuose e dei molteplici luoghi di nascita della fantascienza araba.

Non si possono separare gli arabi dall'ambiente in cui si trovano più di quanto non si possa scindere la fantascienza araba dal suo contesto culturale e politico. Piuttosto, le influenze su di noi dei nostri vicini non arabi sono maggiori rispetto a quanto ci influenziamo l'un l'altro tra arabi. Come è stato detto in passato, Mosul è più vicina alla Siria e alla Turchia di quanto non lo sia al resto dell'Iraq, senza dubbio negli scambi commerciali. E la stessa cosa vale per la fantascienza. I musulmani iniziarono a scrivere fantascienza in Turchia e Iran, e una sfilza di scrittori cristiani libanesi e siriani vennero influenzati dall'utopismo del tardo periodo ottomano, auspicando, ironicamente, allo stesso tempo l'indipendenza dei loro Paesi e la riuscita del panarabismo. Alcuni dei loro nomi sono: Francis Marrash (1836–1873),

Adib Ishaq (1856–1885), Farah Antun (1874–1922), e Michelle al-Saqal (1824–1885). L'Egitto subì tale influenza soltanto agli inizi del Ventesimo secolo con il romanzo di Salama Musa *Introduzione a un'utopia egiziana* (1924), e un autore libanese, Jurji Zaydan, nel 1927 pubblicò sulle sue orme l'articolo "Previsione: l'Egitto e il Mondo nell'anno 2000", colmo di ville a cielo aperto e decorazioni e arredamenti in antico stile egiziano.

L'unico altro esempio di precursore della fantascienza araba è il romanzo tunisino (incompleto) *Il Continente Perduto* di Sadek Rezgui (1874-1939), anch'egli in fervente attesa dell'indipendenza del suo paese. Si noti che il Levante e il Maghreb (Occidente Arabo) sono le zone più cosmopolite e connesse a livello internazionale del mondo arabo, per via di comunità migranti o di connessioni religiose o linguistiche. La maggior parte degli arabi vivono in paesi come Egitto, Iraq, Sudan, Libia e Arabia Saudita, sono molto più isolati e perciò meno inclini a recepire le tendenze letterarie esterne, in fondo. L'Egitto si unì sul serio alle fila della fantascienza tra gli anni Cinquanta e Sessanta del Novecento grazie agli audaci tentativi di Yousif Ezz al-Din Issa (1914-1999) e Tawfiq al-Hakim (1898-1987), e più avanti Mustafa Mahmoud (1921-2009), in seguito al fascino del mondo arabo per la corsa allo spazio. Al tempo vi fu anche una corrente di poesia modernista che parlava di scienza e futuro industriale. Entro gli anni Ottanta, comunque, quella passione si era affievolita. L'Algeria e il Marocco ebbero un po' più di fortuna con i primi tentativi fantascientifici tra gli anni Sessanta e Settanta, ma la parola chiave è, ancora una volta, sostenibilità. Per assurdo la Tunisia smise di scrivere fantascienza dopo l'indipendenza, identificando nel realismo sociale il vero strumento per far avanzare la nazione. Si tratta di una tendenza comune in tutto il mondo arabo, compreso l'Egitto, il cuore pulsante della letteratura araba grazie a Nagib Mahfuz, Yusuf Idris, Taha Hussein, Ihsan Abdel Quddous, e così via. Agli occhi dei lettori, e dei critici, egiziani, la fantascienza era un lusso riservato ai sognatori ricchi e visionari, non diversa da fantasy e surrealismo. Persino Mustafa Mahmoud e il gigante letterario che era Tawfiq al-Hakim smisero di scrivere fantascienza subito dopo aver iniziato.

Veniamo ora alla mia tesi iniziale sullo sguardo retrospettivo di molti autori arabi futuristi. Si trova sempre qualche traccia del passato che si intrufola dalla porta sul retro, anche quando non viene inserita esplicitamente nel testo che crea il mondo del futuro. È possibile vederne un accenno già nell'articolo di Jurji Zaydan, e questa vena di retro-modernismo, o islamo-futurismo, è piuttosto diffusa nella fase attuale della fantascienza araba. Ho tradotto il romanzo steampunk di Ahmed Salah al-Mahdi *Malaz: la città della rinascita* (2017), e in questo Egitto post-apocalittico ci sono due centri di potere: la città-stato di Malaz guidata da una casta militare simile ai Mamelucchi a nord, e Abydos, ritornata alle antiche divinità egizie e guidata da una casta sacerdotale a sud. Entrambe sono costrette a ripristinare le tecnologie del passato – un insieme di polvere da sparo e cellule di energia – per combattere una guerra di sovranità. Come risultato si ottengono due città perfettamente funzionanti, con strade pulite e un'architettura meravigliosa; il medievalismo non viene usato in modo negativo. Piuttosto, per gli abitanti di Malaz (*paradiso*, in arabo) si può parlare di perdita del contatto con il passato perché non sono più musulmani. Invece l'eroe si chiama Qasim, in riferimento al profeta Maometto, e viene modellato sulla figura salvifica del Mahdi della tradizione islamica. E Al-Mahdi è una persona alquanto progressista.

Ammar al-Masry, un autore egiziano assai conservatore, inserisce nei suoi romanzi dibattiti espliciti su Oriente e Occidente e sulla necessità di imparare gli uni dagli altri per evitare che la scienza possa sfuggire di mano. Nella sua prima opera di successo, la trilogia di Atlantide, vengono fornite spiegazioni sull'inondazione e la leggenda della civiltà perduta dell'isola. Il tutto in un'epica di invasione aliena condita con robot che si ribellano alle leggi di Asimov. Io inserisco abitualmente tecnologie passate e meccanismi sociali nei miei racconti, compreso quello presente in questa raccolta. A dire il vero, di tutti i miei racconti, quello che piace di più a Ahmed al-Mahdi è *Demigods in Time*, una vicenda di viaggi temporali con Gilgamesh come protagonista – il leggendario prototipo di eroe della leggenda. Quando Gilgamesh incontra un arabo proveniente dal futuro, la sua missione di vita da quel momento in poi diventa rievocare la storia delle civiltà passate o perdute come guida per il futuro (a dire il vero, è stato Ahmed a scegliere il titolo).

Hosam Elzembely, il fondatore e direttore della Società Egiziana di Fantascienza (*Egyptian Society for Science Fiction*, ESSF), ha descritto la fase successiva alla primavera araba della fantascienza egiziana come una fase di autenticazione in cui i giovani aspiranti autori hanno smesso di imitare la fantascienza occidentale e si stanno battendo per definire la loro identità di arabi e musulmani. Elzembely stesso ha scritto una serie di romanzi all'inizio del nuovo secolo in cui si legge di Unioni arabo-islamiche e musulmane che diventano leader in ambito scientifico o esploratrici dello spazio. Il suo ultimo romanzo, *L'ultimo viaggio* (2023), parla del tentativo di una manciata di egiziani di colonizzare Marte, con il sufismo che gioca un ruolo centrale nella trama. C'è anche un esperto di robotica che programma delle macchine proprie per infrangere le tre leggi di Asimov, dotandole deliberatamente di un'anima.

Un autore e ricercatore siriano, Mohammed Abdullah Alyasin, è giunto più o meno alle stesse conclusioni osservando la fantascienza araba e siriana in particolare, con autori dagli anni Settanta in poi che copiano romanzi e racconti scritti in US (o Unione Sovietica), semplicemente sostituendo i nomi dei personaggi con equivalenti arabi. Per cui. gli arabi non stanno costruendo se stessi nei loro testi sul futuro, si stanno *ri*costruendo. Stanno facendo rivivere i loro giorni di gloria, con una nuova piega. E non sono solo musulmani. Una volta, durante una discussione con un ricercatore a un evento di storia, osservai quanto fosse inclusivo il passato islamico, prendendo in considerazione i cristiani levantini arrivati in Egitto nel XIX secolo. La sua risposta fu che era il risultato di una comune identità ottomana ad aver consentito agli arabi, qualunque fosse la loro religione, di aprire attività ovunque nel mondo arabo. L'editoria in Egitto venne avviata da cristiani siriani e libanesi, incluso Jurji Zaydan. Una delle sue specializzazioni come autore erano i romanzi storici riguardanti eroi epici come Saladino o i Mamelucchi che sconfissero le orde di Mongoli e salvarono l'Islam. Fu sempre un cristiano a fondare il quotidiano *al-Ahram*, letteralmente Le Piramidi (di Giza), esaltando il nazionalismo e panarabismo egiziano insieme a quello arabo. L'utopismo ottomano stesso era panislamico, con intuizioni e tecnologie moderne incorporate in una cornice islamica (la Turchia laica trascurò questo aspetto e servì un bel po' di tempo per smuovere nuovamente le acque della fantascienza). Osservando le librerie e gli stand di libri, si nota un numero crescente di nomi cristiani spuntare sulle copertine di opere fantascientifiche, quantomeno in Egitto. Il Libano è già un paese cristiano e annovera nomi che vanno dal Canada all'Australia. Uno di questi, Jeremy Szal, fa riferimento ai jinn, creature soprannaturali della tradizione araba, nel suo racconto cyberpunk *L'infoSultano delle Strade e delle Stelle*, ispirato nientemeno che da *Le Mille e Una Notte*.

In tal senso viaggiamo parallelamente alla fantascienza del sud del mondo, soprattutto colossi come l'afrofuturismo. L'allohistory, in particolare, è indicativa al riguardo. Vedi titoli come *2103: Il Ritorno dell'Elefante* (2005) dell'autore tunisino Abdelaziz Belkhodja, in cui il narratore è uno studente americano nella città risorta della Cartagine antica, in un mondo futuro in cui gli occidentali sono migrati illegalmente sulle coste nordafricane alla ricerca disperata di lavoro. *Se Annibale Tornasse* (2005) di al-Hadi Thabit si concentra su cosa ne penserebbe l'eroe cartaginese Annibale il Grande del mondo moderno. Vi è altresì il romanzo dell'autore saudita Yasser Bahgat *Yaqtinya: Il Vecchio Mondo* (2015), in cui la Spagna musulmana non viene annientata dai crociati e di conseguenza non vengono distrutte neanche le civiltà dei nativi americani, e gli arabi scoprono il nuovo mondo. Nella letteratura afrofuturista si trovano gli stessi temi audaci e le stesse costruzioni storiche, con romanzi come *Il sangue del leone* (2002) e *Cuore Zulu* (2003) di Steven Barnes e imperi poliglotti come il "Bilalstan" popolato da zulu, indiani, arabi e aztechi (Bilal è il nome di un compagno del profeta Muhammad, un convertito che era originariamente uno schiavo etiope).

Questa marcia all'indietro per andare avanti non viene applicata solo ai temi – storia, religione, identità – ma anche allo stile, un aspetto velato che la maggior parte degli osservatori potrebbe non cogliere. Elzembely ha ribadito, più di una volta, di essersi innamorato di *Le mille e una notte* da piccolo e di aver scritto il suo primo tentativo di novella fantascientifica sotto forma di favola (in effetti la fece vedere a Mustafa Mahmoud, un amico di famiglia). Leggendo il suo romanzo del 2001 *I Mezzuomini*, una saga spaziale, gli eroi incontrano ripetutamente degli "enigmi" in territorio nemico, una tecnica classica della letteratura fantasy. Lo stesso vale per il suo ultimo romanzo *L'ultimo viaggio*, in cui vi sono sette personaggi che raccontano una storia ciascuno nel corso di sette giorni, un chiaro rimando alla narrazione classica di Shahrazad che ha, allo stesso tempo, lo scopo più moderno di usare i flashback per arricchire la costruzione del mondo e la caratterizzazione dei personaggi. Ammar, parlando di una prima stesura della sua storia su Atlantide, mi disse di aver messo gli eroi in una torre per imparare a usare responsabilmente i loro nuovi poteri. Io replicai immediatamente che mi ricordava *L'apprendista stregone*, e lui assentì. Mi spiegò che voleva creare un nuovo connubio tra favole arabe e straniere e collegarle all'interno della sua fantascienza. Quando i suoi romanzi vennero finalmente pubblicati, vi erano alberi che parlavano e camminavano e nomi di personaggi presi da Tolkien!

Ahmed al-Mahdi è stato cresciuto dalla nonna con racconti epici, la maggior parte degli autori arabi di fantascienza scrivono anche fantasy e horror, e a me è stato inculcato un po' di fantasy da mio nonno. Anche un amico iraniano che ha scritto un romanzo cyberpunk ambientato su Marte ha usato l'espediente letterario di un fratello e una sorella separati in tenera età e poi ricongiunti in futuro, e mi ha confermato di averlo preso in prestito consapevolmente da *Le mille e una notte* e di aver insistito nel prenderne la guida letteraria. Il fatto è interessante e significativo di per sé, ma fa ben presagire per il canone fantascientifico globale, ampliando temi e argomenti, dando vita a nuovi sottogeneri, e espandendo il bacino di tecniche letterarie a nostra disposizione. Nel caso dell'Egitto, c'è stato un interesse crescente per la sua antichità e molte copertine di romanzi raffigurano piramidi e attrezzature appartenenti a quel mondo lontano. Senza dubbio questo revival è più presente nell'horror e nel fantasy egiziani, ma nell'attuale fase della fantascienza stiamo assistendo a fusioni nuove e originali tra generi. Un romanzo che ho letto di recente, *Metaverso* (2022) di Mahmoud Fikri, presenta una curiosa fusione tra paranoia cyberpunk, dilatazione temporale, ibridazione genetica e temi religiosi. In esso gli dèi dipinti sulle mura degli antichi monumenti egizi, metà uomini e metà animali, sono in realtà combinazioni genetiche che ricorrono all'alchimia antica, e i mondi virtuali del metaverso sono invece dimensioni parallele in cui sono presenti i *qarin* di ognuno di noi (demoni assegnati da Dio, o spiriti maligni gemelli). Inoltre, è ambientato in un mondo distopico del futuro in cui l'Egitto è avvolto dalle tenebre a causa dell'esplosione di un reattore nucleare in Europa – di fatto un generatore di particelle che cerca di introdursi nei mondi paralleli – e i social media sono un sistema di monitoraggio che usa impianti di microprocessori per registrare i sogni (si noti anche il simbolismo dell'Occidente che ci lascia nell'oscurità). L'ho interrogato su questo punto, perché ha predetto ciò su cui sta insistendo ora Elon Musk, e mi ha risposto di aver seguito le notizie per molto tempo e di aver fatto il passo successivo più logico nel suo romanzo. *Metaverso* stesso è il sequel di un romanzo horror privo di fantascienza.

Dal dialogo con autori di horror/fantasy che si avvalgono di temi dell'antico Egitto per le loro opere, si evince una fiducia crescente in quanto a manoscritti, pozioni o sortilegi antichi utilizzati per affrontare trame sataniche riguardanti organizzazioni straniere simil-massoniche. L'ho appreso da Asmaa Alyamani, un'aspirante autrice di fantascienza. Non è un qualcosa senza precedenti in assoluto, poiché le opere di Mustafa Mahmoud e anche Nihad Sharif (1932-2011), il decano della fantascienza araba, contenevano riferimenti all'antico Egitto. Ma, ancora una volta, il problema è la *sostenibilità*. È sostenibile adesso e attraverso numerosi generi che si incrociano e danno vita a nuovi sottogeneri che nemmeno riesco a etichettare.

In conclusione, le prospettive sono buone e stanno migliorando. Spetta unicamente all'editoria e alla critica stare al passo, nel frattempo. Speriamo che questa antologia di racconti tradotti serva allo scopo.

*Nota dell'autore:*

*I confronti storici qui presenti sono stati tratti principalmente dal nostro libro della ESSF, di cui sono coautore e curatore insieme a Elzembely,* Arab and Muslim Science Fiction: Critical Essays *(2022).*

# Indice

Formattazione e impaginazione di Alda Teodorani
Illustrazione di copertina di Eugenia Ponzo